英国十八世紀文学叢書｜5

オラウダ・イクイアーノ　久野陽一 訳

アフリカ人、イクイアーノの生涯の興味深い物語

Olaudah Equiano

The Interesting Narrative of the Life of Olaudah Equiano

研究社

目次

アフリカ人

オラウダ・イクイアーノ

こと

グスタヴス・ヴァッサ

の

生涯

の

興味深い物語

みずから著す

見よ、わたしを救われる神。わたしは信頼して、恐れない。主こそわたしの力、わたしの歌、わたしの救いとなってくださった。

その日には、あなたたちは言うであろう。主に感謝し、御名を呼べ。諸国の民に御業を示せ。

（「イザヤ書」第十二章二、四節）

W［ウィリアム］・デントン画、D［ダニエル］・オルム刻。アフリカ人、オラウダ・イクイアーノことグスタヴス・ヴァッサ。一七八九年三月一日、G・ヴァッサによって出版。

第一章

著者の故郷、およびその慣習としきたりについて――処罰の仕方――首長――結婚式と一般の人々の娯楽――生活の様式――衣服――工芸――建物――商業――農業――戦争と宗教――土着の迷信――聖職者や呪術師の葬儀――奇妙な毒物発見法――著者の同郷人の起源についての提案、およびほかの作家によるこの主題についての諸説。

思うに、自分の回想録を出版しようとする者が、その虚栄心を非難されないでいるのは簡単ではない。不利な条件はほかにもあって、何であれそこに普通でないことが書いてあると、めったに信じてもらえない。これもまた不幸なことだ。一方、そこに書いてあることが当たりまえで分かりやすいことばかりだと、わたしたちはうんざりして顔をそむけ、そんなものを出版した著者の厚かましさを批判したりする。一般の人たちが読んで覚えておく価値があると考える回想録とは、重大な出来事や心を打つ出来事が豊富に含まれているもの、つまり、おおいに人を感嘆させたり、哀れみの情を刺激したりするものだけだ。それ以外のものはすべて、軽蔑され忘れ去られる。なので、わたしのような民間の無名の一個人、しかもイングランド人でもないよそ者が回想録など出版して、このように一般の人々の寛大な注目を請うなど、けっこうな冒険だと言っておきたい。とくにこれからお話しする物語は、聖人のものでもないし、英雄のものでもない、ましてや暴君のものでもないのだから。それでもわたしの生涯には、あまり多くの人が体験してこなかったような出来事が少しはあるし、実際エピソードの数も多い。加えて、もしわたしがヨーロッパ人だったなら、わたしはたいへんな苦しみを味わったとでも言えるところだろう。ただしかし、自分の運命と大多数の同郷の人々の運命とを比較してみて、わたしは自分が特別に天の寵愛を受けた者だと考えている。そして、わたしの生涯に起こったあらゆる出来事に対して神の慈悲があったのだ。だから、もしこれから述べる物語が一般の注目を集めるほど興味深くなんかないと思われても、わたしの気持ちを察していただいて、どうか本書を出版することをお許し願いたい。この出版によって不朽の名声や文学的評判を手に入れられるとうぬぼれるほど、わたしは愚かではない。これを書くように言ってくれた多くの友人の満足を得られたなら、あるいは、ほんの少しでも人道的な関心を高めることができたなら、当初の目的は十分に達成されたことになり、わたしの心にあるすべての願いは満たされる。だからこそ、わたしが非難を避けて賞賛ばかりを熱望しているわけではないことを、どうか忘れないでいただきたい。

アフリカのその地域は、ギニアという名前で知られ、奴隷の貿易が営まれている。セネガルからアンゴラまで三千四百マイル以上にわたって広がるその沿岸地方にはさまざまな王国がある。なかでももっとも重要なのがベニン王国で、広くて豊かだというだけでなく、土壌が肥えていて開墾も進んでいること、王が絶大な権力を持ち、住民の数も多く、勇敢な気質であることが知られている。この王国はほぼ赤道直下に位置し、沿岸部は約百七十マイルにわたって広がっている。一方、内陸部は、旅行者がこれまで誰一人探検したことのないアフリカ奥地にまで及ぶ。沿岸から約一千五百マイル、おそらくアビシニア帝国[*1]にまで至ると思われる。この王国は多くの地方や地域に分かれている。そのなかの一つの「イボと呼ばれる」[*2]もっとも遠隔で肥沃な地方にイサッカという名の魅力的で豊かな谷間の村がある。[▼1] この村で、一七四五年にわたしは生まれた。ベニンの首都や海岸からこの地域まではかなり離れている。だからわたしは白人やヨーロッパ人ばかりか、海についても耳にしたことがなかった。また、わたしたちはベニンの王に対して名ばかり服従しているにすぎなかった。わたしがわずかばかり観察したところによると、すべての統治業務は、土地の首長ないしは古老によっておこなわれていた。よそとの交渉をほとんど持たない人々の習俗と統治のあり方は概して非常に簡素であり、一つの家族や村の歴史を国全体の歴史の実例とすることもできるだろう。わたしの父はそのような古老あるいは首長の一人で、インブリンチと呼ばれた。記憶しているところによると、その名称は際だった気品の高さを表し、わたしたちの言語では威厳のしるしという意味である。このしるしはそれに値する人物に授けられるもので、まず額の頂上の皮膚を横に切って眉毛のところまで引っ張り、その状態のまま、温かい手で額の下半分が厚いみみずばれになるまでこすることによってつけられる。判事と評議員のほとんどがこのようなしるしをつけられていた。父はこのしるしをつけてすでに長かった。わたしは、兄の一人にそれが授けられるのを見たことがあるし、わたし自身もいずれ両親からそれを受けることを運命づけられていた。こうしたインブリンチ、すなわち首長たちが争いごとを仲裁し、罪を罰する。彼らはそのためにつねに会合を持った。訴訟手続きは概して短時間で終わり、たいていの場合、報復法が執行された。ある男が少年を誘拐した廉《かど》でわたしの父とほかの判事たちの前に連れ出されたときのことを覚えている。その男は首長だか評議員だかの息子だったが、男でも女でも誰か奴隷を一人差しだすことでその罪を賠償させられた。ときに姦通の罪に対する罰として、奴隷にされたり死刑にされたりすることもあった。姦通に対するこうした罰則はアフリカ中のほとんどの国でおこなわれていると思う。[2] 婚姻の床にかかわる名誉は夫にとって非常に神聖なものであり、妻の貞操に対して夫は非常に嫉妬深いからだ。これに関連して一つの例を思い出す。——ある女性が、姦通の罪を判事たちに宣告され、彼女は慣習に従って夫のところに連行され、罰せられることになった。夫は妻を死刑にすることに決めた。しかし刑が執行される直前になっても、彼女は胸に乳飲み子を抱いていた。ほかに子育てできる者がいなかったので、その子供を養育することを理由にその女性に対する刑の執行は猶予された。他方で、男性のほうは自分が妻に対して求めるような節操は持たなかった。三人以上を相手にすることはまれだとしても、男たちは複数の女性との関係を楽しんだりする。彼らの結婚の仕方は次のとおりである。——ふつう男女は若いうちに両親によって婚約させられる(ただ、わたしは男性が自分から婚約した例も知っているが)。婚約が成立すると祝宴が準備され、花嫁と花婿は集まった近親者に囲まれて立つ。新郎は、新婦をこれから先ずっと妻とするので何人も彼女に話しかけることを許さぬと宣言する。これはすぐに近隣に告知され、その後、妻が集まりに出席することはなくなる。それからしばらくすると彼女は夫の家に連れて行かれる。そしてふたたび祝宴が催され、今度は両家の親類が招待される。新婦の両親は数多くの祝福の言葉を述べながら娘を新郎に引き渡し、それと同時に新婦の腰にガチョウの羽がたくさんついた綿のひもを結びつける。それは既婚の女性だけが着けることを許されるもので、ここで初めて彼女は完全に彼の妻になったと見なされるのだ。このとき結婚祝いの贈物が新婚夫婦に与えられる。多くの場合、それは土地や奴隷の分配、家畜や家財道具、耕作用具などで、新郎新婦の近親者から贈られる。それ以外にも新郎の両親は新婦の両親に贈物をする。これは、新婦は結婚するまで両親の財産だと見なされているからだ。そして結婚後、妻は夫だけの財産となる。こうして式が終わるとお祭り騒ぎがはじまる。かがり火がたかれ、歓喜の喝采が起こり、音楽と踊りで祝福される。

わたしたちの国民はほとんどが舞踏家、音楽家、詩人である。なので、戦勝の凱旋など国全体で喜ばしいことがあると、その場面に応じて歌と音楽を伴った踊りによって国中でそれを祝賀する。踊りの集団は四つのグループに分けられ、離れたり並んだりして踊るが、グループはそれぞれ個別の特徴を持っている。第一のグループは既婚の男性たちで構成され、彼らはたいてい踊りで武勲を表現し、戦いの場面を再演する。これに既婚の女性たちが続く。彼女たちが踊りの第二のグループである。若い男性が第三、若い女性が第四のグループとなる。それぞれのグループは、偉大な功績、家事、感傷的な物語、地方の娯楽など、グループ構成員の実生活の興味深い場面を再現する。しかもたいがいその主題は何らかの最近の出来事に基づいているので、つねに新しいものとなる。こうしてわたしたちの踊りは、よそではほとんど見たことのない活気と多様性を持つことになる。[3]わたしたちには多くの楽器もあって、とくに太鼓にはいろいろな種類がある。また、ギターに似た楽器や木琴に似た楽器などもある。この最後に挙げた楽器はおもに婚約中の処女によって使用され、大きな祭りではいつも彼女たちが演奏する。

　わたしたちの生活はつつましいもので、贅沢品というものをほとんど持たない。男女の服はほとんど同じだ。それはふつうキャラコかモスリンの長い布地で、どことなくハイランドの肩掛け《プラド》のような形をしており、身体を緩やかにくるんで着る。たいていこれは青く染められている。わたしたちの好みの色だからだ。染料は木の実《ベリー》から取られ、その色合いはわたしがヨーロッパで見てきたどんな染料よりも明るくて豊かである。このほかに、高貴な女性たちにかぎっては金の装飾品を腕や足にふんだんに着ける。男たちといっしょに耕作に従事していないときは綿を紡いで織ることが女たちの仕事で、彼女たちはその糸を染め上げて衣装を作るのである。また、女たちは土器も作るが、これにも多くの種類がある。そのほかタバコのパイプはトルコと同じように作られ、同じように使用される。[4]

　わたしたちの暮らし方について言えば、それはまったく質素そのものである。土地の人々は、まだ味覚を堕落させる手の込んだ料理というものを知らないからだ。牛や山羊や家禽などが人々の食事の大部分を占める。これらの家畜は国の重要な富でもあって、交易において主要な商品となる。肉はたいてい鍋で煮込まれる。わたしたちは味付けにコショウなどの香辛料を用いることもあり、木の灰から作った塩もある。わたしたちの植物性の食材は、バナナ、根菜、ヤムイモ、豆、トウモロコシなどが大部分を占める。通例、一家の家長は一人で食事をする。彼の妻たちや奴隷用には別の食卓がある。

食事の前にはかならず手を洗う。とにかくわたしたちの清潔好きはあらゆる場面でたいへんなものだが、清めには作法が欠かせない。手を洗ったのち、献酒が用意される。その酒はほんの少し床に垂らされ、料理も少し取って決まった場所に置かれる。それは亡くなった親族の霊のためだ。そうした霊が自分たちの食卓の主人であり、災いから自分たちを守ってくれていると、土地の人々は考えるのである。彼らは強い蒸留した酒をまったく知らない。おもな飲み物は椰子酒《パーム・ワイン》である。この酒は、その名のとおり椰子の木からとることができる。木のてっぺんに呑口を付け、そこに大きなヒョウタンを結びつけるのだ。ときには一本の木から一晩で三、四ガロンもとれる。とれたてがもっとも甘くて美味しい。二、三日もすると酸っぱくなってアルコールの風味が増してくるが、この酒で酔っぱらった人は見たことがない。椰子の木からは木の実と油もとれる。わたしたちのいちばんの贅沢は香料だ。その材料の一つに甘美な香りを出す芳香性の木がある。わたしたちはこの木を粉にして椰子油と混ぜ、これを男も女も香水として使うのだ。これ以外にも香料にはある種の土というものもあって、その土を少しばかり火に投げ込むととても強力なにおいを放つ。[▼5]

　わたしたちは建物に関して装飾よりも便利さを考慮する。家長はそれぞれに大きな土地を所有していて、そこには堀か柵が張り巡らされているか、練った赤土でできた壁が囲っている。赤土は乾くと煉瓦と同じくらい堅くなるのだ。家長は、このなかに家族と奴隷を住まわせるための複数の家を持つ。建物の数が多いとまるで村のように見えることもある。その真ん中に母家が建っている。家長一人のために割り当てられているもので、二つの部屋から成る。そのうちの一つで家長は日中家族と過ごし、もう一つの部屋は友人を迎え入れるために別にされている。彼はこれらとは別の家にもう一つ部屋を持っていて、その部屋で息子たちといっしょに眠る。その両側に妻たちの部屋があるが、妻たちも昼用と夜用の家を持っている。奴隷とその家族の住居は敷地の残りの部分に点在する。奴隷たちの家は一階を越える高さであることはない。ふつうそれは木の杭《くい》を地面に打ち込んで、そこに編み枝をかけ、その内側と外側をていねいに漆喰で固めて建てられる。屋根は葦《あし》でふいたものだ。わたしたちが日中に過ごす家は両側の壁が開くようになっている。眠るための家のほうはたいていきちんと覆われており、夜のあいだにわたしたちを悩ますさまざまな虫を防ぐため、壁の内側には牛糞を混ぜ込んだ漆喰が塗られている。この眠るための部屋は壁も床も通例マットで覆われている。ベッドは、三、四フィートの高さの寝台に獣皮とバナナの木の柔らかい部分を敷いたものである。掛け布団は着るものと同じキャラコかモスリンである。普段の腰掛けとしては丸太が使われる。わたしたちにはベンチもあるが、それにはたいてい香りがつけられていて、客人用として使われる。わたしたちの家にある家具はおよそそれくらいだ。家は頑丈で家具も備え付けなので、建てるには高度の技能が必要とされる。そのためにも男性は皆すぐれた建築家である。家を建てるときには近所中が全員総出で手伝う。それでも、その見返りとして彼らは、宴会でご馳走になる以外に報酬を受け取ることはないし、それ以上の報酬を期待することもない。

わたしたちは自然が惜しみない恩恵を施してくれる国に住んでいるので、不足するものはほとんどないし、あってもすぐに手に入れられる。もちろん、わたしたちは物づくりも多少はおこなう。それはキャラコ織りや、土器、装飾品、戦闘道具や耕作用具などの製作である。しかしこれらは交易のためのものではない。すでに述べたように、食料品がおもな交易のための品物である。このような状況では、お金はほとんど役に立たない。それでもわたしたちには、そう呼んで良ければ、小さな硬貨のようなものがある。それは船の錨のような形をしているが、その価値や単位は思い出せない。市場もあって、わたしはよく母親といっしょにそこに行ったものだ。そこにはたまに、村の南西の方角から、たくましい赤褐色の肌をした男たちがやってくる。わたしたちは彼らを「オイェ・イボ」と呼ぶ。遠くに住む赤い男という意味である。彼らはたいてい火器、火薬、帽子、数珠、魚の干ものなどを持ってくる。わたしたちのところには小川や泉しかなかったため、干し魚はとても珍しいものだった。彼らはこれらの商品と、こちらの香りのする木や土、木の灰からとれた塩などとを物々交換するのである。彼らは奴隷を連れてわたしたちの土地を通り抜けるが、わたしたちは通行を許可する前に、奴隷を入手した方法を厳しく説明させる。ときにはわたしたちが彼らに奴隷を売ることもあった。その奴隷は、戦争捕虜であるか、さもなくば、誘拐や姦通など、わたしたちのなかで極悪だと見なされる罪を犯した者である。この誘拐ということを考えると、あれほど厳格にしていたのに、彼らがわたしたちのところに来るいちばんの目的は人々を罠にかけてかどわかすことにあったと、わたしは考えたくなる。わたしはまた、彼らが大きな袋を持っていたことも思い出す。それがそうした忌まわしい目的で使われるのを知るという取り返しのつかない機会が、その後わたしにおとずれたからだ。

わたしたちの土地はふつう以上に豊かで実りが多く、あらゆる種類の野菜をとても豊富に作り出す。

わたしたちには多くのトウモロコシがあるし、大量の綿やタバコがある。わたしたちのところのパイナップルは栽培しなくても育つ。これは巨大な円錐形の砂糖塊《シュガーローフ》くらいの大きさで、すごく美味しい。わたしたちにはさまざまな種類のスパイス、とくにコショウがある。あのかぐわしい果物の多様さには、わたしはヨーロッパではお目にかかったことがない。さまざまな種類のゴムの木だけでなく、蜂蜜もたくさんとれる。わたしたちが努力しなければならないのは、こうした自然の恵みを増させることだけだ。わたしたちにとっては農業がおもな仕事で、すべての者が、子供や女たちも含めて、それに従っている。そのためみんな小さなころから労働することに慣らされる。誰もが共有の蓄えを持つために何らかの貢献する。だからわたしたちは怠惰ということを知らないし、乞食というものもいない。このような生活様式の恩恵は明らかだ。西インドの農園主がベニンやイボの奴隷をギニアのほかのどの地域の者よりも好むのは、そのたくましさ、知性、誠実さ、仕事熱心さのためである。こうした生活の恩恵は、人々の健康さ、精力や活発さにおいても感じられる。これにわたしは顔立ちが整っていることを付け加えたいところだ。実際、わたしたちのなかで醜い者のことなど、というのは容姿についてだが、聞いたことがない。現在ロンドンに住んでいる多くのイボ族の人たちもこの主張には賛同してくれるだろう。肌の色に関しては、美の概念はまったく相対的なものだからだ。アフリカにいたときのことで思い出すのは、三人の子供がいて、一人は黄褐色で、もう一人は白かったとすると、わたしだけでなく土地のほとんどの人にとって、少なくとも肌の色はもう一人の黒人の子供よりその二人のほうが醜いと見なされたということである。女性たちは、少なくともわたしの目には、非常に優美で利発で、内気だと言っていいほど慎み深い。女性たちが結婚前に色欲にふけったという話は聞いた覚えがない。また、彼女たちはとても明るい。明るさと愛想の良さの二つは、わたしたちの国の人たちの第一の特徴である。

わたしたちの耕地は、住居から歩いて数時間かかる、大きな平原の共有地にある。近隣の人々はみんなで一団となってそこまで通う。人々は農作業に家畜は使わない。土を掘るのに使うのは鍬《くわ》、鎌、シャベル、それにくちばし状にとがった鉄の道具などだけだ。ときにイナゴが大集団で襲来すると、空は一面暗くなり、わたしたちの作物は壊滅させられてしまう。こうした災難はめったに起こらないが、それでもいったん起こってしまうと、そのあと飢饉がやってくる。わたしは一、二度飢饉が起こったときのことを覚えている。この共有地はしばしば戦闘の舞台となる。そのため人々は農地を耕しに行くときには、一団となって行くだけでなく、急襲に備えて必ず武器を持っていく。また、侵略が心配されるときには住居につながる道の上に棒を立てて防御する。その棒の先端は足に刺さるように尖っているだけでなく、毒が塗られている。こうした戦闘でわたしが記憶しているのは、どこかの小さな国か地方の者たちが相手側に突入したというものだ。それは捕虜や戦利品を獲るためであった。おそらく彼らがこうしたことをするのは、わたしたちのところにヨーロッパの物品を運んでくる商人たちに煽動されていたからだ。このような奴隷の入手方法はアフリカではよく知られている。この方法か誘拐によって奴隷が調達されることがいちばん多いと思う。[6] 商人は奴隷が必要になると、首長を商品で誘惑して調達を依頼するのだ。この場合に珍しくもないことだけれども、誘惑に負ける首長の信念のなさ、そして同胞を差しだしてその対価を受け取ることへの躊躇のなさは、文明化された商人と大差ない。結局、首長はそのために近隣の村に攻撃をかけ、激しい戦闘が起こるのである。その首長の側が勝って捕虜を得た場合、首長は彼らを売ってみずからの貪欲を満足させる。しかし首長の側が負けて、首長自身も敵の手に落ちた場合、彼は殺される。彼は両者の不和を助長してきたので、生かしておいては危険だと考えられるからだ。たいていの捕虜は買い戻すことができるが、首長だけは身代金を払っても救うことはできない。わたしたちの武器は、火器、弓矢、大きな両刃の剣、投げ槍などである。頭から足先まで覆う鎧も持っており、みんなこうした武器の使い方を教えられている。女もまた戦士だ。女たちも、男とともに勇敢に戦場へと進軍する。地域全体が市民軍のようになっていて、夜中に発砲などあると警報が鳴り、全員が武器を持って起き出して、敵に立ち向かう。おそらく特徴的なのは、わたしの村の人々は戦地に進軍するときに赤い旗を掲げていくことだろう。わたしは一度、共有地での戦闘を目撃したことがある。ある日、いつものようにみんなで働いているときに奇襲を受けたのだ。わたしは少し離れたところの木に登って戦闘を眺めた。どちらの側にも男だけでなく、たくさんの女がいた。ほかならぬわたしの母もそのなかにいて、大きな剣で武装していた。かなり長い時間にわたって激しく戦って多くの死者が出た。それでもわたしたちの村が勝利し、敵の首長を捕虜にした。わたしたちは勝ち誇ってその首長を引き立てて帰った。すると、その首長は高額の身代金を申し出て命乞いをしてきたが、結局死刑にされた。有名な敵方の若い乙女もその戦闘で殺された。彼女の武器は戦利品を陳列する市場に出された。戦利品は戦闘への功績に応じて分配された。売られたり買い戻されたりしなかった捕虜は、わたしたちの奴隷として抱えておく。とはいえ、西インド諸島の奴隷たちに比べて彼らの境遇のなんと異なることか！　わたしたちのところで彼らは、自分の主人どころか、村のほかの人たち以上に働かされることはない。自由な身分の者といっしょに食事をすることが許されない以外には、彼らの食べるものも、着るものも、住まいにいたるまで、村人たちとほとんど変わらない。わたしたちの国では家長は重要な卓越した地位を持ち、それゆえ家政のあらゆるところに権威をおよぼすが、家長でなければ、奴隷とそうでない人にはほとんど大きな違いはない。奴隷のなかには、自分の所有物として使用するために自分の下に奴隷を持っている者さえいる。

宗教に関しては、土地の人たちは万物の創造主が一人いると信じている。この創造主は太陽に住んでおり、ベルトを締めている。何も食べたり飲んだりしないが、人によると、パイプでタバコを吸うそうだ。タバコはわたしたちの好きな贅沢品でもある。さまざまな出来事、とくにわたしたちが死んだりとらわれの身になったりすることを、この創造主が決定するとされている。しかし来世に関する教義について、わたしは一度も耳にした覚えがない。ただ、ある程度まで魂の転生があると信じている人もいる。近親者や親類などの転生しない霊はつねに人に付き添い、敵方の悪い霊から守ってくれると信じられている。そのため食事をする前にはいつでも、すでに述べたように、こうした霊に肉を少し与え、飲み物を少し注ぐのである。また、しばしば彼らの墓に家畜や家禽の血を捧げものとする。わたしは母が大好きで、ほとんどつねにいっしょにいた。彼女が自分の母親の墓に捧げものをするようなとき、わたしはときどき母について行った。その墓はぽつんと建てられた小さな草ぶき屋根の家のようなものだった。そこへ行くと母は献酒をし、ほとんど一晩中、泣いて悲しんですごした。こうした場面に居あわせると、いつもわたしはひどくおびえてしまう。その場所の寂しさ、夜の暗さ、さらに献酒の儀式のまさに恐ろしくて陰鬱な様子は、母の嘆き声でいっそう強められた。このような場所によく飛んでくる鳥の悲しげな鳴き声が起こり、母の声と合わさって言葉で言い表せないほどの恐怖の場面となった。

わたしたちは、太陽が赤道を横切る日から年を計算する。そしてその夜、太陽が沈むとあちらこちらから叫び声が起こる。少なくともわたしのいた近辺ではそうだった。そのとき人々はがらがらで大きな音も立てる。そのがらがらは、ここイングランドで子供たちが使うものと似ていなくもないが、もっと大きいものだ。そして人々は両手を天にかかげて祈りを捧げる。それからその夜の最大の捧げものがなされ、賢者が幸運を予言した子供たちがいろいろな人に紹介される。たくさんの人がわたしに会いに来たり、わたしのほうもほかのたくさんの人のところに連れ回されたりしたことを今でも覚えている。捧げものはいろいろな場合におこなわれるが、とくに満月のときが多い。収穫時期には地面から作物を引き抜く前にふつう二回捧げものがおこなわれる。若い家畜が死んだときには、その一部を生け贄とすることもある。このような捧げものは、一家の家長がおこなう場合、全体に給される。わたしの父や叔父のところで捧げものがあったときなど、たいてい親族全員がそろっていたことを覚えている。捧げものは苦いハーブで食べることもある。わたしたちには怒りっぽい人を言うのに次のようなことわざがある。「やつらを食べるときには、苦いハーブで食べねばならぬ」

わたしたちはユダヤ人のように割礼もおこなっていた。割礼のときには、ユダヤ人がするのと同じように、捧げものがされ祝宴が催された。またユダヤ人と同じく、子供は生まれたときの何がしかの出来事、状況、あるいは吉兆などにちなんで名づけられた。わたしは「オラウダ」と名づけられたが、これはわたしたちの言語では、人生の浮き沈み、そのなかでも幸運、そして、人から好まれ、声が大きくて言葉遣いがうまい者という意味である。わたしの記憶では、わたしたちは崇拝の対象としているものの名前をぜったいに汚すことはしなかった。逆に、崇拝するものはいつも大きな畏敬の念をもって口にされた。わたしたちは、罵ることや、より文明化された人々の言語にはすぐにおびただしく入りこむような、人を侮辱したり非難したりする言葉を使うこともまったく知らなかった。その種の表現でわたしが覚えているのは、「おまえは腐ってしまえ、膨れてしまえ、獣に食われてしまえ」というものだけだ。

すでに述べたように、アフリカのこの地域に住む人々はきわめて清潔好きである。この清潔という礼儀作法の習慣は宗教の一部として必要とされるのだ。それゆえ、わたしたちは多くの清めや洗浄をおこなっていた。実際、わたしの記憶に間違いがなければ、ほとんどユダヤ人と同じくらいひんぱんに、同じような場面でおこなっていた。いかなる場合でも死者に手を触れた者は、住居に入る前にみずからを洗い清めねばならなかった。また、すべての女性は、特定の期間、住居に入ることや、人に触れたり、食べるものに触れたりすることが禁じられていた。わたしは母が大好きだったので、この期間でも母から離れることができず、母に手を触れてしまったことがある。その結果、わたしはそのために作られた小さな小屋に入り、捧げものをして清められるまでは母に近づいてはならなかった。

わたしたちには公共の礼拝の場所というものはなかったけれど、司祭や魔術師、賢者などはいた。彼らがそれぞれに異なる仕事をしていたのか、一人の人物に仕事が統合されていたのか、わたしは覚えていないが、彼らは人々からたいへん尊敬されていた。彼らは、名前が示すとおり、時を計算し、未来の出来事を予言した。わたしたちは彼らを、計算者あるいは年次の人という意味で、ア・アフォ・ウェイ・カと呼んだ。ア・アフォは一年という意味である。彼らはあごひげを生やしていて、亡くなるとその息子が仕事を引き継いだ。彼らといっしょに仕事道具や貴重品が埋葬された。パイプとタバコも遺体といっしょに墓に入れられた。遺体には芳香がつけられ装飾がなされる。そして何頭もの動物が生け贄として彼らに捧げられた。葬式に参列するのは同じ職業か部類に属する人たちだけだった。こうした参列者たちは日没後に遺体を埋葬すると、かならず行きとは違う道を通って墓から戻ってきた。

この魔術師たちは、わたしたちにとって医者でもあった。彼らは瀉血《しゃけつ》をおこなったり、傷を治したり、毒を取り除いたりすることに長けていた。また、彼らは何か特別な方法を使って嫉妬や盗みを見抜き、毒が盛られても盛った犯人を見つけ出した。こうしたことがうまくいったのは、人々の信じやすさや迷信的な慣習に対して彼らがかぎりない影響をおよぼしていたからだ。わたしにはそれが実際にどういう方法だったのか分からないが、毒の発見の仕方だけは覚えている。いい機会なので、ここで思い出す例を一つ紹介しておこう。そこからそれ以外の事例も推し量れるし、それはまた、西インド諸島の黒人のあいだで今でも使われている方法でもあるからだ。ある若い女性が毒を盛られた。誰の仕業か分からなかった。医者たちは、遺体を何人かで持ち上げて墓まで運ぶように命じた。担ぎ手たちが遺体を肩の高さまで持ち上げるとすぐに、彼らは何か突然に衝動にとらえられたかと思うと、あちこち走り回って止まれなくなってしまった。[7] 結局、遺体はたくさんのイバラやトゲのある低木の茂みを傷つくことなく通り抜けたあと、ある家の近くで担ぎ手の手から落ちた。そして、落ちたときにその家に傷をつけた。その家の持ち主が引っ立てられた。すると彼はすぐに自分が毒を盛ったことを自白した。[8]

土地の人たちは毒に対して非常に用心深い。何か食べるものを売買するとき、売り手は毒がないことを示すために買い手の目の前でその商品の一部に口をつける。肉や飲みものを人に贈るとき、とくに知らない人に贈るときには同じことがおこなわれる。わたしたちのところにはさまざまな種類の蛇がいるが、なかには家に現れると縁起が悪いと思われているものもいて、こうした蛇にはぜったいにいたずらしない。わたしはこうした不吉な蛇が二匹も出たときのことを思い出す。どちらも男のふくらはぎと同じくらいの太さで、イルカに似た色をしていた。それぞれ別々に、わたしがいつも母といっしょに眠っていた母の夜の家に忍び込んできた。蛇は何重にもとぐろを巻き、どちらも鶏のように鳴き声を上げた。わたしは賢者の何人かから、吉兆がほしいのなら蛇にさわるように言われていたので、実際にさわってみた。どちらの蛇ともまったく無害で、おとなしく、されるがままだった。その後、蛇は大きな土器の鍋に入れられ、広い道の傍らに置いてこられた。もちろん蛇のなかには猛毒を持ったものもいた。ある日、わたしが道に立っていると毒蛇が一匹道を渡ってきて、わたしの両足のあいだを通り抜けたことがあった。しかし、その蛇はわたしに触れようともしなかった。これを見ていた人はみんなとても驚いた。賢者たち、同じくわたしの母、そのほかの人々がみんな、このような出来事がひんぱんに起こるのは、わたしのおこないにすばらしい吉兆がある証拠だと考えた。

　以上が、わたしが初めて呼吸した土地の人々の慣習としきたりについて、記憶に残っているかぎり不完全ながら素描したものである。ここでわたしは、長いあいだ心にこびりついて離れないことについて、どうしても述べておきたい。すなわち、不完全ではあってもこのスケッチからでもうかがえる強い類似が、わたしの同郷の人々の慣習やしきたりと、約束の地に到達する以前の、とくに族長たちの時代、まだ創世記に描かれたような牧歌的な状態にあったときのユダヤの人々のそれとのあいだにあるのではないか。――この類似ゆえにわたしは、一つの民族が別のもう一つの民族から発生したと考えたいのだ。[▼9] これはギル博士の説でもある。[*3] 博士は、創世記への注解において、アブラハムとその妻で二番目の妻《コンキュバイン》(どちらの名称も彼女に対して使われる)ケトラの子孫である、エフェルとエファ[*4]からはじまるアフリカ人の系統をみごとに跡づけている。これはまた、サルムの元主席司祭ジョン・クラーク博士が『キリスト教の真実』で述べている考えにも一致する。[*5] わたしたちの起源について、どちらの著者も意見が一致しているのである。彼らの推論はさらに、アーサー・ベッドフォード牧師の『聖書年代記』によって確証される。[*6] さらにもっと裏書きが必要ならば、この説の支持を可能にする強力な証拠としてさらに多くの類似点が挙げられる。たとえば、原始的な状態にあった古代ヘブライ人と同じように、わたしたちは、首長、判事、賢者、年長者などによって統治されていた。わたしたちの家長は家政に対して、アブラハムなどの族長たちに与えられたのと同じような権威を享受していた。わたしたちと同じく、彼らにも報復法が広く行き渡っていた。また、彼らの宗教すらも、わたしたちを栄光の光で照らしているように見えた。ただしその光は、わたしたちに届くまでに弱って消耗しているか、または時間と伝統と無知の雲がそれらを覆って陰っていたけれども。また、わたしたちは割礼もおこなっていた(これは彼らに特有の法だと思う)。わたしたちは、彼らと同じ場合に生け贄や捧げものをし、洗浄や清めをおこなっていた。

　アフリカのイボ人と現代のユダヤ人の肌の色の違いについて、わたしが差し出がましく説明しようとは思わない。それは才能と学識を備えた人のペンが従事してきた主題であり、わたしの力にあまる。しかしながら、有能なる牧師のT・クラークソン氏が、おおいに称賛された『人類の奴隷化と貿易に関する試論』[*7]においてその原因を突き止めている。それは、あらゆる反論に答えるもので、少なくともわたしの心には十分な確信を感じさせるものだ。ここでは、この説を展開するにあたって、[10]ミッチェル博士が述べた以下の事実を引用するだけで十分だろう。[11]「一定の期間アメリカの熱帯で暮らしてきたスペイン人は、ヴァージニア原住民のインディアンと同じくらい肌の色が黒くなる。これはわたし自身がこの目でしかと見てきたことだ。ほかにもシエラレオネ河口のミトンバに移住したポルトガル人の例が挙げられる。[12]そこの住人は、最初にそこを発見したポルトガル人と現地人とのあいだの混血の子孫だが、いまや、片言のポルトガル語は残してはいても、その肌の色ともじゃもじゃの髪質は完全な黒人である」

以上の例だけでなく、さらに多くの証拠が提示できるだろう。これらの例は同じ人間の肌の色が気候によっていかに異なるかを示したものだが、肌の色を理由にしてアフリカの人々に対して抱かれている偏見もまた、取り除かれることが望まれる。スペイン人の心は肌の色といっしょに変わったりはしなかったではないか！ アフリカ人が明らかに劣ると見なすだけの十分な理由があるだろうか？ そんな考えは神の善意を制限することになり、「黒檀《エボニー》に彫られた」[8]というだけで、神が自分の似姿に理性の印章を押すことを控えたと考えることになってしまうのではないだろうか？ アフリカ人の置かれた状況に原因があるのは当然ではないだろうか？ ヨーロッパ人のなかに入れられても、彼らはヨーロッパの言語も宗教も習慣もしきたりも知らないのだ。彼らにこうしたことを教える努力がされるだろうか？ 彼らが人として扱われるだろうか？ 奴隷制度こそが、その心を押しつぶし、その炎とあらゆる高潔な思いをすべて消してしまうのでないだろうか？ しかし何にもまして、洗練された人々が粗野で無教養な者をしのいでいないところなど何かあるのだろうか？ 上品で傲慢なヨーロッパ人よ、自分の先祖もかつてはアフリカ人同様に文明化されておらず、野蛮でさえあったことを思い出せ。造物主は彼らを息子たちに劣るように作ったのだろうか？ 彼らもまた奴隷にならねばならなかったのだろうか？ 理性を持った人には答えることができる。否、である。このようにとくと考えることによって、自分たちが優越しているという高慢を溶かして、黒色の兄弟たちの困窮と悲惨な状況に対する共感に変えよ。そして、知力は顔つきや肌の色にしたがって限定されないことを認めよ。世界を見渡して、もし歓喜を感じるのなら、その歓喜を和らげて他者への慈悲心に、そして、神への感謝にせよ。神は「一人の人からすべての民族を造り出して、地上の至るところに住まわせ[13]」、その知恵はわれわれの知恵とは異なり、そのやり方はわれわれのやり方とは異なるのだ。

第二章

著者の生まれと家柄――妹との誘拐――別離――再会の驚き――最後の別離――海岸に到達するまでに遭遇したさまざまな土地と出来事――奴隷船の光景が与えた印象――西インド諸島への航海――奴隷船の恐怖――バルバドス到着、積み荷の売却と離散。

自己紹介もせずに故郷の慣習やしきたりを説明したからといって、わたしが読者諸氏をじらそうとしているとは思っていただきたくない。こうした慣習やしきたりは、とても注意深く植え付けられてきたので、わたしの心に強固に刻印されており、時がたっても消えないし、これまでにさまざまな逆境や運命の変転を経験してきたけれど、かえって固く書き刻まれることとなったのだ。故郷への愛が現実だろうと想像だろうと、あるいは理性が教える教訓だろうと、はたまた自然の本能だろうと、生涯最初の場面を振り返るとき、わたしは今でも喜びを感じる。ただしその喜びは、ほとんどの部分が悲しみと混じり合ってきたのだが。

わたしが生まれた時と場所について読者にはすでにお知らせしておいた。わたしの父は大勢の奴隷だけでなく、大家族をかかえていた。そのうちわたしと妹を含む七人が無事に育った。妹は唯一の娘だった。わたしはいちばん末の息子だったので、もちろん母のいちばんのお気に入りで、わたしはいつもくっついていた。母のほうでもわたしの心を形成するのにとくに骨を折ってくれた。小さいころからわたしは農耕や戦闘の技術を訓練された。毎日、投擲《とうてき》や投げ槍《やり》の練習をおこなった。母は、もっとも偉大な戦士にするように、わたしを記章で飾ってくれた。このようにして十一歳をすぎるまで育ったところで、わたしの幸福はこれから語るようにして終わりを告げられた。――ふつう近所の大人たちが遠くの農地に働きに行くとき、子供たちは近所の誰かの家の敷地のなかに集まっていっしょに遊んだ。たいてい誰かが木に登って、襲撃者、すなわち、人さらいなどが来たりしないか見張ることになっていた。親たちがいなくなるチャンスをうかがって、彼らは攻撃をかけ、捕まえられるだけの子供をさらっていくことがあったからだ。ある日、わたしが庭の木のてっぺんで見張りをしていると、そうした連中の一人が隣の庭に入っていくのを目にした。その人さらいは一人だけだったが、たくさんの子供たちの悲鳴が上がった。これを見てすぐにわたしは不審者侵入の警告を発した。その男はなかでもいちばんたくましい子供たちに包囲され、大人たちが帰ってきてどこかに閉じこめるまで、逃げられないように紐で縛り上げられた。ああ、しかし！　大人が誰も近くにいないとき、自分自身が同じように襲われ、さらわれる運命が間近に迫っていたのだ。ある日みんないつもどおり仕事に出かけてしまい、わたしとかわいい妹だけが家に残されていたとき、二人の男と一人の女が敷地の壁を乗り越えて入ってきて、たちどころにわたしたち二人を捕らえた。悲鳴を上げたり抵抗したりする時間も与えず、彼らはわたしたちの口をふさぎ、両手を縛ると、わたしたちを連れていちばん近くにある森に逃げ込んだ。そして彼らは、そのままわたしたちをできるだけ遠くまで連れて行った。夜になるころ小さな家にたどり着いた。そこは泥棒たちが休憩し、夜をすごす家だった。やっと縄を解かれても、わたしたちは何ものどを通らなかった。あまりの疲労と悲しみにうちひしがれていたので眠ることだけが慰めだった。眠ることによって、ほんの少しのあいだ不幸が和らいだ。翌朝わたしたちはその家をあとにして、一日中移動しつづけた。長いこと森のなかから離れなかった。やがてやっとわたしが知っている道だと思われる道に出た。わたしは助け出される望みを抱いた。少し進むと遠くに人影が見えたのだ。わたしはそれに向かって助けを求めて叫び声を上げた。しかし叫んだ結果、前よりもきつく縛られ口をふさがれただけだった。さらに彼らはわたしを大きな袋のなかに押し込んだ。彼らは妹の口もふさいで両手を縛った。この状態で、わたしたちはその人影が見えなくなるまで運ばれていった。――その夜休んでいるとき、彼らは食べものを差し出してきた。わたしたちは食べることをこばんだ。一晩中お互いに抱き合って、お互いをお互いの涙でぬらすことだけが、わたしたちにとって唯一の慰めだった。ああ、しかし！　いっしょに泣くというこの小さな慰めさえも、わたしたちはすぐに奪われてしまうのだ。その翌日は、わたしがこれまで経験したなかでもっとも悲しい日になった。しっかりと抱き合って寝ていたのに、妹とわたしは引き離されてしまったのだ。どれほど離ればなれにしないでくれと言っても無駄だった。彼女はわたしから引き離され、すぐ連れ去られた。言いようのない錯乱状態のまま、わたしはあとに残された。ずっと泣き叫んだ。それから数日間、むりやり口に押し込まれたりしないかぎり、何も食べなかった。それから何日も移動して、そのあいだに何人かの手を経たすえに、わたしはあるとても快適な国の首長に所有されることになった。この男には妻が二人と何人かの子供がいた。彼らは皆、わたしをとても良く扱ってくれ、わたしを慰めるためにあらゆることをしてくれた。わたしの母にどこか似ている第一夫人がとくにそうだった。父の家を出てからかなりの日数を旅してきたが、そこの人々はわたしたちとまったく同じ言葉を話した。この実質的にはわたしの最初の主人にあたる人物は鍛冶屋だったので、わたしのおもな仕事はふいごを動かすことだった。そのふいごは、わたしが近所で見たことがあるのと同じようなものだった。それは、ここ「イングランド」の紳士の屋敷の台所の竈《かまど》にあるものに似ていなくもない。皮で覆われ、その皮の中央に棒が付いていて、それを人が立って動かした。手動ポンプで樽から水をくみ出すのと同じ要領だった。彼が鋳造していたのは金だったと思う。それはとても美しく明るい黄色で、女性が手首や足首に着けていた。わたしはそこにおよそ一か月いた。そのころには彼らはわたしを信用して、家から少し離れることも許すようになっていた。わたしはこの自由を利用して、自分自身の家の方角を調べる貴重な機会とした。涼しい夕方に女性たちが泉まで家で使う水をくみに行くとき、方角を知るためについていくこともあった。わたしは移動しているあいだも、朝どちらから日が昇り、夜どちらに沈むのか、ずっと注意しており、父の家は日が昇る方角だと気づいていた。そのため何とか脱出するチャンスが来れば逃さずそれをつかんで、そっちの方向に向かおうと心に決めていた。わたしは、母や友人たちがいない悲しみでまったく意気消沈して落ち込んでいたし、さらわれてきたのではない子供たちの遊び相手ではあっても、彼らといっしょに食事をすることも許されない屈辱的な環境にあって、わたしの自由を求める気持ちはかつてないほど大きく強くなっていたのだ。——ある日、わたしが脱出計画を練っていると、不運な事件が起こった。そのためにわたしの計画は狂ってしまい、脱出の望みはついえてしまった。わたしはときどき年配の女奴隷が料理をしたり家禽の世話をしたりするのを手伝っていたのだが、ある日の朝ニワトリにえさをやっているとき、わたしがたまたま投げた小石がそのうちの一羽にもろに命中して殺してしまった。その老奴隷はすぐニワトリが減っていることに気づいて、わたしに尋ねてきた。わたしが事故について話すと(母はわたしが嘘をつくことをけっして許さなかったから、わたしはここでも本当のことを話した)、彼女はとつぜん興奮し、罰を受けさせてやると言ってわたしを脅した。わたしの主人は外出していたので、彼女はすぐに自分の女主人のところへ行って、わたしがしたことを話した。このことにわたしはとても驚いて、すぐに懲らしめられると覚悟した。とても恐ろしかった。わたしは家ではめったに叩かれたことはなかったからだ。そこでわたしは逃げ出すことにした。ただちにわたしは、すぐ近くの茂みに走り込んで身を隠した。ほどなく女主人を連れて戻ってきた老奴隷は、わたしが見あたらなかったので、女主人と二人で家中を探した。それでもわたしを見つけることはできなかった。わたしのほうでもいくら呼ばれても答えないでいると、彼女たちはわたしが逃げたと考えて、近所の人たちみんなでわたしを探し出すことにした。その地方では(わたしたちのところと同様に)家や村は森や林に囲まれていた。その茂みはとても深かったし、そのなかに身を潜めて厳しい捜索を逃れるのは簡単だった。近所の人たちは一日中わたしを探し回った。一度ならず、彼らの何人もがわたしが隠れている場所から数ヤードのところまで迫ってきた。木々がざわめく音がするたびに、見つかってしまう、主人からひどい目に遭わされるぞ、とわたしは思った。結局、話し声が聞こえるほど近くに迫りながらも、彼らはわたしを見つけることはできなかった。しかし同時に、その彼らがわたしのゆくえを推測して話していた会話の内容から、わたしがどれほど家に戻りたくても、もはや望みはないということも知ったのだった。彼らのほとんどは最初、わたしが自分の家に向かって逃げたと推測した。しかし、距離は遠いし道も入り組んでいるから、わたしが家にたどり着けるはずもなく、森のなかで迷ってしまうのが落ちだと彼らは思っていたのだ。この会話を聞いて、わたしはたいへんなパニックに陥って、絶望にとらわれてしまった。夕闇も迫ってきて、不安もいっそう大きくなった。それまでわたしは、家に戻ることができるという望みを抱いて、暗くなったら出かけようと決めていた。しかし、もはやそれも無駄だと確信した。野生の動物に襲われても逃れられるかも知れないが、人間という動物からは逃れられないと考えはじめた。しかも道順も知らないのだから、森のなかで死んでしまうに違いない。――わたしは、次の一節の狩られた鹿のようなものだった。

あらゆる葉のさざめき、あらゆる呼吸する息が
敵を知らせ、そして、あらゆる敵が、死を。[*1]

たびたび木の葉がかさかさいう音がした。それは間違いなく蛇だった。わたしはかまれてしまうかと思った。――このことでわたしの苦しみはいっそう激しくなった。そしてとうとうわたしは、自分の置かれた状況がもたらす恐怖にまったく耐えられなくなった。結局、わたしは茂みから出た。空腹でぼんやりしていた。一日中何も食べも飲みもしていなかったからだ。それで、わたしは主人の家の調理場まではっていった。そこは誰でも出入りできる小屋だったので、入ったものの最初はそこから出ようとした。しかし、わたしはそこの灰のなかに身を横たえ、死んですべての苦しみから解放されることを願った。朝になって、わたしがまだ目も覚まさないうちに最初に現れたのは、あの女奴隷だった。火をおこしにやってきて、炉のところにいるわたしを見つけたのだ。彼女はわたしを見てとても驚き、自分の目が信じられなかった。このときになって彼女はわたしのために取りもってやると約束して、主人のところへ行った。主人はすぐにやってきた。彼は軽くわたしを叱ったあと、女奴隷にわたしの面倒をみるように、わたしを悪く扱わないようにと命じていった。

このあとすぐ、主人のたった一人の娘で、第一夫人とのあいだにできた子供が病気になって死んだ。彼はこのことにひどく動揺して、しばらくのあいだほとんど狂乱状態になった。本当に、誰かが見張っていて止めないと自殺しかねない状態だった。しかし、彼は短期間で回復した。そして、わたしはまた売り払われた。わたしは今度は、日が昇る方角の左側の方向へと連れて行かれた。いくつもの恐ろしい荒野や陰気な森を抜け、野生の獣たちのぞっとするような咆哮《ほうこう》のなかを進んだ。――今度わたしを買った人たちは、途中でわたしが疲れると、しばしば肩に乗せたり、背負ったりしてくれた。道にそって適当な間隔で便利に造られた頑丈そうな小屋がたくさん見かけられた。そうした小屋は、商人や旅行者が宿泊するためのもので、たいていついてきている妻たちといっしょに、彼らはそこに泊まるのである。また、彼らはつねに十分に武装している。

自分の国を出てから海岸に着くまで、いつも誰かわたしのしゃべることばを理解できる人が見つかった。別々の国の言語でも完全に異なっているわけではなく、また、ヨーロッパの言語、とくに英語ほど語彙が豊かなわけでもなかった。だから別の国の言語でも簡単に習得することができた。アフリカを移動するあいだに、わたしも二、三の違う言語を習得した。このようにかなり長いあいだ移動したのだが、ある夜、たいへん驚くことになった。わたしのいた家に連れてこられたのは誰あろう、わたしの愛しい妹だったのだ。彼女はわたしを見るとすぐ大きな金切り声を上げて、わたしの腕のなかに飛び込んできた。――わたしはまったく感極まってしまった。二人とも声を出すことができなかった。長い時間お互いにしっかりと抱きあって、ただ泣くことしかできなかった。わたしたちの再会に、その場でそれを見ていたみんなが感動した。ここで、そこにいたような黒い肌の人権破壊者たちの名誉のために、はっきりしておかねばならない。わたしは一度も彼らから手荒い扱いを受けたことはない。また、逃亡を防ぐために必要な場合に縛ることはあっても、彼らが奴隷を虐待している場面を見たことはない。彼らは、わたしたちが兄と妹であることを知ると、好きなだけ二人でいさせてくれた。わたしたちの所有者だと思われた男は、三人並んで眠るとき、自分は真ん中に寝たので、妹とわたしは一晩中彼の胸の上で手を繋いでいた。こうして少しのあいだ、いっしょにいられる喜びのおかげで、わたしたちは自分たちの不運を忘れることができた。しかしこの小さな慰めさえ、すぐに終わることになっていた。運命の朝がおとずれるとただちに、彼女はふたたび、そして永久に、わたしから引き離されたのだ！　そのときわたしはそれまで感じたことのないほど深く悲しんだ。彼女がいてくれることで苦痛も少し和らいだのに、それもいまや消え去ってしまった。そして、わたしの置かれた状況の悲惨さは倍になった。彼女のそれからの運命が心配だったし、彼女の苦しみのほうが大きいのではないかと不安だったからだ。それでも、わたしは彼女といっしょにいて、その苦しみを楽にしてやることはできなかった。そうだ、妹よ、あらゆる子供のころの楽しみの相棒よ！　妹よ、喜びも悲しみも分かちあった者よ！　おまえのすべての苦痛をわたしが引き受け、わたしの自由を犠牲にしてでもおまえの自由を取り返すことができたら、わたしはどれほど幸せだったろう。おまえは早くにわたしの腕のなかから取り上げられたが、おまえの姿はわたしの心にいつでもしっかりと刻まれている。時間も運命もそれを消すことはできなかった。だから、おまえが苦しんでいると思うとわたしの幸福も鈍ったし、それを思うとわたしの逆境にも重なってよけいにつらくなった。――強き者から弱き者を守ってくださる天にお願いしたい。おまえの純潔と美徳がまだ十分に褒美を受けていないのならば、それを保護してくださるように。また、もしおまえの若さと慎みがまだ、アフリカ人商人の暴力、ギニア船の悪臭、ヨーロッパ人植民地への汚染、あるいは、野蛮で容赦ない監督の鞭と肉欲などの犠牲になっていないのならば、それを保護してくださるように。

妹がいなくなってから、わたしは同じところに長く留まっていたわけではない。わたしはふたたび売り払われた。そして、たくさんの土地を通り抜けて、かなり長いあいだ移動して、それまでにアフリカで見てきたなかでもいちばん美しい国のティンマという町にやって来た。その町はきわめて豊かで、たくさんの小川が流れていて、それが町の中央に池を作っていた。人々はそこで洗いものをしていた。ここでわたしは初めてココアの実というものを目にして食べてみた。それはそれまで食べたどんな木の実よりも美味しいと思った。たわわに実をつけた木は家々のあいだに散在して、たっぷりと木陰をつくっていた。家の内部はわたしたちの故郷と同じように漆喰《しっくい》で白く塗り固められていた。サトウキビを初めて目にして食べたのも、ここでだった。彼らの通貨は指の爪ほどの大きさの小さな白い貝殻で、この国では「コア」*2という名前で知られていた。この町の住人で、ここまでわたしを連れてきた商人は、わたしをその通貨にして百七十二で売ったのだった。わたしはその商人の家に二、三日ほどいたのだが、ある夜、隣に住んでいる裕福な未亡人が訪ねてきた。彼女の一人息子もいっしょだった。彼はわたしと同じくらいの年齢で同じくらいの大きさの幼い紳士だった。その親子はわたしを見て気に入ったので、商人から買って家に連れて帰った。彼女の家屋敷は、先に言ったたくさんの小川のうちの一つが流れている近くにあって、わたしがアフリカで見たなかでももっとも美しいものだった。敷地はとても広く、彼女に仕える奴隷もたくさんいた。翌日、わたしは身体を洗われ、香水をつけられた。そして、食事の時間になると、わたしは女主人の前に連れて行かれ、彼女の前で息子といっしょに食べて飲んだ。このことにわたしは驚いた。その幼い紳士は、奴隷のわたしが、自由な身分である自分といっしょに食事することを許したのだ。わたしは、この驚きを思わず口に出して言ってしまうところだった。驚いたのはこれだけではない。彼は、たしかに慣習にはかなっていたにしても、わたしのほうが年長だからと、わたしが最初に手をつけるまでは、いかなるときも食べも飲みもしようとしなかったのだ。実際、ここでのあらゆることが、彼らのわたしに対する待遇のすべてが、わたしにとって自分が奴隷であることを忘れさせるものだった。ここの人々の言語はわたしたちのものにかなり似ていたため、お互いに完璧に理解することができた。彼らの慣習もまた、わたしたちのものと同じだった。ほかの少年たちといっしょに幼い主人とわたしは、かつてわたしが家でよくしていたように、投げ槍《やり》や弓矢で遊んだのだが、そのあいだ毎日、奴隷たちが付き添っているのも同じだった。このようなかつての幸福にそっくりな状態で二か月ほどがすぎたころ、その家族の養子にされるのではないかと、わたしは考えはじめた。わたしは、自分の置かれた状況になじんで、次第に自分の不運を忘れはじめた。と、そのとき、突然すべての幻想は消え去った。誰にも知られることなく、ある朝早く、まだ幼い主人とお供も眠っているとき、わたしは空想から目覚めさせられた。そして、わたしは悲しみを新たにする間もなく、すぐに割礼さえしていない者たちのなかへと連れ去られてしまったのだ。

　こうしたわけで、最大の幸福を夢見た、まさにその瞬間、わたしは自分が最大の不幸のなかにいることに気づいた。それはまるで運命が、わたしに喜びを味わわせることによって、その逆であることのつらさを、よりいっそう激しいものにしようと願っているかのようだった。そのときわたしが体験した変化は、突然で予想もしなかっただけでなく、苦痛そのものだった。まさにそれは、至福の状態から、わたしには言い表せない状況への変化だった。なぜなら、それはわたしにとって、それまで見たこともないし、考えたこともない領分のように思われたからだ。そこで繰り返し味わった辛苦や無残な仕打ちを思い出すだけで、わたしは今でも恐怖を感じる。

それまでわたしがすごしてきた国や人の慣習やしきたりや言語などは、すべてわたしたちのものと似ていた。しかし、わたしはとうとう、そういったことがまったく異質な人々の住む国へ行くことになったのだ。わたしはその違いに非常な衝撃を受けた。割礼もせず、食事の前に手も洗わない部族のなかに連れてこられたとき、とくにそうだった。彼らはまた、鉄の鍋で料理をし、わたしたちのところでは知られていないようなヨーロッパ製の反り身の短剣や大弓を持っており、仲間同士では拳で闘った。そこの女たちは、わたしたちのところほど慎み深くなく、男たちといっしょに飲み食いしたり眠ったりした。それより何より、彼らがまったく生け贄や捧げものをしないと知って驚いた。なかには入れ墨で身体を飾り、同時に歯を削って尖らせる者もいた。ときどき彼らはわたしにも同じような装飾を施そうとしたが、わたしはそれを許さなかった。彼らのように身体を醜くすることのない人々のなかで、いつかまた暮らせることを願っていたからだ。そうしていよいよ、わたしは大きな川の岸にやってきた。その川には一面にいくつものカヌーが浮いていた。そのカヌーのなかにあらゆる家財道具や食料を詰め込んで、人が暮らしているようだった。この光景を見て、わたしはびっくり仰天した。それまでわたしは、池や小川よりも大量の水を見たことがなかったのだ。そして、カヌーの一つに乗せられ、水をかいて川を進みはじめたとき、その驚きは大きな恐怖と入り混じった。わたしたちは夜になるまでそのようにして進んだ。それからわたしたちは、陸地に上がって川辺で火をおこした。それぞれが好きなように、岸にカヌーを引っ張り上げている家族もあれば、カヌーのなかに残って食事を作り、一晩中そこで寝る家族もあった。岸に上げたカヌーにはマットが入っていて、彼らはそれでテントを作った。なかには小さな家のような形をしたテントもあった。このようなテントのなかでわたしたちは眠った。そして朝食のあと、ふたたびカヌーに乗り込んで、それまでと同じように進んだ。その途中で、しばしば川に飛び込んで底まで潜って上がってきたり泳ぎ回ったりするのが、男だけでなく女のなかにもいたことにはとても驚かされた。こうしてわたしは、ときには陸路、ときには水路を使い、いくつものさまざまな国を通って旅を続けた。そしてついに、誘拐されてから六、七か月目の終わり、わたしは海岸に到着した。この旅のあいだにわたしに起こったすべての出来事をここで述べても退屈でつまらないだろうが、わたしはまだ忘れてはいない。わたしはさまざまな人の手にわたり、さまざまな人々の慣習やしきたりのなかで暮らした。そのうえでわたしが述べておきたいのは、わたしがいたすべての土地で土壌はきわめて豊かだったこと、カボチャ、根菜、バナナ、ヤムイモなどがとても豊富に、しかも大きく育っていたことである。何にも使われていなかったけれども、ゴムの木もいろいろとたくさんあったし、いたるところに大量のタバコがあった。野生の綿まで生えていたし、セコイアの木もたくさんあった。職人については、すでに述べたようなもの以外に見あたらなかった。こうした国々の主要な仕事は農業であり、わたしたち同様、男性も女性も農作業をするようにしつけられ、戦闘の技術も訓練されていた。

海岸に到着してわたしの目に飛び込んできた最初のものは、海だった。そして、奴隷船だった。その奴隷船は錨を下ろして積み荷を待っているところだった。この光景はわたしをしんそこ驚かしたが、その驚きはすぐに恐怖に変わった。この恐怖、さらにこのとき心に浮かんださまざまな感情を描写しようにも、わたしはいまだに言葉を持たない。わたしを乗船させると、ただちに何人かの船員が、健康かどうか確かめるために、わたしをなでまわしたり、放り上げたりした。悪霊の世界に連れ込まれた、彼らに殺されてしまうとわたしは思った。彼らの肌の色はあまりにもわたしたちとは違い、髪を長く伸ばし、話す言語もそれまで耳にしたどれとも異なっていたため、わたしはたしかにそう思ったのだ。実際、このとき抱いた将来についての恐怖と不安はそれほど大きかったので、たとえ一万の世界が自分のものになったとしても、わたしはそのすべてに喜んで別れを告げ、故郷の最下層の奴隷とでも立場を交換したであろう。その船を見回して、巨大な銅の竈《かまど》が煮えたぎり、あらゆる種類の大勢の黒人がいっしょに鎖でつながれ、そのすべての顔が失意と悲嘆の表情を浮かべている光景を目にしたとき、わたしの運命はもはや疑いようもなかった。そして戦慄と苦痛に圧倒され、わたしは甲板の上で動けなくなってそのまま気を失った。少し元気を取り戻したとき、わたしのまわりには何人かの黒人がいた。わたしを船に乗せ、報酬を受け取っていた連中だと思われた。彼らはわたしに話しかけて元気づけようとしたが、まったく無駄だった。わたしは彼らに、あの赤らんだ恐ろしい顔つきの髪を伸ばした白い男たちによって、わたしたちは食べられてしまうのではないかと尋ねた。そんなことはないと彼らは答えた。それから船員の一人が、ワイングラスに強い酒を少し入れてわたしに持ってきた。しかし、その男が怖かったので、わたしは男の手からグラスを取ろうともしなかった。そのため黒人の一人が代わりにそのグラスを取って、わたしに手渡した。わたしはそれを少し口に含んでみたが、彼らが思っていたように元気が回復するどころか、それがもたらす奇妙な感じに肝がつぶれるほど驚かされた。そんな味の酒はそれまで飲んだことがなかったからだ。このあとすぐ、わたしを船に乗せた黒人たちは、絶望にうちひしがれたままのわたしを置き去りにして、船から降りていってしまった。これでわたしは、生まれ故郷に戻るチャンスをすべて奪われたのだ。いまや岸にだって親しみがわいてきたが、その岸に上がる一縷《いちる》の望みすら奪われたと思った。それどころか、現在の状況を思えば、それまでの奴隷状態に戻りたいとさえ願った。あらゆる恐怖に満たされた状況にあったうえに、これからどんな目に遭うかも知らなかったから、よりいっそう恐ろしかったのだ。しかし、長々と悲しみにふけっていることは許されなかった。すぐにわたしは甲板の下に押し込められ、生まれてこのかた経験したこともないほどの挨拶を鼻孔に受けた。たまらない悪臭と一同が泣き叫ぶ声のため、わたしは気分が悪くなって沈み込んでしまい、ものを食べるどころか、何一つ口に入れたいとも思わなかった。わたしは最後の友である「死」に救いを求めた。しかし悲しいかな、ほどなくして白人の男が二人やって来て、わたしに食べものを差し出した。わたしが食べることを拒否すると、そのうちの一人がわたしの手をつかんで、巻き揚げ機《ウィンドラス》と思われるものにわたしを横たえさせ、足を縛り上げた。そしてもう一人の男が激しくわたしを鞭打った。これほどひどい目に遭ったことはなかった。わたしは海に慣れていなかったので、初めて見たとき当たりまえだが海水というものが怖かった。それでも、もし逃亡防止用ネットを乗り越えることができたら、そのまま船べりを越えて海に飛び込みたいところだった。しかし、それもできなかった。しかもわたしたちが鎖で甲板につながれていないときには、海に飛び込まないように、いつも船員たちがすぐ近くで見張っていた。あわれなアフリカ人の捕囚のなかには、海に飛び込もうとしたためにひどく切りつけられた者もいたし、ものを食べないからと絶えず鞭打たれたりする者もいた。わたしも食べないことでしばしば鞭打たれた。このあと少しして、鎖につながれたあわれな男たちのなかに、わたしと同じ国から来た人が何人かいることが分かって多少気持ちが楽になった。わたしは彼らに、自分たちはこれからどうされるのか尋ねた。彼らによると、これからわれわれはあの白い人たちの国に連れて行かれて、そこで働かされるのだということだった。これを聞いてわたしは少し元気が出た。働かされるだけだったら、わたしの状況はそれほど絶望的ではないと考えた。しかしそれでも、白人の様子と行為があまりにも野蛮に思われたから、自分はいつか殺される気がして不安だった。わたしはこれほど残忍で残酷な仕打ちができる人間を見たことがなかったし、それはわたしたち黒人に対してだけでなく、ときには白人同士でなされることもあったからだ。甲板の上に出ることを許されているときに目にしたのだが、ある白人の男の場合などは、前檣《フォアマスト》の近くで太いロープで容赦なく鞭打たれ、結局死んでしまった。その遺体を彼らはまるで獣を扱うように船べり越しに海に投げ込んだ。これを見て、わたしはその人たちがいっそう恐ろしくなり、わたしも同じように扱われるに違いないと考えた。わたしはこらえきれず自分の恐怖や不安を同郷の人の何人かに伝えて、あの人たちには国はないのか、だから船のような何もないところに住んでいるのかと尋ねた。彼らによると、そうではなく、連中は遠くの国から来たとのことだった。「それなら」とわたしは言った。「どうしてわたしたちのどこの国でもあの人たちのことが聞こえてこないんですか?」彼らが言うには、それは連中があまりにも遠いところに住んでいるからだった。さらにわたしはこう尋ねた。女性はいないんですか? 女性もあの人たちに似ているんですか? 女性もいるとのことだったので、こう続けた。「なら、なぜここでは見あたらないんですか?」彼らの答えによると、女性は国に置いてきたのだった。どういうわけで船は進むのかとも質問したが、これについては彼らも知らなかった。ただ、わたしも目にしたロープで帆柱に布がはられていて、それで船は進むとのことだった。そして、白人は好きなときに船を止めるために、海に入れる何かまじないか魔法のようなものを持っているとのことだった。わたしはこの説明を聞いてとてつもなく驚き、あの連中は本当に悪霊だと思った。わたしは彼らの生け贄になってしまうと思って、とにかく彼らから離れていたいと願った。しし願っても無駄だった。わたしたちは居場所が決められていて、誰一人として逃げ出すことは不可能だった。船が海岸に停泊中わたしはほとんど甲板の上にいたのだが、ある日、一隻の船が帆を揚げて近づいてくるのが見えてとても驚いた。それを見るとすぐに白人たちが大声で叫んだので、わたしたちはびっくりした。見ていると、その船は近づくにつれていっそう大きくなったので、さらにびっくりした。最後にその船はわたしの目の前で停泊した。それを見ていたわたしと同郷の人たちは、錨が下ろされて船が止まるのを目のあたりにして愕然とした。これは魔法に違いないと確信した。このあとすぐ、その船から何隻かボートが下ろされ、人がわたしたちの船に乗り込んできた。どちらの船の人たちもお互いに会えてとても嬉しそうにしていた。やって来た連中はわたしたち黒人とも握手をした。わたしたちに彼らの言葉は理解できなかったが、彼らは何やら両手を動かして、わたしたちは彼らの国に行くのだということを伝えたいようだった。わたしたちのいた船に自分たちの積み荷をすべて載せると、彼らは恐ろしい騒音を立てて出発準備をした。わたしたちは甲板の下に入れられていたので、彼らが船をどのように操縦しているのか見ることはできなかった。しかし、そんな失望などちっとも苦ではなかった。岸に停泊中から船倉の悪臭は耐え難いほどひどく、しばらくそこにいるだけで危険だったため、わたしたちのうちの何人かは甲板の上に出て新鮮な空気を吸うことが許された。しかしいまや船の積み荷がすべて船倉に集められて、悪臭はまったく悪疫そのものになった。その場所の息苦しさ、暑さ、それに加えて、大人数がほとんど身体の向きも変えられないほどぎゅう詰めに押し込められていたこともあって、わたしたちは窒息しそうだった。このために大量の汗が出て、さまざまな悪臭を発し空気はすぐに呼吸に適さないものになった。それは奴隷のあいだに病を蔓延させ、多くの者が死亡した。言ってみれば、彼らは購入者たちの目先のことしか考えない貪欲の犠牲となったのである。この悲惨な状態は、いまや耐えられないほどに鎖が食い込むことで、いっそう悪化した。しばしば便所用の桶に子供が落ちて窒息しそうになった。女たちの悲鳴や死にかけた人のうめき声のため、ほとんど信じられないほどの恐怖の場面だった。わたしにとって多少幸いだったのは、わたしがあまりにも元気がないので、つねに甲板の上に出しておく必要があると思われたことだった。また、わたしはまだとても幼かったから足かせもつけられなかった。このような状態で、わたしは自分の同郷の人たちと同じ運命をたどるのだと一分一秒ごとに思っていた。ほとんど毎日のように彼らの何人かが死ぬ間際になって甲板に運び上げられてきた。それを目にして、一刻も早くわたしの不幸も死が終わらせてくれることを願いはじめた。早く死ねるのなら、船倉にいる多くの人たちのほうがかえって幸せだと思ったくらいだ。彼らが死ぬという自由を享受していることをうらやましく感じ、立場を交換したいと何度も願ったのだ。わたしの置かれた状況のあらゆる面を考えると、ますます苦しく感じられ、不安も高まるばかりだった。ある日、船員連中が大量に魚を捕った。彼らはその魚を屠って好きなだけ食べてしまうと、甲板にいたわたしたちが驚いたことに、期待に反して彼らは一匹たりともわたしたちには食べさせず、残った魚は海に捨ててしまったのだ。わたしたちがほんの少しのお余りをほしがっても無駄だった。同郷の人のなかには、空腹のあまり、誰も見ていないチャンスに自分だけこっそり食べようとした者もいた。しかし彼らはその場を押さえられ、こっぴどく鞭打たれたのだった。

海も静かで風も穏やかなある日のこと、鎖でいっしょにつながれた二人の疲れ果てた同郷人が（そのときわたしは近くにいた）悲惨な生活より死を望み、何とかネットをくぐり抜けて海に飛び込んだ。その直後、まったく元気のない、病のために足かせを外されていた男が、この手本に従った。もしこれに驚いた船員たちが止めなければ、たちどころにもっと多くの人が同じことをしただろう。わたしたちのなかで身体を動かせる者は、ただちに甲板の下に押し込められた。船員たちは、それまでわたしが耳にしたことのないほどのやかましい騒ぎのなか、船を止めると、ボートを出して逃げた奴隷のあとを追った。最初の二人はおぼれてしまったが、もう一人は捕らえられた。そのあと彼らは無慈悲にその男を鞭打った。そうすることによって、望みどおりに奴隷状態の代わりに死を与えてやろうとしたのだ。このように、わたしたちはここで述べることができないほどの苦難を耐え続けたのである。この呪われるべき人身売買につきまとう苦難を。——何度となくわたしたちは、新鮮な空気が足りずに窒息しかけた。たいてい何日にもわたってそうだったことと、便所用の桶の悪臭のせいで、多くの人が命を奪われた。この航海のあいだに、わたしはトビウオを初めて見てとても驚いた。しばしば船の上を飛び越えていくトビウオが、たくさん甲板の上に落ちてきた。わたしはまた、船員たちが象限儀《クォドラント》を使うところも初めて見た。彼らがそれを使って計測をしてるのを、いつもわたしは驚きをもって眺めていたが、それが何のために使われているのかは理解できなかった。わたしが驚いているのに気づいた船員のうちの一人が、わたしの好奇心を満足させると同時にさらに不思議がらせてやろうと、ある日、わたしに象限儀を覗かせた。いくつもの雲がわたしには通りすぎては消えていく陸に見えた。このことでわたしの驚異の念はさらに高まり、自分は別世界にいるのであって、まわりのすべては魔法なのだと、それまで以上に確信した。ついにバルバドス島が見えてきた。船の上の白人たちは大きな叫び声を上げると、わたしたちのほうに向かって、いろいろと喜びの仕種をしてみせた。わたしたちはこのことをどう考えればいいのか分からなかったが、船が近づくにつれて、港が、そしてさまざまな種類と大きさの船がはっきりと見えてきた。すぐにわたしたちの船も、それらの船に混じってブリッジタウンの沖に錨を下ろした。もう夜になっていたが、たくさんの商人や農園主が船に乗り込んできた。彼らはわたしたちをいくつかのグループに分けると、詳しく調べまわした。また彼らは、「健康かどうか見るために」わたしたちにその場飛びをさせたりした。それから陸地を指さして、わたしたちはあそこに行くのだと伝えようとした。わたしたちはこれを見て、自分たちはこの醜い男たちに食べられてしまうのだと思った。それくらい彼らは醜く見えたのだ。そのあとすぐ、ふたたびみんな甲板の下に戻されたときには、わたしたちはひどく恐れおののいた。こうした不安のため一晩中悲痛な泣き声しか聞こえなかった。しまいには白人は陸地から何人か年老いた奴隷を連れてきて、わたしたちをなだめさせようとしたほどだった。この奴隷たちが言うには、わたしたちは食べられてしまうのではなく、これから働くことになるのだと、そして、これからすぐに上陸して、そこでたくさんの同郷の人たちに会えるのだとのことだった。これを聞いてわたしたちはずいぶん安心した。そしてその言葉どおり上陸させられるとすぐ、わたしたちのほうにアフリカ中のあらゆる言語を話す何人かのアフリカ人が寄ってきた。わたしたちはただちに商人の屋敷の前の広場に連れて行かれ、性別や年齢に関係なく、まるで羊の群れのようにいっしょに檻のなかに入れられた。あらゆるものが目新しかったので、わたしは目にするすべてに驚いた。まず最初にびっくりしたのは、家が煉瓦で、しかも数階の高さに建てられていて、そのほかあらゆる点でアフリカで見てきた家と異なっていたことである。さらにびっくりしたのは、人が馬の背中に乗っているのを目にしたときだった。これがどういうことなのか、わたしには理解できなかった。実際、この人々はたくさん魔法の業を持っているのに違いないと考えたほどだ。わたしがこのように驚いていると、いっしょに捕らえられていた一人が、自分の同郷人に馬について話していた。彼によると、馬の種類は彼の国のものと同じとのことだった。彼らはアフリカでも遠くの地域の人だったが、わたしは彼らの話している言葉を理解することができた。わたしは自分がアフリカで馬を見たことがなかったのが不思議でならなかった。しかしあとになって別のアフリカ人たちと話していると、彼らのところにはたくさん馬がいて、しかもここで見たものよりもずっと大きいとのことだった。わたしたちは何日も商人のところに拘留されていたわけではなく、ほどなくして彼らの通常のやり方で売却された。それは次のようなやり方である。――まず、合図（ドラムの音）が鳴る。すると買い主たちがいっせいに奴隷が檻に閉じ込められている広場に集まってきて、いちばんいいと思うグループを選ぶのである。このときの騒音や喧噪、また買い主たちの顔に見て取れる熱心さのせいで、おびえたアフリカ人たちの不安はさらに増大する。アフリカ人にとっては、彼ら買い主が自分に運命づけられた破滅の代理人と思われても当然であろう。このようなやり方で親類同士も友人同士も躊躇なく引き離され、そのほとんどが二度と再会することはない。わたしがここへ連れてこられた船の男性用の部屋には、何組かの兄弟がいたことを覚えている。しかし、彼らは別々のグループに入れられて売られていった。彼らが別れるときの泣き叫ぶ姿は非常に哀れを感じさせるものだった。おお、名ばかりのキリスト教徒よ！　こんなことを神から学んだのかと、アフリカ人の誰かがおまえたちに尋ねなかったか？　自分がしてもらいたいようにほかの人にもせよと、おまえたちに神はおっしゃらなかったか？　わたしたちを故郷や友人から引き離して、おまえたちの奢侈《しゃし》と利得欲のために働かせるだけでは十分ではないのか？　あらゆる情感もおまえたちの強欲の犠牲にならなければならないのか？　家族から引き離されたがゆえに、いっそう愛しく感じている友人や親類たちを、さらにまた離ればなれにさせるのか？　そして、奴隷状態の落胆のなかにあっても、せめていっしょにいて苦しみと悲しみを分かち合うという、小さな慰めで互いに励まし合うこともできなくするのか？　なぜ親が子を、兄が妹を、夫が妻を失わなければならないのか？　これこそ新たな残酷の極みというものだ。その罪を償うどころか、いっそう苦悩を増大させ、奴隷の悲惨にさらなる恐怖を加えるものなのだ。

第三章

ヴァージニアへ――苦悩――絵画と時計の驚き――パスカル船長とのイングランドへの旅立ち――航海中の恐怖――イングランド到着――降雪の驚き――ガーンジー島へ、主人と戦艦に――一七五八年ボスコーエン中将指揮下の対ルイスバーグ遠征。

わたしはいまや、同郷の人たちと会話を楽しむという少しだけ残っていた慰めも、完全に失ってしまった。わたしの身体を洗ったり世話をしてくれたりしていた女性たちも、みんな別々のほうへ行ってしまった。それ以後、わたしはそのうちの誰とも会ったことはない。

わたしがこの島［バルバドス島］にいたのは数日だけだった。おそらく二週間も経たないうちに、わたしとそのほかに何人か、とても暴れたために売れなかった奴隷が、スループ帆船[*1]に乗せられて北アメリカに移された。その航海では、アフリカから来たときの航海に比べて良い扱いを受け、わたしたちは米や分厚い豚肉をたくさん食べることができた。わたしたちの船は、ヴァージニア州のあたりで海から川へ入って、かなりさかのぼっていった。そこでは、アフリカ生まれの人はほとんど、あるいはまったく見あたらず、誰一人わたしに話しかけてもこなかった。わたしは二、三週間、ある農園で草むしりをしたり、石を集めたりした。そのうちに、ともに来た仲間はみんな別々に分散されていき、最後にはわたし一人が残された。わたしはとても悲しい気がして、ほかの仲間の誰よりも自分は不幸だと思った。彼らは互いに話すこともできるだろうが、わたしには言葉を分かってくれる話し相手は誰一人いなかったからだ。このような状態で、わたしは絶えず嘆き悲しみ、何よりも死を願っていた。この農園にいたとき、わたしの所有者だと思われる紳士の具合いが悪いということで、ある日、わたしは住居に彼を扇であおぎに行かされたことがある。彼のいる部屋に入って、そこで目にしたいろいろなものがとても恐ろしかった。その家を通り抜けたときに見た黒人の女奴隷はさらに恐ろしかった。夕食を作っていたそのかわいそうな女性は、残酷にもいろいろな鉄の器具を身体に着けさせられていたのだ。とくに頭に着けていたものは、しっかりと彼女の口を固定していて、ほとんど話もできなければ、食べたり飲んだりもできないほどだった。わたしはとにかくこの仕掛けに驚きショックを受けたのだが、のちにそれは鉄口輪《マズル》と呼ばれるものだと知った。わたしはすぐに手に扇を持たされ、眠っている紳士をあおいだ。実際には、絶えずびくびくしながらだった。彼がぐっすりと眠っているあいだに、わたしは思う存分その部屋を見回した。わたしにとってその部屋はとても素晴らしく思われ、好奇心をそそられた。最初にわたしの注意を引いた物は、暖炉のところにかかっていた時計だった。それが鳴りだしたのだ。わたしはその音にびっくり仰天しただけでなく、それは紳士に何かを告げようとしたのに自分はそれを聞き損ねたと思った。そのあと部屋にかかっていた絵をしげしげと眺めた。

それがわたしのほうをずっと見つめているように思ったから。そのようなものは見たことがなかったので、わたしはいっそう恐ろしかった。最初、それは何か魔法に関係するものだと思った。しかし動かないことが分かって、今度は、白人たちが何らかの方法で死んだ偉人をそこに閉じ込め、わたしたちが親族の霊におこなっていたように献酒をするのかと思った。わたしはこのような不安な状態でいたのだが、主人が目を覚ますと、さっさと部屋から追い出されたため、少なからず安心してほっとした。というのは、わたしは白人たちがみんな何か驚くべき不思議なものでできていると思っていたからだ。ここではわたしはジェイコブと呼ばれていた。しかし、アフリカの帆船《スノウ》に乗っていたときは、マイケルと呼ばれていたのだった。しばらくのあいだ、わたしはみじめで孤独で、とても落胆した状態でいた。誰一人話しかける相手もおらず、そのため生きているのもつらいと感じていた。しかしそのとき、(まさに目の見えない者でも知らず知らずに導いてくださる)創造主の優しく未知なる手が現れはじめて、わたしの慰めとなった。ある日、インダストリアス・ビー号という名前の貿易船の船長が、何かの仕事でわたしの主人を訪ねてきたのである。この紳士は、名前をマイケル・ヘンリー・パスカルといって、海軍の大尉だったが、このときはこの貿易船の指揮をとっていた。船は何マイルも離れた州境のどこかに停泊されていた。主人の家にいるあいだにたまたまわたしを目にした彼は、わたしをとても気に入って買い取った。わたしを買うのに三十ポンドだか四十ポンドだかも払ったと彼はよく言っていたが、どちらだったか今は思い出せない。もっとも、彼はわたしをイングランドの友人の誰かへの贈り物にするつもりだった。そこで、わたしはそのときの主人(キャンベル氏という人物）の家から船が停泊しているところまで連れて行かれた。わたしは年配の黒人男性が引く馬の背中（わたしにはとても奇妙な移動手段だと思われた）で運ばれた。到着すると、わたしは美しい巨大な船に乗せられた。その船にはタバコなどが積み込まれ、ちょうどイングランドに向けて出航するところだった。これでわたしの置かれた状況はかなり改善されたと思った。帆の上で横になれたし、おいしい食べものもたくさんあった。乗っているすべての人がわたしにとても親切で、それまで見てきた白人とは大違いだった。それで白人といっても、みんながみんな同じ気質の持ち主とは限らないと考えはじめた。乗船して二、三日後、わたしたちはイングランドに向けて出航した。それでもまだ、わたしは自分の運命を推し量ることができずに途方に暮れていた。ただ、このときにはわたしは聞きかじりの不完全な英語を少しだけ話すことができた。それでわたしは、自分たちがどこに向かっているのかできるだけ知ろうとした。わたしをわたしの故郷に連れて帰ろうとしているのだという船員もいて、わたしはとても嬉しかった。わたしは帰国すると考えては喜んで、家に帰ったらどんな不思議な話をしようか思案した。しかし、わたしには別の運命が待ち受けていたのであった。イングランドの海岸が見えるところまで来たとき、わたしはすぐに夢から覚めた。この船に乗っているあいだに、船長でもあったわたしの主人は、「グスタヴス・ヴァッサ」という名前をわたしにつけた。[*2]そのころには彼の言っていることも少し理解できるようになりはじめていたときだったので、わたしはそう呼ばれることを拒んだ。わたしは彼に自分にできるかぎりの英語で、ジェイコブと呼んでほしいと言った。しかし、彼はだめだと言って、わたしをグスタヴスと呼びつづけた。最初、わたしはこの新しい名前に応えることを拒んだが、そうするといつも手錠をかけられた。それで結局、最終的にわたしは屈服した。それ以降わたしはこの名前で知られることになった。航海は長期間におよんでいた。そのため、食糧と飲み水の蓄えがかなり少なくなってきた。ついには、わたしたちは一人当たり一週間にパンを一ポンド半、同じくらいの量の肉、一日に水は一クォート[*3]しか取れなくなった。海に出てからは一隻の船にしか会わなかった。多少の魚が捕れたのも一度きりだった。このような窮地に陥って、船長や船員たちは冗談でわたしに、おまえを殺して食べようかと言った。しかし、わたしは彼らの言葉を本気に受け、ひどく意気消沈して、最期の瞬間を今か今かと待ち構えた。わたしがこのような状況にあったある夜、彼らはたいへんな苦労をして巨大なサメを捕まえて船に揚げた。このことは、わたしのあわれな心をとても喜ばせた。これで彼らは、わたしの代わりに、そのサメを食べると思ったのだ。しかし驚いたことに、彼らはすぐに尾を少し切り取っただけで、サメを船べり越しに海に戻してしまった。これを見てわたしはふたたび狼狽した。わたしにはこの白人たちがいったい何を考えているのか分からなかったため、彼らに殺されて食べられてしまうと思ってとても恐ろしかった。船には、それまで一度も航海に出たことのない若い男が乗っていた。わたしより四、五歳上で、名前をリチャード・ベイカーといった。彼はアメリカ生まれで、きちんとした教育を受け、とても好ましい気質の持ち主だった。わたしが乗船するとすぐ、彼はわたしに特別に目をかけて気を遣ってくれたので、わたしのほうも彼のことがとても好きになった。やがてわたしたち二人は、いつもいっしょにいるようになった。そして二年間にわたって、彼はおおいにわたしの助けになってくれた。彼はわたしにとって変わらぬ友であり教師であった。この若者は自分の奴隷をたくさん所有していた。それにもかかわらず、彼とわたしは二人いっしょに船の上で数多くの苦難をともにした。そして、悲しいときには抱き合っていくつもの夜をすごした。このような固い友情がわたしたちのあいだで、彼の死のときまで育まれた。一七五九年の彼の死は、わたしにとってたいへんな悲しみだった。そのとき彼は海軍の軍艦プレストン号に乗船して多島海*4にいた。わたしにとってこの出来事は悔やんでも悔やみきれない。わたしは、親切な通訳、良き仲間、忠実な友を一度に失ったのである。彼は十五歳にして偏見に打ちかつ心を持っていた。彼は、無知で、肌の色の違うよそ者で、しかも奴隷であった人間に目をとめ、つきあい、その友となり、その教師となることをも、まったく恥じることはなかったのだ！　アメリカにいるあいだ、わたしの主人は彼の母親の家に滞在していたこともあって、彼を特別待遇し、船ではいつもいっしょに食事をとった。彼に主人はよく冗談で、わたしを殺して食べようと言っていたそうだ。主人はわたしに、黒人は食べるのには適さないと言いながら、わたしたちは故郷で人肉を食べたかどうか尋ねたこともあった。いいえ、とわたしが答えると、主人はそれではまず殺すのはディック（主人はいつも彼をこう呼んでいた）、その次はわたしだと言った。これを聞いてわたしは、自分に関してはちょっと安心したが、ディックのことにはびっくりして、彼が呼び出されるたびに、殺されてしまうのではないかと心配でならなかった。そこでいつも船室をこっそりのぞいては、彼が殺されないように見張っていた。わたしたちが無事上陸するまで、わたしはこのように戦々恐々としていた。ある夜、人が船外に投げ出されてしまったことがあった。船を止めようとする叫び声や騒音がとても大きくて混乱していたので、何が起こったのか知らなかったわたしは、いつものように不安になりはじめ、とうとう彼らはわたしを捧げものにするために、何か魔法をおこなっているのだと思った。そのころはまだ彼らが魔法を使うと信じていたのだ。そのとき波がとても高かったのだが、それは海の支配者が怒っているせいだから、わたしはそれを鎮めるための捧げものにされるのだと思った。そのため、わたしの心は苦しみでいっぱいになり、その夜はもはや目を閉じて横になることはできなかった。しかし朝日が昇って、わたしは少し落ち着くことができた。それでも依然として、呼び出されるたびに、わたしは殺されてしまうと思っていた。このことがあってしばらくして、わたしたちは何かすごく大きな魚を目にした。あとでそれは鯱《しゃち》と呼ばれるものだと知ったのだが、わたしにはきわめて凶暴そうに見えた。その魚の群れはちょうど夕暮れに姿を現して、船の近くまで来て甲板にしぶきを吹きかけていった。わたしは、あれこそ海の支配者であり、白人たちが捧げものをしないので怒っているのだと思った。このわたしの考えを確証するかのように、そのとき風がやみ、海が凪《な》いだ。そのため船も止まった。これはあの魚たちの仕業だと思ったわたしは、連中を鎮めるための捧げものにされることを恐れて、船の前部に身を隠し、たびたび頭を出して様子をのぞき見てはぶるぶる震えていた。しかし、すぐにディックがわたしのほうにやって来たので、その機会を捉えて、まだたいして話せなかったけれども、できるかぎりの英語で、あの魚は何なのか尋ねた。わたしの質問は少ししか理解してもらえなかった。連中に捧げものがされるのかという質問のほうは、まったく分かってもらえなかった。それでも彼はわたしに、あの魚は人を飲み込んでしまうのだと言った。わたしを仰天させるのにはこの答えだけで十分だった。ここで彼は、後甲板の手すりの上から身を乗り出してその魚を見ていた船長に呼び出された。船員たちはピッチ*5の樽に忙しく火をつけていた。その樽で魚たちを遊ばせようとしていたのだ。船長は今度はわたしを呼び出した。ディックからわたしが心配していると聞いたからだった。船長やほかの船員たちにはわたしが泣いて震えているのが滑稽に見えたようで、彼らは、怖がっているわたしをしばらくからかって楽しんでから、やっと解放してくれた。火がつけられたピッチの樽は、船べりから海に投げ込まれた。そのころにはすっかり暗くなっていた。魚たちは樽の後ろについていたが、わたしにとってとても嬉しいことに、やがて魚たちは見えなくなった。

しかしながら、わたしの驚きが完全におさまりはじめたのは、やっと陸地が見えたときだった。十三週間の航海を経て、わたしたちの船はファルマス*6に到着したのだ。乗組員はみんな海岸に着いて心から喜んでいるようだったが、わたしほど喜んでいる者はいなかった。船長はすぐに上陸して、新鮮な食料を船に積み入れた。わたしたちはとにかく食料がほしかったのだ。わたしたちはその食料をどんどん使った。やがてわたしたちの飢えは、ほとんど終わりなき饗宴《うたげ》に変わった。わたしがイングランドに到着したのは、一七五七年の春のはじめ、もうすぐ十二歳になるころだった。*7わたしはファルマスの建物や道路の舗装にすっかり感心してしまった。実際には、目にする何もかもがわたしにとって新たな驚きだった。ある朝甲板に出ると、夜のあいだに降った雪で一面が覆われていたことがある。そのようなものはそれまで見たことがなかったわたしは、塩だと思った。そこでただちに航海士のところへ駆け下りて、精いっぱいの英語で、誰かが夜のあいだに甲板中に塩をまいたので見に来てほしいと言った。彼はそれが何だか知っていたから、それを少し自分のところに持ってくるようにとわたしに言った。そこで、わたしはそれを両手一杯にとった。とても冷たかった。彼のところまで持って行くと、味見をしてみろと言われた。味見をしてわたしはとんでもなく驚いた。そして、何なのかと彼に尋ねた。彼はそれは雪だと教えてくれた。それでもわたしには彼の言っていることが理解できなかった。こういうものはおまえの国にはないのかと、彼が尋ね返したので、ない、と答えた。今度はわたしが彼に、それの使い道と作った人を尋ねた。それは、神と呼ばれる、天上にいる偉大な方がお作りになったのだと彼は答えた。ここでまた、わたしは彼の言っていることが理解できず、ほとんど途方に暮れるしかなかった。そして、さらに途方に暮れたのは、同じ日のそのあと少ししたころ、それがにわかに強烈に降ってきて、あたりの大気がそれで満たされるのを見たときだった。このあと、わたしは教会に行った。そのような場所には一度も行ったことがなかったのだが、礼拝に出て、また驚いた。わたしはできるかぎり尋ねてみた。礼拝とは、わたしたちと万物を創造した神を崇拝するためのものだということは理解できた。それでもまだわけが分からなかったため、物事について話したり尋ねたりするのに使えるかぎりの英語を使って、わたしはすぐに果てしない質問ぜめをはじめた。若い友人ディックが、わたしの最高の通訳になってくれた。わたしは彼には無遠慮にふるまえたし、彼はいつでも喜んでわたしに教えてくれたからだ。ここで言う神について彼に教えてもらって理解できたこと、また、白人たちはわたしたちとは違い白人同士を売買しないと知ったことで、わたしはとても嬉しかった。この自分たちを売買しない点に関しては、彼らのほうがわたしたちアフリカ人よりもずっと幸福だと思った。わたしは目にするあらゆることについて白人の知恵に驚かされたが、とくに驚いたのは、彼らが生け贄をしたり捧げものをしたりしないこと、手を洗わずに食事をすること、死人に手を触れることだった。さらに指摘しておきたいのは、白人の女性がとてもやせていることで、最初わたしはそれが好きでなかった。また、白人の女性は、アフリカの女性に比べて、慎み深くないし内気でもないとわたしは思った。

よくわたしは、主人とディックが読書をしているのを目にした。わたしは彼らが本に話しかけているのだと思って、自分でもしてみたいと強い好奇心がわいた。また、そうすればあらゆる事物のはじまりを学ぶことができると思った。そのために、わたしはしばしば本を手にとって話しかけてみた。答えてくれると思って、一人のときには本に耳を近づけてみた。そして、本は黙ったままなのが分かってからも、わたしにはとても本のことが気になっていた。

ファルマスでわたしの主人は、ある紳士の家に宿をとった。この家には六、七歳くらいの娘がいて、わたしは彼女の大のお気に入りになった。いつもいっしょに食事をしたし、わたしたちに召使いもつけられた。この家族にはとてもかわいがってもらったので、わたしは、かつてアフリカで幼いアフリカ人の主人から受けた待遇をしばしば思い出した。ここに二、三日いたあと、わたしはふたたび船に乗せられた。しかしその女の子は去っていくわたしを追って泣き叫び、わたしをもう一度連れてこないとおさまらなかった。まったくばかばかしい話だけれども、このときわたしはこの幼い女性と婚約させられるのではないかと心配になりはじめた。さらに主人がわたしに、タバコを積み入れてこれからまた船を出すが、おまえは彼女といっしょにここにとどまるかと尋ねたときには、わたしは大あわてで、絶対に置いていかないでと叫んだ。結局わたしは、ある夜にこっそりと船に戻された。そしてすぐに、わたしたちはガーンジー島[*8]に向けて出港した。船はその島のニコラス・ドベリーという商人と共同所有だったのだ。わたしはいまや、かつていたアフリカの国々の人たちのように顔に入れ墨を入れたりはしない人たちのところにいたので、自分はそのような装飾を施されなくてすむということがとても嬉しかった。ガーンジー島に着くと、わたしの主人は、そこに妻と家族がいる航海士の一人のところにわたしをあずけて、数か月後にはイングランドに出かけていった。わたしは、友達のディックといっしょに、この航海士の世話になった。この航海士には五、六歳くらいの幼い娘がいて、わたしはとても嬉しかった。母親が彼女の顔を洗うと、それがバラ色になるのを、わたしはよく目にした。しかし、その母親がわたしの顔を洗っても、そうはならなかった。そのため、何度もわたしは自分で自分の顔を洗って、幼い遊び相手（メアリ）と同じ色にならないか試してみたが、まったく無駄だった。そこでわたしは、肌の色の違いを悔しく思いはじめた。母親の女性はわたしをとても親切に世話してくれた。また、自分の子供にするのと同じように、彼女はわたしに何でも教えてくれたし、実際にすべての点で自分の子供のように扱ってくれた。わたしがここにいたのは一七五七年の夏までだった。このとき、軍艦ロウバック号の大尉に任命されたわたしの主人が、ディックとわたし、そして自分のなじみの航海士を呼び出したのだ。これを受けて、わたしたちはみんなガーンジー島をあとにして、ロンドン行きのスループ帆船でイングランドへ出発した。[*9] わたしたちがロウバック号の停泊しているノア砂州[*10]へ向かっていると、軍艦の一隻からボートが強制徴募《プレス》[*11]しようと近づいてきた。これを見て、男たちはあわてて身を隠した。わたしにはそれがどういうことか、どう考えて、どう行動したらいいのか分からなかったが、とにかく怖かった。それでも何とかわたしも鶏かごの下に隠れた。するとすぐ、強制徴募隊《プレスギャング》が刀を抜いて乗り込んできた。彼らはあちこち探して誰かを見つけると、力ずくで引っ張り出してはボートに押し込んだ。とうとうわたしも見つかってしまった。わたしを見つけた男は、足首をつかんでわたしを持ち上げ、仲間みんなでわたしを笑いものにした。そのあいだずっとわたしは、すごい勢いでわめき叫びつづけた。そのとき、わたしの指導係でもあった航海士がこれを見て、やって来てわたしを助けてくれた。彼はわたしをなだめようと手を尽くしてくれたが、ボートが去っていくのをわたしがこの目で見るまで、ほとんどわたしをなだめることはできなかった。そのあと間もなく、わたしたちはロウバック号のいるノア砂州に到着した。するととても嬉しいことに、わたしの主人がやって来て、わたしたちを艦まで連れて行ってくれた。わたしは船員の数と銃器の量を見てまったく驚いてしまったけれど、事情が分かってくると驚きも減りはじめた。最初にヨーロッパ人のなかに入って以来しばらくわたしを強烈にとらえた不安や驚きを、わたしは感じなくなった。いまやわたしは正反対に感じはじめていた。それまでわたしは何でも新しいものを見ては怖がっていたのに、しばらくこの軍艦にいるうちに、交戦があればいいと思いはじめるようになったのである。悲しみもまた、若者の心にいつまでもあるわけもなく、いまやしだいに消えはじめた。わたしは十分に楽しめるように、そして現状をかなり気楽に感じられるようになった。艦には少年もたくさん乗っていて、これがまたさらに現状を好ましいものにしていた。わたしたちはいつもいっしょにいて、ほとんどの時間を遊んですごしたからだ。わたしはこの艦にかなり長い期間乗っていた。そのあいだに何度も巡航し、いろいろなところを訪れた。なかでもオランダへは二回行って、名前は忘れてしまったのだが、何人もの著名人をそこから乗せて帰った。航海中のある日、船員の気晴らしのために少年たちが後甲板に呼び出され、ちょうど二手に分かれて格闘させられたことがある。格闘に参加した者それぞれがあとで船員から五シリングないし九シリングをもらえることになっていた。わたしが白人の少年と戦ったのはこれが最初だった。鼻血が出るというのがどういうことかも、それまでまったく知らなかった。それでわたしは死に物狂いで戦った。一時間をゆうに超えていただろう。結局、わたしたちの両方ともが疲れてしまい、引き分けに終わった。その後もこの種のスポーツを何度もやったけれど、たいてい艦長や艦の仲間たちはわたしを応援してくれた。そのあとしばらくして艦はスコットランドのリースに着き、そこからオークニー諸島に行った。そこではほとんど夜がないことにわたしは驚いた。さらにそこから、たくさんの兵士を乗せた巨大な艦隊に随行してイングランドに向けて航海した。このあいだ、わたしたちはフランス沿岸の沖をひんぱんに巡航していたのだが、一度も交戦することはなかった。またこのあいだ、たくさんの船を追跡して、全部で十七回も捕獲賞金を得た。巡航しているあいだに、わたしは船の操縦法をたっぷり学び、何度も銃を撃たされた。

ある夜、アーヴルドグラース沖[*12]で、暗くなりはじめたころ、沖に向かって進んでいたわたしたちは、かなり巨大なフランスのフリゲート艦に出くわした。ただちにわたしたちはすべての戦闘準備を整えた。そのときわたしは戦闘が見られることを楽しみにしていた。長いあいだ期待していたのに、まだ見たことがなかったのだ。ところが、撃ての命令が下されたまさにその瞬間、「ジブをおろせ」[*13]と相手の船から叫び声が聞こえた。そしてすぐにイングランドの色の旗が揚げられた。それを見てわたしたちのほうも驚いて叫んだ――「待て!」「撃ちかたやめ!」すでに一、二発は発砲されていたと思うが、さいわい被害はなかった。それまでにわたしたちは何度も彼らに呼びかけていた。しかし彼らには聞こえなかったようで、返事がなかった。それで発砲したのだ。ボートで行ってみると、その船はアンバスケイド号というイングランドの軍艦であることが分かって、わたしには少なからずがっかりだった。わたしたちはそれからポーツマスに戻った。そのあいだ、ビング大将[*14](そのころわたしは何度か見かけたことがある)の裁判があっただけで、とくに戦闘はなかった。わたしの主人は艦を降り、昇進を受けるためにロンドンへ行ってしまったので、ディックとわたしはスループ型軍艦サヴィッジ号に乗せられ、沿岸のどこかで座礁した軍艦セイント・ジョージ号救出の援助に向かった。サヴィッジ号に二、三週間乗ったあと、ディックとわたしはディール[*15]で陸に上がった。少しのあいだそこにいたところに、主人から呼び出しがかかって、わたしたちはロンドンへ、わたしが長いこと見たい見たいと思っていたところへ行くことになった。そこで、わたしたち二人は大喜びで馬車《ワゴン》に乗り込んでロンドンに向かった。ロンドンでわたしたちは、主人の親戚のゲリン氏という人に迎えられた。この紳士には妹が二人いた。どちらもとても気だてのよい女性で、わたしをとてもかわいがって世話してくれた。とにかくわたしはロンドンを見たかったのだが、実際そこに到着したのにもかかわらず、不運にも好奇心を満足させることができなかった。というのは、このときわたしは、ひどいしもやけにかかってしまって、数か月のあいだ立つこともできず、セイント・ジョージ病院へ行かなければならなかったからだ。病院に送られてからも病状はさらに悪化したため、医師たちは、壊疽《えそ》になるのを恐れて、何度もわたしの左足を切断しようとした。それに対してわたしは頑として、そんな目に遭うなら死んだほうがましだと言いはった。おかげで(神に感謝したい)わたしは手術することなく回復した。病院には数週間いた。回復してすぐ、今度は天然痘にかかってしまった。それでまた、わたしは外に出られなくなった。このときは自分が特別に不運なのかと思った。しかし、わたしはすぐにまた回復した。そしてこのときには、わたしの主人は軍艦プレストン号の大尉に昇進していた。プレストン号は五十門の砲を装備した軍艦で、そのときにはデットフォードに寄港したばかりだった。ディックとわたしはこの艦に乗るよう命じられた。そしてすぐにわたしたちはオランダに向かい、カンバーランド公爵[*16]をイングランドまで連れ帰った。この艦に乗船しているときに、ある事件が起こった。些細だが、特別に気にかかり、そのときには神の審判だと考えざるをえなかったものなので、ここで述べておきたい。ある朝のこと、艦首の帆柱の上部にあるものみやぐら《フォアトップ》を見上げていた若い船員が、船の上ではよくあることだが、邪悪な調子で、何かのことで罵り言葉を発した。ちょうどその瞬間、何か小さな塵が彼の左目に入って、夜までにはひどい炎症を起こした。翌日にはさらに悪化した。そして、六、七日もたたないうちに彼は左目を失ってしまった。この艦の次に、わたしの主人はロイヤル・ジョージ号の大尉に任命された。そちらに移るにあたって彼はわたしに、そのままプレストン号に残ってフレンチホルンを習ってほしいと言った。ロイヤル・ジョージ号はトルコに向かう命令を受けていた。わたしには心から慕っている主人と離れるなんて考えられなかった。だからわたしは、もし置き去りにされたら、悲しくて心が裂けてしまいますと彼に言った。この言葉を聞き入れて、彼はわたしも連れていくことにしてくれた。しかし、彼はディックのほうはプレストン号に残していった。ディックとわたしは別れるときに抱き合って、それが彼との最後の別れとなってしまった。ロイヤル・ジョージ号は、それまで見たなかでもっとも大きな船だった。それでわたしは、乗船したとき人の多さに驚いた。いろいろな部類の男性、女性、子供がいた。大砲の大きさにも驚いた。その多くは真鍮《しんちゅう》製で、それまで見たことのないものだった。そこにはまた、いろいろなものを売る店や屋台が出ていて、まるで町にいるかのように、売り子が船のあちらこちらでさまざまな商品を売っている声が聞こえた。わたしにとって、そこは一つの小さな世界のように思われた。しかし、そこにわたしは友達もなしに投げ込まれたのだ。もはやわたしには親友ディックはいなかったのだ。ロイヤル・ジョージ号には長く乗ったわけではない。何週間も経たないうちに、わたしの主人はナミュール号の大尉に任命された。そのころその艦はスピットヘッド[*17]に停泊しており、ボスコーエン中将[*18]の指揮下で装備を整え、大艦隊を組んでルイスバーグ[*19]に遠征することになっていた。ロイヤル・ジョージ号の乗組員はナミュール号に配置換えされた。堂々とした中将の旗が、中央の帆柱《メイントップ・ギャラントマスト》の上に掲げられていた。この遠征では、あらゆる種類の軍艦が集まって大艦隊が組まれており、わたしは、もうすぐ海戦を楽しむ機会がやってくると期待していた。すべての準備が整って、この強大な艦隊(というのは、このとき東インドに向かうコーニッシュ大将の艦隊もいっしょだったのだ)は、いよいよ錨を上げ、出航した。二つの艦隊は数日間並走してから別れた。まずレノックス号のコーニッシュ大将がナミュール号の中将に礼砲を放ち、それに中将が返礼した。それからわたしたちはアメリカに向けて舵を取った。しかし向かい風だったため、わたしたちはテネリフェ島[*20]まで流されてしまった。わたしはこの島の有名な山に驚かされた。そのけたはずれの高さ、円錐に固めた砂糖塊《シュガーローフ》のような形、どちらもわたしには驚異だった。わたしたちは何日間かこの島が見えるところにいたあと、アメリカに向かって進んだ。今度は順調にいって、すぐにハリファックス[*21]のセイント・ジョージという広々とした港に到着した。この港でわたしたちは大量の魚その他の食糧を補給した。また、ここでわたしたちは、ほかのいくつかの軍艦や兵士輸送船と合流した。こうしてあらゆる種類の軍艦がそろって並はずれた数にふくらんだわたしたちの艦隊は、ノヴァスコシアのケープブレトンを目指して針路をとった。わたしたちの艦には、善良にして勇敢なウルフ大佐[*22]が乗っていた。彼は人柄の良さでみんなからとても尊敬されて好かれていた。彼は光栄なことに、ほかの少年たちだけでなく、しばしばわたしにも目をかけてくれた。一度、若い男と決闘した罰でわたしが鞭打たれそうなところを助けてくれたこともある。わたしたちは一七五八年の夏にケープブレトンに到着した。兵士たちはルイスバーグを攻撃するためにここから上陸していった。わたしの主人もこの上陸作戦を指揮した。ここで、こちらの兵士たちと敵軍が相対するところを見ることができてちょっとばかし嬉しかった。フランス軍は海岸に兵を配置してわたしたちを迎えうち、長時間にわたってわたしたちの上陸を阻止しようとした。それでも、ついには彼らを塹壕から追い立て、完全に上陸を果たした。わたしたちの軍は彼らをルイスバーグの町まで追撃した。この戦闘で両軍とも多くの死者を出した。この日、わたしはすごい場面を見てしまった。――わたしの主人と同様に上陸作戦の指揮を執っていたプリンセス・アミーリア号の大尉が命令の言葉を発していて、まさに口を開けているときに、マスケット銃の弾丸がその口から飛びこんで頰《ほほ》を貫通したのである。わたしはその日、戦闘で死んだインディアンの王様の頭皮を手に持っていた。それは、あるスコットランド高地人《ハイランダー》がはぎ取ったものだった。わたしはこの王様の装身具にもお目にかかった。それはとても奇妙なもので、鳥の羽で作られていた。

わたしたちの陸上部隊はルイスバーグの町を包囲した。その一方で、こちらの艦隊によって港のなかで動きが取れなくされていたフランスの軍艦は、同時に陸上からも砲列によって攻撃されていた。この作戦は大成功だった。ある日、わたしは砲列からの砲弾で敵艦がいくつか炎上するのを見た。そのうちの二、三隻は燃え落ちたと思う。また別の日には、イギリスの軍艦のボートおよそ五十隻が、焼き打ち船[*23]エトナ号のジョージ・バルフォア大佐と別の艦の大佐ラフォーリー氏の指揮下、港に最後に残った二隻のフランスの軍艦を攻撃して乗っ取った。そして、彼らは七十門の軍艦のほうには火を放ったが、ビヤンフザン号という名前の六十四門のほうは救出した。ルイスバーグにいるあいだに、わたしはしばしばバルフォア大佐の近くにいる機会があった。彼はわたしに目をかけてくれただけでなく、とても気に入ってくれ、よく主人にわたしを譲れと頼んでいた。しかし、主人はわたしを手放そうとはしなかった。わたしも、どんなことがあっても主人から離れたくなかった。ついにルイスバーグは奪取された。[*24] イギリスの軍艦がいくつも入港してきて、わたしはとても嬉しかった。これでわたしは好きなことをして楽しむ自由がふえたので、よく海岸に行った。艦船が入港中は、海の上でそれまで見たなかでももっとも美しい行進を見ることができた。軍艦のすべての大将と大佐が、いくつもの勲章を飾って正装して将官艇《バージ》に乗り、ナミュール号に並走したのである。そのあと中将が将官艇で上陸し、ほかの士官が階級順にそれに続いた。おそらく、町と要塞を占領するためだった。このあとしばらくして、フランス人の総督とその夫人、その他の要人たちがわたしたちの艦にディナーに来ることがあった。そのときには、わたしたちの艦は、中央の帆柱からデッキまでさまざまな色で飾られた。さらに礼砲も加わって、たいへん雄大で壮麗な光景となった。

すべての戦後処理が終わるとただちに、ボスコーエン中将は艦隊の一部を引き連れイングランドに向けて出航した。あとに残った何隻かの艦船はサー・チャールズ・ハーディ少将とデュレル少将[*25]に任された。やがて冬になった。帰国の航海中のある日の夕暮れどき、わたしたちが海峡の測鉛[*26]で水深を測ることができそうな水域で陸地を探しはじめたところ、沖合に七隻の巨大な軍艦がいるのがかすかに見えた。二つの艦隊は(見えてから四十分経っていた)お互いに声の届く距離にいたのだが、わたしたちの艦の乗組員の何人かは、あれはイギリスの軍艦だと言って、いくつかの艦船の名前を挙げようとする者さえいた。このときまでに二つの艦隊は入り混じって航行しはじめていたので、ボスコーエン中将は自分の旗艦旗を掲げるよう命じた。その瞬間、相手の艦隊は、自分たちの旗を揚げ、すれ違いざまに片舷砲《かたげん》で一斉砲撃をしてきた。彼らはフランス軍だったのだ。わたしたちはこれ以上ないほど驚いて混乱した。風は強く、海は荒れていた。わたしたちは下甲板と主甲板の大砲を安全なところにしまった。まだフランス艦に対して発射準備が整っていなかったからだ。しかし、最後尾にいたロイヤル・ウィリアム号とサマセット号は少し準備する余裕があったので、それぞれすれ違いざまにフランス艦に一斉砲撃した。のちに聞いたところでは、このフランス艦隊はコンフラン氏が指揮するものだった。そして、もし彼らフランス人がこちらの状況を知っていて、交戦するつもりだったら、わたしたちは大きな被害を被っていたかもしれない。しかし、わたしたちが戦闘の準備をするのにそれほど長い時間はかからなかった。ただちにたくさんのものが水中に投げ込まれた。艦隊はできるかぎり素早く戦闘の準備をおこなった。そして、夜の十時ごろまでには破損された主帆《メインスル》は新しいものに変えられ、帆桁《ほげた》に結びつけられた。いよいよ準備が整ったところで、わたしたちの艦は針路を変え、フランス艦隊のほうに向けた。彼らは数の上ではわたしたちより一、二隻多かった。それでもわたしたちは彼らを追いかけ、夜通し追跡を続けた。日が昇ると、どれもが巨大な六隻のフランス軍艦と彼らに拿捕《だほ》されたイギリス東インド会社の商船が確認できた。わたしたちは彼らを一日中追跡し、午後三時か四時ごろには追いついた。そして、七十四門艦船一隻と東インド会社船にはマスケット銃でも届く距離に迫った。商船のほうは揚げていた国旗をまたすぐに下ろして降伏した。これを見て、わたしたちはその船を捕獲するようほかの艦に信号を送った。わたしたちは艦船のほうも降伏したと思って歓声を上げたが、それは間違いだった。ただ、かなり近づいていたので、もし攻撃していればそちらも捕獲できただろう。驚いたことに、ナミュール号のすぐ後ろを航行していたサマセット号も同じように進んだ。彼らもそのフランス艦が降伏したものと思って歓声を上げて、わたしたちのあとについてきていた。フランス艦隊の指揮艦はほとんど射程距離に入ったところで、猛スピードで逃げ去ろうとした。指揮艦は四時ごろに前檣中檣《フォアトップマスト》を海中に捨てた。これを見てわたしたちはさらに大きな歓声を上げた。そのあとすぐ、その艦の中檣《トップマスト》がわたしたちに近くなってきた。しかし、わたしたちはその艦船に追いつくどころか、それがそれまで以上ではないにしても、同じくらいの速さで航行していることが分かって驚いた。海は穏やかになり、風も凪《な》いできたところで、一度取り逃がした七十四門軍艦がふたたび同じ方向に近づいてきた。その乗組員の話が聞こえるほどだった。しかし、どちらの側も発砲しなかった。五時か六時ごろ、あたりが暗くなるころになって、その艦は指揮艦と合流した。わたしたちは一晩中追跡したが、翌日には遠く離れ、見えなくなってしまった。結局、わたしたちは、古い東インド会社の商船（カーナーヴォン号という名前だったと思う）を苦労して取り返しただけに終わった。このあと、わたしたちは海峡に向かって針路をとって、すぐに陸地の見えるところまで来た。そして、一七五八年が五九年になるころ、わたしたちは無事にセントヘレンズに到着したのだが、ここでナミュール号は座礁してしまった。すぐ後ろについてきたもう一隻の艦船もまた座礁した。それでも、海水をかき出し、船体を軽くするために多くのものを船外に投げ捨てることによって、両艦とも大きな損傷もなく座礁から逃れることができた。わたしたちはしばらくスピットヘッドに寄ったのち、修復のためポーツマスに入港した。そこからボスコーエン中将はロンドンへ向かった。すぐに主人とわたしもそのあとを追った。不足した乗組員を補いたかったので、強制徴募隊《プレスギャング》もいっしょだった。

第四章

洗礼を受ける――溺れかかる――地中海遠征――そこでの出来事――英仏艦隊の交戦を目撃する――一七五九年八月、ラゴス岬沖、ボスコーエン中将とル・クルー氏の名高い戦闘についての詳細――フランス艦船爆発――イングランドへの航海――主人が焼き打ち船の指揮官に任命される――黒人少年に出会い、慈悲深い経験をする――ベルアイル海峡遠征の準備――艦船に起こった災難についての驚くべき物語――ベルアイル到着――上陸と包囲作戦――危機と苦悩、そして脱出――ベルアイル降伏――その後のフランス沿岸での交渉――驚くべき誘拐事件――イングランドへの帰国――和平の話を聞いて自由を期待する――賃金を受け取るために行ったデットフォードで主人に捕まり、強引に西インド行きの船に乗せられ、売り払われる。

わたしが初めてイングランドにやって来てから三、四年が経った。[*1] その大部分を海ですごしたが、それにも慣れ、自分は幸せな境遇にあると思いはじめていた。わたしの主人はいつもわたしをとても良く扱ってくれたし、わたしのほうでも彼に対する愛着と感謝の念は大きかった。船上でさまざまな光景を目の当たりにしてきたため、わたしはすぐに何事にも恐怖を感じなくなった。少なくともこの点に関しては、わたしはほとんどイングランド人であった。しばしば思い出してはびっくりするのは、初めてヨーロッパ人を見たときの恐ろしさ、そして初めて彼らのなかに入ってしばらくのあいだ、ほんの些細なものも含めて彼らの行動一つ一つに感じた恐れに比べれば、実際にわたしが経験してきた危険の数々など、どれをとっても半分も恐ろしく感じられなかったことである。こうした恐怖は、しかしながら、わたしの無知が原因だったので、彼らのことを知るにつれて消えていった。そのころには、ようやくわたしはかなり上手に英語を話せるようになり、何を言われても完璧に理解できるようになっていた。いまやわたしはこの新しい同郷人のなかにいても、まったく気楽に感じるだけでなく、彼らの社会やしきたりを存分に楽しめるほどになった。わたしはもはや彼らを化け物とは思わなくなったどころか、わたしたちよりもすぐれた人々だと考えるようになった。それでわたしは彼らのようになりたい、彼らの精神を吸収し、彼らのしきたりに従いたいと強く願った。わたしは自分を高めるあらゆる機会をとらえ、新しいことを目にしたらすべて大切に記憶にとどめた。わたしは前から長いこと読み書きができるようになりたいと思っていた。このために機会があるたびに教えを受けたけれども、なかなか進歩していなかった。だから、主人といっしょにロンドンにやって来て、すぐに自分を進歩させる機会を与えられたとき、それを喜んで受け入れた。到着すると間もなく主人に言われて、以前にもわたしをとても親切に扱ってくれたことのあるゲリン姉妹のところにわたしは送られた。姉妹のところでわたしは働くことになったのだが、彼女たちがわたしを学校に行かせてくれたのである。

この姉妹に奉公しているあいだのこと、彼女たちの召使いがわたしに、洗礼を受けないと天国には行けないと言った。これを聞いてわたしはとても不安になった。そのころには死後の状態についても、ぼんやりと考えることができたからだ。そこでわたしは、姉のほうのミス・ゲリンのお気に入りでもあったので、彼女に自分の不安について話し、わたしに洗礼を受けさせてくれるようお願いした。受けるべきだと彼女が言ってくれたときは本当に嬉しかった。以前にも彼女は、わたしに洗礼を受けさせるようにと主人に頼んだが、そのときは主人に断られたとのことだった。しかし今度は彼女も強く自分の主張を述べた。わたしの主人は、何か彼女の兄に恩義があったので、彼女の頼みに応じた。そうしてわたしは、一七五九年二月、ウェストミンスターの聖マーガレット教会において、現在の名前で洗礼を受けた。[2] このとき牧師は、ソドー・アンド・マン教区の主教が書いたインディアンへのガイドという本をわたしにくれた。[3] また、このときミス・ゲリンと彼女の兄が、光栄にもわたしの代父《ゴッドファーザー》と代母《ゴッドマザー》として立ち会い、[4] あとでごちそうしてくれた。わたしはしばしばゲリン姉妹に付き添って町に出た。それはとても楽しい仕事だった。わたしが何よりも望んでいたこと、ロンドンを見る多くの機会に恵まれたからである。しかしときどき、わたしは主人についてウェストミンスター橋のたもとにある集会所[5]に行くこともあった。そんなときには、子供が自分一人なら橋のあたりの階段で遊んだり、ほかに少年たちがいればいっしょに渡し場で遊んだりした。ある日わたしがもう一人の少年といっしょに遊んでいたとき、わたしたちは渡し場からボートで川の本流のほうに出た。ほどなく体格のいい少年二人が別のボートでやって来て、わたしたちがいっしょにボートに乗っていることを罵り、わたしに違うボートに移れと言ってきた。仕方なくわたしが乗っていたボートから違うボートに足をかけようとした瞬間、少年たちがそのボートを押したので、わたしはテムズ川に落ちてしまった。泳げなかったわたしは、もし運よく船頭が何人か助けに来てくれなければ、そのまま溺れてしまうところだった。

ふたたびナミュール号の出航準備が整って、わたしの主人とその部下に乗船命令が下った。わたしが少なからず悲しかったのは、ロンドンにいるときはいつも通っていた学校の大好きな先生と別れて、主人といっしょに船に乗らなければならないことだった。優しい保護者のゲリン姉妹と離れなければならないことも不安で残念だった。彼女たちは、わたしに字の読み方だけでなく、宗教的節義と神についての知識も労を惜しまず教示してくれた。別れるときには身の処し方について親身な忠告をふんだんに授け、高価な贈り物をくれた。それでもわたしは、この愛すべき姉妹と別れたくなかった。

スピットヘッドに着くと、わたしたちは大艦隊で地中海に向かうことを知った。艦隊の出航準備は整っており、あとはボスコーエン中将の到着を待つばかりだった。そして、ほどなく中将が乗船して、一七五九年の早春、わたしたちは錨を上げて出航し、地中海を目指した。わたしたちは十一日かからないうちにランズエンド経由でジブラルタルに着いた。ここではしばしば陸に上がっては、いろいろな果物を食べた。量も豊富で、とても安かった。

わたしは陸に上がっているとき何人もの人にたびたび、前に述べたような、自分が妹といっしょに誘拐され、そのあと離ればなれになってしまった話をした。そして、妹の運命を心配していること、それ以後一度も妹と会っていない悲しみを伝えた。ある日、海岸でこうした話を何人かの人にしていると、そのうちの一人に、妹の居場所を知っているから、ついてくるなら彼女に会わせてあげると言う男がいた。ありそうもない話だったが、わたしはすぐにこの話を信じて、ついていくと答えた。そのあいだ喜びでわたしの心は踊っていた。そして、その男は言ったとおりにわたしを黒人の少女のところに連れていってくれた。その少女はとても妹に似ていたので、わたしは一目見たときは本当に妹だと思った。しかし、すぐに夢から覚めた。話しかけてみると、彼女が別の国の出身だと分かったのである。

わたしたちがここにいるあいだに、プレストン号がレヴァント[*6]からやって来た。この艦が到着するとすぐ、わたしの主人はわたしに旧友のディックに会えるぞと言った。ディックは、この艦がトルコに向けて出航したとき乗船していたのだ。わたしはこれを聞いて大喜びして、早く彼を抱きしめたいと思った。そのあとすぐプレストン号の艦長がわたしたちの艦にやってくると、わたしは飛んでいって友人のことを尋ねた。しかし、艦長を運んできたボートの船員から、その若者は死んだと聞いたときの悲しみは、とても言葉では言い表せない！　彼らはわたしの主人にディックの衣装箱その他の持ち物を届けに来たのであった。あとでこれはわたしに譲られた。わたしにとってそれは、兄のように慕い、兄の死のようにその死を悲しんだ友人の思い出の品であった。

ジブラルタルにいたとき、兵士が一人、防波堤に足首からつるされているのを見た[▼1]。わたしはロンドンで人が首からつるされているところを見たことがあったので、これは奇妙な光景だと思った。別のときには、鉄格子に入れられたフリゲート艦の艦長が軍艦のボートで岸まで引かれていって、艦隊の任務を解任されるのを見た。わたしの理解したところによると、これは臆病行為に対する辱めのしるしだった。またその艦では、大檣《メインマスト》の桁端《けたはし》に船員が一人つるされていた。

しばらくジブラルタルにいたあと、わたしたちは地中海へ出航した。リオン湾をかなり北上したところで、ある夜わたしたちは強風に出くわした。それはわたしがそれまで経験したこともないほどの激しさだった。海がかなり荒れて、大砲はすべてしっかりとしまってあったが、それでも暴発が心配になるほど艦は大きく揺れた。もし暴発でもしたら、わたしたちは一巻の終わりだったに違いない。ここで少し巡航してから、わたしたちはバルセロナにたどり着いた。そこはスペインの港で、絹製品が素晴らしかった。この港で艦隊は十分に飲み水の補給をした。わたしの主人はいくつもの言語を話せたのでよく中将の通訳をしたりしていたが、ここでは飲み水補給の指揮をとった。このため、彼と同じ任務のほかの艦の士官たちは湾にいくつかテントを張った。海岸沿いにはスペイン軍が駐屯していた。おそらくわたしたちが略奪をしないか見張るためであった。

わたしは始終主人に付き従っているうちに、この土地に魅了された。滞在中はずっと地元の人たちが市《フェア》でも開いているかのようだった。彼らはわたしたちにあらゆる種類の果物を持ってきて、イングランドで買うよりもずっと安い値段で売ってくれた。わたしは、彼らが豚と羊の皮の袋に入れて持ってきたワインもおおいに堪能した。スペイン人の士官たちは、わたしたちの士官をとても丁重に扱って気を配ってくれた。彼らのなかにはわたしの主人のテントにひんぱんに訪ねてくる者もいた。そんなとき彼らはときどき気晴らしのために、わたしを馬かラバに乗せ、わたしがやっと落ちずにつかまっているところを全速力で駆け出させたりした。わたしの乗馬技術の未熟さを見て、彼らは見ているあいだじゅう大喜びだった。飲み水の補給も終わって、わたしたちの艦隊はもともとの持ち場であったトゥーロン沖に戻った。わたしたちの任務は、そこにいるフランス艦隊を拿捕することであった。ある日曜日、わたしたちが巡航していると、フランスの二隻の小さなフリゲート艦が、停泊している岸を離れてその沖合に行きかかった。わたしたちの中将はその二隻を拿捕するか爆破しようと考え、二隻の艦を送り出した。――カロデン号とコンカラー号である。その二隻はほどなくフランス艦に追いついた。ここでわたしは海と陸とで激しい戦闘がおこなわれるのを目にすることになった。そのフランスのフリゲート艦は備砲で激しくわたしたちの艦を攻撃してきた。こちらもそれに応戦した。そして、長時間にわたって両軍から驚くべき速さで絶え間なく砲撃が続いた。ついに一隻のフリゲート艦が沈没し、その乗組員は命からがら脱出した。その直後、もう一隻の乗組員のなかにも難破寸前の艦を放棄する者が出てきた。しかし、わたしたちの艦は、そのフリゲート艦を連れ帰ることまではできなかった。陸上からの砲撃のすごさに動くことができなかったのである。こちらの艦も中檣《トップマスト》が吹き飛ばされ、それ以外にも大きな被害を受けていたので、中将はたくさんのボートを送り出して艦隊まで引き戻さなければならなかった。のちにわたしは、この戦闘でフランス軍の陸上の砲列にいた男と船に乗り合わせたことがある。彼によると、このときわたしたちの艦はその砲列にもかなりの被害を与えたとのことだった。

このあとわたしたちはジブラルタルに向けて出航し、一七五九年八月ごろ到着した。わたしたちの船は、水など必要なものを補給しているあいだ、帆をすべて帆桁《ほげた》からはずしていた。そんなある日、ボスコーエン中将が、ほとんどの上級士官、その他の部下を引き連れて上陸しているときのことだった。夜の七時ごろ、見張りをしていたフリゲート艦からの警報で驚かされた。そのとたん、フランス艦隊が出航して、海峡を通過しようとしているぞ、という叫び声が聞こえてきた。中将はただちに何人かの士官と帰艦した。艦隊のすべての船が帆を上げ、錨索をほどく作業をはじめた。そのときの、すごい騒音を立ててあわただしく混乱した様子は、うまく描写することができない。大騒ぎのなか、まだ何人もの船員とボートが船に戻ってきていなかった。わたしたちの船には別の船の艦長が二人乗っていた。彼らは急いでこちらに来て、自分たちの船にあとについてこさせようとしていたのだ。舷縁《ガンネル》から大檣《メーントップマスト》の中檣の先までライトで照らされた。船上にいた大尉たちは、艦長が戻ってきていなくても帆を上げ、錨索をほどいて、自分たちのあとについてくるように、と艦隊の船に指示していた。このような混乱のなかで交戦の準備を整え、わたしたちはフランス艦隊を追って夜の海に繰り出した。このときわたしは、ギリシアの英雄アイアス[*7]とともに、こう叫ぶこともできたであろう。

おお神よ！　おお父よ！　もしなんじの意志が
われわれが死ぬことならば、それに従うとしよう。
ただし日の光では死なせてくれるな。[*8]

当初、彼らはわたしたちからかなり離れていたので、夜のあいだに追いつくことはできなかった。それでも日が昇ると、数マイル先に艦船の帆が七つ並んで航行しているのが見えた。わたしたちはただちにそれを追跡し、夕方の四時ごろに追いついた。わたしたちの艦隊はおよそ十五隻の巨大軍艦からなっていたが、勇敢なるボスコーエン中将は七隻の自分の分隊だけで戦うことにした。つまり軍艦の一対一の対決というわけだ。わたしたちは敵艦隊全体の横を追い越して、その司令官ラ・クルー氏の乗る八十四門の軍艦オセアン号を目指した。彼らは追い越そうとするわたしたちに砲撃してきた。一度に三艦から砲撃を受け、それがしばらく続いた。しかしながら、驚いたことに、中将はこれに対してわたしたちが応戦することを許さなかった。中将はわたしたちを甲板にうつぶせの姿勢で待機させ、艦隊の先頭にいるオセアン号にかなり接近したところではじめて一斉砲撃を命じたのである。

いよいよ両軍で激烈な戦闘が開始された。オセアン号もこちらの砲撃に応戦し、しばらく交戦が続いた。わたしはそのあいだ大砲の爆音で何度も目を回した。また、その恐るべき砲撃によってたくさんの仲間が帰らぬ人となった。そしてついにフランス艦隊の戦列は完全に破壊され、わたしたちが勝利を手にした。そして、それはすぐに歓喜の叫びと大喝采のうちに宣言されたのであった。わたしたちは三隻の軍艦を拿捕《だほ》した。六十四門のモデスト号、七十四門のテメレール号とサントール号である。残りのフランス艦は張れるかぎりの帆を張って逃走した。こちらの艦もかなりのダメージを受けており、敵艦を追いかけることができなかったので、即座に中将は、破損していたが唯一残っていたボートに乗って艦を離れ、ニューワーク号に移った。中将は、このニューワーク号と数隻の軍艦でフランス艦隊を追跡した。オセアン号ともう一隻、ルドゥターブル号という名前の巨大なフランス艦は、追跡を逃れようとしてポルトガル沿岸のラゴス岬で座礁してしまった。そこでフランス艦の提督と何人かの乗組員は上陸しようとした。しかし、どちらの艦も逃れられなくなっていると見てとったわたしたちはそこに砲撃を加えた。真夜中ごろ、わたしはオセアン号が恐ろしい爆発をともなって燃え上がるのを目撃した。あれほどすごい光景は見たことがない。およそ一分間にわたって炎の明かりで真夜中が昼間に変わったようだった。炎にともなって雷よりも大きく恐ろしい音がして、まわりのあらゆるものを引き裂くかのようだった。

この戦闘におけるわたしの持ち場は中段甲板だった。そこにはわたしともう一人少年が配置されていて、最後部の大砲まで火薬を運んだ。そしてここで、わたしは多くの仲間たちの恐ろしい運命を目撃した。彼らは、ほんのまばたきするあいだに、粉々になってあの世へ旅立っていったのだ。交戦中はずっとまわりに砲弾やその破片が降り注いでいたけれども、幸いわたしは無傷で切り抜けることができた。戦闘も後半にさしかかるころ、わたしの主人が負傷した。わたしは彼が医師のところに運ばれていくのを見たのだが、それに驚いて彼を助けたいと思っても、持ち場を離れるわけにはいかなかった。この持ち場で砲弾補佐(いっしょに同じ大砲に火薬を運ぶ相棒)とわたしは、三十分以上にわたって、艦を吹き飛ばしかねないとんでもない危険を冒した。というのは、わたしたちが箱から弾薬筒を取り出したとき、筒の底の部分が腐っているものがたくさんあったため、火薬を甲板中に、それも大砲に点火するための火種が入った桶の近くにまでぶちまけてしまったのだ。わたしたちは何とか水を都合して、せっぱ詰まってそこにかけてしのいだ。また、わたしたちは役目がら敵の射撃を受ける危険にさらされていた。わたしたちは火薬を運ぶために、ほとんど艦の前から後ろまで行かなければならなかったのだ。それでわたしは一分ごとにもう終わりだと思っていた。自分のまわりに人がばたばたと倒れてきたときにはとくにそうだった。それでも、できるかぎり危険を避けたかったわたしは、最初はフランス艦が舷側砲の射撃をしたあと火薬を取りに行くほうが安全だと考えた。そして、彼らが装填しているあいだに火薬を取ってくればいいのだ。しかしすぐに、この程度の用心などしても無駄だと思った。生まれるべき時と同じように死ぬべき時というものも定められているのだと考えて自分を励ますと、とたんに死の恐怖だろうが死の観念だろうがすべて吹き飛んでしまったので、わたしは任務をすべててきぱきこなした。そして、もし生き延びることができたら、ロンドンに戻って、この戦闘とわたしが逃れた危険の数々をゲリン姉妹やほかの人たちに語って聞かせたいと願うだけで満足だった。

わたしたちの艦は、この戦闘でかなり傷ついた。戦死者や負傷者が多かっただけでなく、艦本体もばらばらになりそうだったのだ。帆《リギング》はボロボロで、帆柱はいくつも船体の片側に倒れかかっていた。そのため、艦隊のいくつかの艦から船大工その他の作業員を集めて助けてもらい、船体を良好な状態にしようとつとめた。ある程度の時間がかかってしまったが、完全に修復を終えたわたしたちは、指揮をブロデリック中将にゆだね、拿捕《だほ》した艦船とともにイングランドを目指した。航海をはじめて、主人の傷も癒えたところですぐ、ボスコーエン中将は彼を焼き打ち船エトナ号の艦長に任命した。この命令に従って、主人とわたしはナミュール号を離れて、海上でエトナ号に移動した。わたしはこの小さな船がとても気に入った。このときわたしは艦長付き司厨員《スチュワード》の身分になることができて、とても幸福だった。乗組員のみんなからとても良くしてもらえたし、時間的な余裕もあったので自分の読み書きの力を向上させることができたからだ。読み書きに関しては、ナミュール号に船上学校[*9]があったおかげで、すでに少し学んでいた。スピットヘッドに到着すると、エトナ号は、まずポーツマス港に入って再装備し、それが終わるとスピットヘッドに戻って、ハバナに出航する予定の大艦隊に加わった。しかし、ちょうどこのころ王が亡くなった。[*10]そのために、遠征が中止になったのかどうか、わたしには分からなかったが、わたしたちの艦は、一七六一年のはじめまでワイト島のカウズに停泊することになった。ここではたいへん愉快にすごした。この楽しい島のあちこちをまわったし、島の人たちもとても親切だった。

ここにいたとき、ちょっとした出来事があって、とても嬉しい驚きを味わった。ある日、わたしはある紳士の畑にいた。この紳士はわたしと同じくらいの大きさの黒人の少年を所有していた。この少年は、主人の家からわたしの姿を認めると、同郷人が現れたことに驚喜して、すごいスピードでわたしのところまで走ってきた。何のつもりか分からなかったので、最初わたしは悪気もなく彼を避けた。それでも彼はすぐにわたしの近くに来て、わたしたちは初対面だったが、まるで兄弟であるかのように、彼はわたしを抱きしめたのである。そして、しばらく話をしてから、彼はわたしを自分の主人の家まで連れて行った。そこでわたしはとても親切に扱ってもらった。このやさしい少年とわたしは、それからもひんぱんに会ってとても幸せにすごした。しかし、一七六一年三月ごろわたしたちの艦に対して、遠征に出るための再装備をするよう命令が下った。準備が完了すると、わたしたちはケッペル准将指揮の大艦隊に加わって、ベルアイル[*11]を目指すことになった。艦隊には、目的地を急襲するための連隊が乗った何隻もの輸送船が同行した。こうしてわたしたちはふたたび武功を求めて航海に出たのである。わたしは、新たな冒険に関わること、また新たな驚異を目にすることを切望していた。

わたしの心には、ふつうでないものやことのすべて、驚くべきだと思われるすべての出来事が深く刻印された。ふつうありそうもない脱出が成功したり、みごとな救出があったりしたとき、わたし自身のことだけでなく、ほかの人の場合でも、わたしはそれを神が介在した結果だと考えていた。わたしたちが出航して十日も経たないうちに、そういう種類の出来事が起こった。そして、読者からどれくらい信用してもらえるか分からないが、この出来事はわたしの心に大きな印象を残したのである。

わたしたちの艦には、ジョン・モンドルという名前の砲手が乗っていた。彼ははなはだ不道徳な男だった。この男の船室は上下甲板のあいだで、後甲板のはしごの横のわたしが寝ている場所のちょうど真上にあった。四月五日の夜のこと、恐ろしい夢を見て、彼はぎょっと目を覚まし、そのままベッドで寝ていられなくなった。それどころか、自分の船室にいることもできず、朝の四時ごろ非常に動揺した様子で甲板に出てきた。そしてすぐ、彼は甲板にいた連中に、自分の心の苦痛とそれを引き起こした夢について語って聞かせた。彼が言うには、とても恐ろしいものがたくさん夢に出てきたうえに、さらに聖ペテロが現れ、彼に向かって、悔い改めよ、おまえに残された時間は短い、と警告したとのことだった。彼はこの言葉にたいへん驚き、生活を改める決意をしたのである。一般に人は自分が安全であるとき、他人の不安を馬鹿にするものである。彼の話を聞いた船員たちも、ただ彼を笑い飛ばしただけだった。しかし、彼は二度と強い酒は飲まないと誓いを立て、すぐに火をもらって、航海前から蓄えていた酒を処分してしまった。それでも心の動揺が治まらなかった彼は、何らかの救いを見いだすことを願って聖書を読みはじめた。そうして彼はまたベッドに戻ると、気持ちを落ち着けて眠る努力をした。しかし、まったく駄目だった。彼の心は依然として苦痛にもだえる状態にあったのだ。すでに朝の七時半になっていた。このときわたしは半甲板[*12]の下の主船室のドアのところにいたのだが、突然船体の中央部から恐ろしい叫び声が聞こえてきた。――「神よ、われらを哀れみたまえ！　われら皆、迷える者！　神よ、われらを哀れみたまえ！」――モンドル氏はこの叫び声を聞いて、すぐに船室から飛び出してきた。それと同時にクラーク艦長の四十門の軍艦リン号が衝突してきて、もう少しでわたしたちの艦は沈没させられるところだった。リン号は風にあおられて転回してしまったのだ。強風だったが、速度はまだ上がっていなかった。さもないとこちらはみんなお陀仏だったに違いない。しかし、モンドル氏が船室から四歩踏み出した瞬間、リン号の船首の水切りがちょうど彼の船室のベッドの真ん中に衝突して、後甲板の昇降口の浮き上がったところまで達したのだ。そこは海面から三フィートの高さだった。一瞬にしてモンドル氏の船室があった部分は跡形もなくなっていた。彼は近くにいたので、木の破片で顔に傷を負った。もしいま述べたような驚くべき方法で警告を受けていなければ、モンドル氏は間違いなくこの事故で死んでいただろう。それゆえにわたしは、これこそ彼を保護するために畏れ多くも神が介在された結果だと思わざるを得なかった。二隻の艦船はしばらく並んで潮のままに揺れていた。こちらは焼き打ち船だったので、引っ掛け錨[*13]でリン号を引き寄せた。こちらの帆桁《ほげた》や索具は驚くほどなくなっていた。わたしたちの艦はかなりひどい状態だったので、わたしたちはみんなすぐにも沈没してしまうと思って、命からがら乗り込めるだけリン号に乗り移った。それでもある一人の大尉だけはそれをものともせず、艦から離れようとはしなかった。しかし、船は沈没しないことが分かったところで、艦長はすぐ帰艦して、ほかの乗組員も戻って、船を守ろうと呼びかけた。危険を冒したがらない者もいたが、たくさんの乗組員が船に戻った。艦隊のほかのいくつかの船も、わたしたちの状況を見て、すぐにボートを出して救援してくれた。こうした支援を受けながらも、船を安全にするために、まる一日かかってしまった。何本もの太綱できつくくくって締め、水面下で被害を受けたところには大量の獣脂を塗ったりなど、使えるかぎりの手段を使ってやっと船体は形を保っていた。それでも強風でも吹こうものなら、バラバラになってしまったにちがいない。とにかくわたしたちの船はボロボロの状態だった。目的地のベルアイルに到着するまで、何隻かの船に随行してもらわなければならなかった。そして、船はベルアイル到着後に積み荷をすべて降ろしてから、きちんと修理されたのであった。モンドル氏は、わたしと同様に、難を逃れることができたのは神の御業のおかげだといつも考えていた。このエピソードは彼のその後の生活や行状に大きな影響を及ぼしたものと思われる。

このような主題の、とくに神が介在されたと強く確信を持った事例を、あと一つか二つ挙げることをお許し願いたい。些細なものなので、ここで述べておかないと述べるところがないかも知れないからだ。一七五八年、わたしはプリマスで五十五門の砲を備えたジェイソン号に二、三日のあいだ所属していた。[*14] ある夜わたしがその船の上にいたとき、胸に子供を抱いた女性が上甲板から竜骨《キール》の近くの船倉に墜落した。その母子はどちらも駄目だと誰もが思った。しかし驚いたことに、二人とも怪我一つなかったのだ。わたし自身もエトナ号で底荷《バラスト》[*15]を下ろしているときに、上甲板から後部船倉に真っ逆さまに落ちたことがある。落ちるのを見た者はみんな、わたしが死んだと思って声を上げた。しかしわたしは少しも怪我しなかった。同じ船では、帆柱の先から甲板に落ちたのに怪我しなかった男もいる。このような事例はほかにもたくさんあるのだが、わたしはそこに神の手をはっきりとたどることができると思った。神の許しがなければスズメだって落ちたりしない。それまで人を恐れていたわたしは、神のみを恐れ、毎日その名を畏敬の念をもって唱えるようになった。きっと神はわたしの祈願の声を耳にして、その聖なる言葉で慈悲深くもわたしに答え、その創造物のなかでももっとも卑しいものの一つにすぎないわたしにさえ、敬虔の種を植え付けてくださったのだと、わたしは信じている。

わたしたちの艦の修理が終わり、すべての攻撃準備が整ったところで、乗船していた連隊に上陸命令が下った。わたしの主人も、艦長として上陸作戦を分担して指揮した。これは四月十二日のことであった。[*16] フランス軍は沿岸に展開し、こちらの兵の上陸をあらゆるところで阻止する布陣を敷いていたので、この日はほんの一部の兵しか上陸できなかった。彼らのほとんどは勇敢に戦いながらも、結局、殺されてしまった。クロフォード大将は、ほかの多くの兵といっしょに捕虜になった。くだんの大尉もこの日の戦闘で亡くなった。

四月二十一日、わたしたちは再度上陸作戦を試みた。すべての軍艦が沿岸をおおうように配備された。わたしたちは朝早くからフランス軍の砲列と土嚢の防護壁に向けて砲撃を加え、夕方四時ごろになって、やっと兵士を無事に上陸させることができた。彼らはただちにフランス軍を襲撃し、激しい遭遇戦の結果、砲列から追い立てた。敵軍は退散する前に、砲台がこちらの手に落ちることを恐れていくつかを爆破していった。わたしたちの部隊は続いて要塞の包囲に取りかかった。わたしの主人は陸上で、包囲戦を遂行するのに必要な物資を陸揚げする指揮を執った。この任務のあいだ、わたしはおもに彼に付き従った。そこにいるあいだに、わたしは島のいろいろなところに行った。なかでもある日など、好奇心のせいでほとんど命を失いかけたこともあった。わたしは、臼砲《きゅうほう》に砲弾を装填して発射するやり方をとにかく見たくてしかたなくて、フランス軍の要塞の壁から数ヤードしか離れていない位置に配備されたイングランド軍の砲列のあるところまで出向いていった。わたしは全体の操作を見る機会が持てて大満足だったが、それにはたいへんな危険をともなっていたことも事実だ。わたしがそこにいるあいだにもイングランド側の砲弾が爆発したし、フランス軍のものもそうだった。フランス側から飛んできた砲弾のなかでももっとも大きいのが、わたしから九、十ヤードしか離れていないところで爆発した。大樽ほどの大きさの岩が一つ近くにあったので、わたしはすぐにその裏に隠れて猛烈な砲弾の破片から何とか身を守ることができた。砲弾が爆発したところの地面は大樽が二、三個も入りそうなくらいの穴ができ、大量の石や土がかなり遠くまで飛ばされた。わたしともう一人

いっしょにいた少年に向けても三発の砲撃があった。そのうちの一発などは、まるで

赤い稲妻と激しい怒りの翼をつけて[*17]

飛んできたようだった。それはシューと恐ろしい音を立ててわたしの近くに飛んでくると、少し離れたところの岩に当たってその岩を粉々にした。わたしは自分がどれほど危険な状況にいるのか分かったので、見つけられる最短の道で戻ろうとして、イングランド軍とフランス軍それぞれの歩哨の立っている中間に出た。前哨[*18]を指揮していたイングランドの軍曹はわたしを見て、どうやってそこにやって来たのかと驚いた(こっそりと海岸沿いを進んだのだ)。彼はわたしを厳しく叱ってから、すぐに歩哨を収監した。わたしが前線を越えてきたのを見逃したのは歩哨の怠慢だと見なされたのだ。こうした状況にいるあいだに、わたしは少し離れたところにフランスの馬が一頭いるのに気づいた。それは島の住民のものだったが、ここから脱出するには長い距離を行かなければならないわたしは、その馬に乗ってやろうと考えた。そこで、わたしはそばにあった何かの細縄で馬具のようなものを作り、馬の頭のまわりにくくりつけた。その馬は人に慣れていて、わたしが縄を着けて乗ってもとてもおとなしくしていた。馬の背中に乗るとすぐ、蹴ったり叩いたりしてみた。そうしてあらゆる手を使って速く走らせようとしたが、あまりうまくいかなかった。わたしにはゆっくりとしか馬を走らせることはできなかった。依然として敵の射程範囲内をのろのろと進んでいるとき、わたしは上手にイングラン

ドの馬にまたがった誰かの従者に出会った。わたしはすぐに止まると、泣きながら彼に事情を話して助けを求めた。彼はそれに手際よく応じてくれた。立派な大きな鞭を持っていた彼は、それを使ってわたしの馬に激しく鞭を入れた。馬は海に向かって全速力で走り出した。わたしにはしっかりつかまって操つることなどまったくできなかった。そうしているうちに岩のごつごつした断崖が迫ってきた。わたしの心は、馬がその断崖を落ちた場合に訪れる自分の悲惨な運命についての不安でいっぱいになった。馬は十分そうしかねない様子だったのだ。わたしはすぐに馬から飛び降りたほうがいいと思った。そこで即座にたいへんな器用さを発揮してわたしはそれをやってのけたのであった。幸いにして怪我もしなかった。自分が自由になったことが分かるとすぐ、うまく船に戻ることができた。わたしは急いで、もう二度とこんな無謀なことはすまいと心に誓った。

わたしたちは要塞に対する包囲を続けた。そして六月、彼らは降伏した。包囲戦のあいだ、一度に空中を行き交った砲弾や焼夷弾の数は六十以上もあった。要塞が明け渡されると、わたしはそのなかをくまなく調べた。対爆撃シェルターにも入ってみた。それは頑丈な岩をくりぬいてできており、その強度においても建築術においても驚くべき場所であった。しかしながら、それに対してもこちらの銃撃や砲弾が驚くほど被害を与えていて、あたりには山のような残骸があった。

この島を奪取したあと、わたしたちの艦船は、スウィフトシュア号のスタンホープ准将が指揮する何隻かの艦船とともに、沖合の停泊地に向かった。そこにフランス艦隊をまとめて封鎖してあったのである。わたしたちの船は六月から二月までそこに留まった。そのあいだにもわたしは多くの戦闘場面を目撃した。敵の艦隊を全滅させようと、両軍ともさまざまな戦略をとった。わたしたちはあるときには何隻かの船で戦列を組んで、またあるときにはボートを使ってフランス艦に攻撃をしかけ、次々と拿捕していった。一、二度、フランス側が砲撃艦でわれわれを攻撃してきたこともあった。ある日、こちらを砲撃していたフランス船が、レー島の沖でその引索《スプリング》のところを破損した。そこは海流が複雑だったので、フランス船はナッソー号の射程内に入ってきた。しかしナッソー号が砲撃を加えるまでもなく、フランス人たちは船を放棄した。わたしたちは二度、二隻を鎖でつないだ状態で潮まかせに漂っていた彼らの焼き打ち船の攻撃を受けた。わたしたちは引っかけ錨のついたボートを出して、その焼き打ち船を艦隊から離れた安全なところまで牽引した。

この場所にいるあいだ、准将のスタンホープ、デニス、ハウ侯爵など、こちらには指揮官が何人かいた。スペインで戦争が始まる前に、わたしたちの艦とスループ型軍艦ワスプ号は、ここからスタンホープ准将の指揮でスペインのサン・セバスティアンへと送られた。その後、デニス准将が、捕虜交換船としてわたしたちの船をフランスのバヨンヌに派遣した。[2] それから一七六二年二月、わたしたちはベルアイルに行って夏まで留まった。そこを出てからはポーツマスに帰還した。[3]

九月になり、ふたたび任務に就く準備ができると、わたしたちの船はガーンジー島へ向かった。そこでわたしは懐かしい女性と、前に来たときよくいっしょに遊んだ彼女の娘と再会できてとても嬉しかった。女性は夫に先立たれていた。わたしはしばらく彼女たちと楽しくすごしたが、十月にポーツマスに戻るよう命令が下った。彼女たちとの別れはお互いにたいへん愛情のこもったものであった。

わたしはすぐに帰ってくるから、また会おうと約束したが、全能の力がわたしにどのような運命を決定づけているのか、わたしには分からなかった。わたしたちの船はポーツマスに到着すると、港に入り、十一月末までそこに待機した。そのころには戦争の終結についていろいろと聞かされた。とても嬉しいことに、十二月の初めにわたしたちは、船でロンドンに赴いて報酬を受け取るよう命じられた。わたしたちはこの知らせを聞いて大喝采しただけでなく、あらゆる手を使って嬉しさを表した。艦内いたるところ陽気な騒ぎ以外に何も見られなかった。わたしもまた、このときの喜びの分け前にあずからなかったわけではない。このときわたしの頭にあったのは、ただ自由になること、そして自分自身のために働いて、よい教育を受けられるだけのお金を稼ぐことだった。いつもわたしは少なくとも読み書きだけはできるようになりたいと強く願っていて、船に乗っているときも自分の読み書き両方の力を高めようと努力していたのだ。とくにエトナ号にいたときには、艦長の書記官がわたしに書き方ばかりか、三の法則*19のあたりまで算術を少し教えてくれた。船にはまた、ダニエル・クインという四十歳くらいで、とてもよい教育を受けた男がいた。この船で彼は食事のときにわたしと同じ組だった。彼は艦長の衣装と身辺の世話を担当していた。幸いにも、彼はすぐにわたしを好きになってくれ、ずいぶん骨を折ってたくさんのことを教えてくれた。教えてくれたのは、ひげそりと整髪の仕方を少し、それから、聖書の読み方である。彼はわたしが理解できない聖書の文章をいくつも解説してくれた。聖書にわたしの故郷の規則や決まりがほとんど正確に書かれていたのは素晴らしい驚きだった。このおかげで、故郷の慣習としきたりがわたしの記憶にいっそう深く刻まれることになったのだと思う。わたしは彼に二つが似ていることについてよく話した。何度となく二人で一晩中こうしたことを話しながら起きていたものだ。いわば彼はわたしにとって父親のようなものだった。なかにはわたしのことを彼の名前で呼ぶ者すらいたし、黒いキリスト教徒という称号をわたしに与えてくれもした。本当にわたしは彼の実の息子のように彼を愛していた。彼のために、わたしはたくさんのことを我慢した。ビー玉遊びなどのゲームで半ペニー銅貨を何枚か儲けたり、たまに誰かのひげを剃ってお金を手に入れたりしたときには、わたしはふところの許すかぎり彼のために砂糖やたばこを買った。彼がいつも言っていたのは、彼とわたしはけっして別れないということ。そして、船の賃金が支払われて、彼やほかの乗組員と同様にわたしも自由の身になれたら、仕事を教えてやるから、それでわたしも十分に生活費を稼ぐことができるだろうということだった。わたしは自由を手に入れるまでには時間がかかるだろうとも思っていたが、これを聞いて新たな活力とやる気がみなぎり、心は内側から燃え上がった。わたしの主人はわたしに自由を約束してくれてはいなかったけれども、彼にはわたしを引き留める権利はないと信じていたし、実際、彼はいつもわたしを精いっぱいの親切さで扱い、わたしをかぎりなく信用してくれた。彼はわたしの道徳面にも注意を払ってくれていて、わたしが彼を騙したり嘘をついたりすることは絶対に許さなかった。その理由も彼はわたしに話してくれた。そんなことをすると、わたしは神に愛してもらえないからということだった。このようなさまざまな優しさから考えて、わたしが自由を夢見ても、彼はわたしが望まない以上わたしを引き留めようとはしないと思っていた。

命令に従って、わたしたちの船はポーツマスからテムズ川へ向かった。デットフォードには十二月十日に到着した。満潮だったので、そこで錨を降ろした。そして三十分ほど経ったころ、わたしの主人は艀《はしけ》に乗りこむよう指示した。ちょうどそのとき、わたしはそれまでその件に関して疑わしいと思わせるようなことは何もしていなかったにもかかわらず、彼はわたしを艀《はしけ》に押し込むと、おまえはわたしのもとから去るつもりのようだが、そうはさせないからなと言ったのだ。この予想もしない仕打ちにわたしは衝撃を受け、しばらく返答もできなかった。わたしが本と衣装箱を取りに戻りたいと言っても、彼は、見えるところにいろ、もしも動こうとしたら、すぐさま腰の刀で首をかっ切ってやるぞと毒づくばかりだった。それでもわたしは気を取り直して、わたしは自由だ、そんなふうにわたしを従わせることは法によってできない、と勇気を振り絞って彼に言った。しかし、この言葉は彼をさらに激怒させただけだった。彼はさらに毒づいて、すぐにどうするか見せてやると言うと、その瞬間、船から艀《はしけ》に飛び降りてきた。乗っていた者は皆それに驚き悲しんだ。わたしにとってかなり不運だったことに、ちょうどそのとき潮が引きはじめたので、わたしたちの船はその流れに乗って川をすごい速さで下り、西インド諸島行きの艦船がいるあたりに着いてしまった。彼は、受け入れてくれる最初の船にわたしを乗せようと決めていた。意に反してこの船に乗っていた者たちは何度も気を失いそうになって、陸に上がりたがったが、彼はけっしてそれを許さなかった。そのうちの何人かは一生懸命わたしを励まし、彼がわたしを売り飛ばすことなんてできない、自分たちはわたしの味方だと言ってくれた。これを聞いてわたしは少し元気を取り戻して、まだ希望はあると思った。彼が何隻かの船にわたしを受け取ってくれと言っても、どの船も受け取ろうとはしなかったからだ。しかし、グレイヴゼンド[*20]の少し下流にさしかかったとき、わたしたちは、次の潮に乗って西インド諸島へ出発しようとしている別の一隻の船に横付けした。船の名前はチャーミング・サリー号で、船長はジェイムズ・ドランといった。わたしの主人は船に乗り込んでいって、船長とわたしを引き取ることについて合意を取り付けた。そしてすぐにわたしは船室に呼ばれた。船室に入ると、ドラン船長は自分のことを知っているかとわたしに尋ねた。わたしは知らないと答えた。「ならば」と彼は言った。「おまえはわたしの奴隷だ」わたしの主人にわたしを売り払うことなんてできない、あなたにだって、誰にだって、とわたしは言った。「では」と彼は続けた。「おまえの主人はおまえを買ったのではないのか」たしかに彼はわたしを買ったとわたしは告白した。それでもわたしは彼に仕えてきたんです、何年も、それに、彼はわたしの賃金も捕獲賞金[*21]も全部取ってしまったんですとわたしは言った。だからわたしは戦争のあいだに六ペンス硬貨を一枚しかもらえませんでした。それに、わたしは洗礼を受けています。だから、陸上での法に従って、何人《なんぴと》もわたしを売る権利はありません。法律家か誰かが何度もわたしの主人にそう言っているのを聞きました、とさらに加えてわたしは言った。すると彼ら二人は、おまえにそう言ったのはおまえの友人ではなかったのかと尋ねた。それに対してわたしはこう応えた。――その人があなたたちと同じく法律を知らないはずがありません。これを聞いてドラン船長は、おまえはしゃべりすぎるから、もし行儀良くおとなしくしてないようだったら、船の上の流儀でおまえを黙らせてやると言った。彼がわたしに対してそうするだけの権力を持っていることは十分に分かっていたので、彼の言ったことを疑うことはできなかった。そして、かつての奴隷船での苦難が心によみがえってきて、その記憶にわたしはぞっと身震いした。それでもわたしは船室から出る前に二人に言った。もしこの世の人たちのなかでどんな権利も認められなかったとしても、わたしには来世に天国でならそれが与えられることを期待します。こう言って、憤りと悲しみを感じながらすぐに船室から出た。わたしが持っていたたった一着のコートもわたしの主人が取っていった。そして、「もしおまえの捕獲賞金が一万ポンドだとしたら、それを受け取る権利はわたしにある。だからわたしがいただくのだ」と言った。わたしは九ギニーほど持っていた。それは、それまでの長い海の上での生活のあいだにもらったちょっとした手当てや賭けでの儲けをこつこつ貯めたものだった。これも同じように主人に取られるといけないと思って、わたしはあわてて隠した。一方で、わたしはまだどうにかすれば岸まで逃げられるかも知れないとも思っていた。実際、何人かの馴染みの船員仲間は、また連れ戻してやるからあきらめるなと言ってくれた。そして、賃金を受け取ったら、この船が行くことになっているポーツマスにすぐに来てくれるとも言ってくれた。ああ、しかし！　わたしのすべての希望はくじかれた。わたしの解放の時はまだずっと先のことだったのである。わたしの主人は船長との売買取引きをすぐに終えて船室から出ると、部下といっしょにボートに戻って離れていった。わたしは目が痛くなるほど彼らのあとを見えなくなるまで追った。そして、彼らが見えなくなってしまうと、わたしは甲板に倒れ込んだ。心は悲しみと苦しみでいまにも張り裂けそうだった。

第五章

自分の境遇についての省察――解放されるという約束に騙される――絶望の西インド諸島への航海――モントセラト到着、キング氏へ売却――とらわれの身の一七六三年から一七六六年までのあいだに目撃した、西インド諸島の奴隷たちへの迫害、残虐、搾取のさまざまな実例――植民地農園所有者への請願。

このようにして、これまでのすべての労苦が報われると期待したまさにその瞬間、わたしは新たな奴隷状態に陥れられた。これに比べればこれまでの勤めはまるきり自由であったも同然だった。いまやいつも心に存在していた恐怖が十倍も大きくなって押し寄せてきた。わたしはしばらく激しく泣いたあと、自分は何か主を怒らせることをしてしまったのだ、だから主はこのように厳しくわたしを罰したのだと考えはじめた。このためわたしは自分の過去の振る舞いについての苦しい反省でいっぱいになった。デットフォードに到着した朝、ロンドンに着いたらすぐに一日だらだら遊んですごすのだ、などと軽率にも罰当たりなことを言っていたことを思い出した。この軽はずみな言葉にわたしの良心は痛んだ。主はやすやすとすっかりわたしの期待をくじき、ただちにわたしを現在の境遇に置いて、無礼な言葉に対する天の裁きを示されたのだ。そう感じられたので、わたしは心から悔い、神に対するあやまちを認め、神の前にありのまま後悔の思いを吐き出して、わたしをこんな苦しみのなかに置き去りにしないでほしい、もう永遠に慈悲の心によって見放さないでほしいと熱く懇願した。するとあれほど激しかった悲しみが間もなく静まりはじめた。そして、はじめのうち混乱した頭も治まると、わたしはずっと落ち着いて現在の自分が置かれた境遇について省みることができた。試練や失望もときにはわたしたちのためになるのだと考えた。また、おそらく神は知恵や御心に従うことをわたしに教えるために、わたしをこのような境遇に置くことにしたのだと思った。というのも、これまで神は慈悲の翼でわたしをおおい、目には見えないけれど力強い手によって、わたしには知り得ない道を歩まされてきたからだ。このように思いめぐらせて少し心が落ち着いたところで、わたしはやっと甲板に立ち上がった。失意と悲しみの表情を浮かべながら。しかしそれは、主がいつか現れてわたしを解放してくださるという、どこかかすかな期待をともなったものでもあった。

　新しい主人は上陸するとすぐにわたしを呼び出した。彼はわたしに、振る舞いを良くすること、ほかの少年たちと同じように船の仕事をすること、そうすればもっとうまくやっていけると言った。わたしは何も答えなかった。次に泳げるかどうか尋ねられた。泳げないとわたしは言った。それでもわたしは、海に飛びこんで逃げ出さないように下甲板に入れられてしっかり見張られた。船はその次の潮にのって出発し、すぐにポーツマスのマザーバンクに到着した。そこで船は二、三日のあいだ西インドからの護衛艦を待った。ここにいるあいだ、わたしはあらゆる手を使って船員たちに働きかけ、岸から来たボートに乗せてもらおうとした。船に併走するボートはなかったし、船員たちのボートは使ったあとはすぐにまた船の上に引き上げられた。ある船員は、ボートに乗せてやるという口実でわたしに一ギニー出させて、うまくいくぞと何度も繰り返しわたしに期待させた。彼が甲板で見張りをするときには、わたしも見張りをした。ずいぶんと長いあいだ見張っていたが、まったく無駄だった。ボートだけでなく、わたしのギニー硬貨も二度と目にすることはできなかった。それどころかわたしは最悪の事態についても考えていた。その男は、あとで分かったところでは、そのあいだずっと、わたしが何か方法さえあれば逃げだそうとしていることを船員仲間に伝えていたのだ。しかも彼は、悪党らしく、わたしの逃亡を助ける名目で自分が一ギニー受け取ったことなど、一言も仲間には話していなかった。しかしながら、船が出帆したのち、彼のたくらみは船員たちの知るところとなり、わたしへの仕業のせいで船員すべてから彼が嫌われ軽蔑されるのを見て、わたしはいくらか満足した。まだわたしは、古い船員仲間たちがわたしを助けにポーツマスまで来てくれるという約束を忘れていないはずだと期待していた。彼らがやっと来てくれたのは、船が出帆する一日前だった。仲間の何人かが来て、わたしを気遣っていくつかのオレンジ、その他の物をくれた。彼らは翌日もその翌日も来ると言い残していった。また、ゴスポートに住んでいるある女性からは、自分が行ってわたしを船から連れ出してあげるという手紙をもらった。この女性は、前の主人と一時期とても親密だった女性で、わたしは複数の船で彼女の持ち物をたくさん売ったりあずかったりしたことがあった。その見返りに、いつも彼女はわたしにたいそう親身になって接してくれた。わたしを連れて行っていっしょに暮らしたい、と彼女はいつもわたしの主人に話していた。しかしわたしにとって不運なことに、二人はそのあとすぐに仲違いしてしまった。わたしの主人のお気に入りは別の女性になって、この女性はエトナ号の女主人であるかと思えるくらい、たいてい船に乗りこんでいた。わたしは前の女性ほどにはこの女性には好かれなかった。船に乗っているとき何かの機会にわたしに対して腹を立てると、彼女は必ずわたしの主人をけしかけて、わたしをひどい目に遭わせようとした。[1]

しかしその翌日、十二月三十日の朝、船を出すのに最適な強い東風だったので、船団を護衛するフリゲート艦アイオロス号が出帆の信号を出した。すべての船が錨をあげた。友人の誰かがわたしを助けに来てくれるより前に船が出帆してしまったことは、わたしには言いようもない苦しみであった。船団が出帆したとき、どれほど荒れ狂う感情がわたしの魂をかき乱したことだろう。わたし、船上のとらわれ人に、もはや希望はないのだ! 言葉にできない悲しい状態にあったわたしは、くらくらする目でずっと陸地を見ていた。何をしたらいいのか分からなかったし、自分で何とかする望みも失っていた。このような心持ちでいるうちにも艦隊は航海を続け、一日もたたないうちに望んでいた陸地は視界から消えてしまった。この悲しみを表すのにわたしが最初に発した言葉は、自分の運命への非難だった。わたしは自分など生まれてこなければよかったのにと思った。わたしは頼まれもしないのにわたしたちを運んでくれる潮を呪い、わたしの監獄船を吹き漂わせる風を呪い、わたしたちを護送する船さえも呪った。さらに、死が、そのとき感じていた恐怖から自分を救ってくれることを願った。そして、こんな状態になることを。

そこでは奴隷たちは自由で、もはや虐げる人もいない。
わたしの頭はおかしくなってしまった。長いあいだ苦しみに慣れてしまったから、
希望を信じたり、喜びの再来を夢見たりすることに慣れてしまったから。
・・・・・
今またふたたび西の大海原の向こうに引きずられていって、
どこかの卑劣な農園主の鎖の下でうめくことになる。
そこではとらわれのあわれな同郷人たちが
ためらいの運命からの長い解放のときを待つ。
運命のためらいの辛さよ！　それまでのあいだ一日の夜明け前、
鞭で起こされ、彼らは喜びのない道を行くのだ。
そして、彼らの魂が恥辱と苦悶で燃え尽きるころ、
ありがたくもない朝が戻ってきて、うめき声で迎えるのだ。
そして、毎時間動きの遅い太陽を非難しながら、
人生の行路がつきるまで労苦を続けるのだ。
彼らの苦しみに気づいて涙する目もなく、
慰めてくれる友もなく、元気づけてくれる希望もない。
それから、愚鈍で無情な獣のように、

みじめで野卑な状態で、厩舎に帰るのだ。
いつの日か苦難も終わることを天に感謝してから、
眠りにつき、もう二度と目覚めないことを願うのだ。[▼2]

しかし、錯乱した感情も自然に治まって、わたしはもっと落ち着いて考えられるようになった。そして、この世に生きる者には運命が命じたことを避けられないと、すぐにわたしは悟った。船団は何のアクシデントもなく、快適な大風を受けて穏やかな海を進んだ。そして六週間がたち、二月になったある朝、アイオロス号が船団のなかの一隻のブリッグ帆船に衝突した。その帆船は瞬く間に沈没して、暗い海の底に飲み込まれていった。船団は日が高くなるまで大混乱した。アイオロス号は、それ以上の衝突事故を防ぐために明かりで照らされた。一七六三年二月十三日、帆柱の先の見張り台から目的地のモントセラト島[*1]がかすかに見えた。そのすぐあと、わたしが目にしたのは、

悲しき境域、痛ましき影、そこに平安や
安らぎはほぼ住まえない。なん人をも訪れる希望さえ、
そこを訪れず、ただ終わりなき責め苦が
さいなむのみ。[*2]

このとらわれの地の光景を目のあたりにして、新たな恐怖が全身を貫き、わたしは心底震え上がった。以前に奴隷状態だったときの恐ろしい記憶が心によみがえり、そこに見えるのは苦痛と鞭打ちと鎖だけだった。最初の悲しみの発作のなかで、わたしは神の雷《いかずち》を求めた。奴隷になって主から主へと売られるにまかせるよりも、いっそその報いの力によってわたしを一撃で殺してほしいと願った。

わたしがこのような心境でいるあいだにも、わたしたちの船は錨を降ろして停泊し、すぐに荷揚げをはじめた。重労働をしなければならないことはわたしには分かっていた。わたしは船荷の積み卸しを手伝わなければならなかった。二人の船員がわたしのすべてのお金を盗んで船から逃亡したことがそのときの苦悩の慰めとなった。かなり長いことヨーロッパの気候に慣れていたので、わたしには最初、すべてを焦がすような西インドの陽射しが苦痛に感じられた。また、波が打ちつけて、ボートと乗っている人は何度となく、満潮のときの水位よりも高いところまで放り上げられた。こんなときには手足を骨折したり、死を招いたりすることすらあった。わたしも日に日にずたずたに傷ついていった。

わたしは、運命の漆黒の雲が頭上にあって、それが破裂すると自分は死者たちと交わることになるといつも信じていたのだが、五月の中旬頃、いよいよイングランドに向けて出航準備が整った日の朝、ドラン船長がわたしのことで岸に使いをやり、わたしはその使いからわたしの運命が決まったと聞かされた。わたしは震える足取りで心臓をどきどきさせて船長のところに行った。そこには船長といっしょに、クエーカー教徒で当地の第一級の商人であるロバート・キングという人物がいた。そのとき船長が言ったところによると、わたしの前の主人はわたしを売るために西インドに送ったのだが、彼はわたしの新しい主人にはできるだけ最高の主人を選ぶよう望んでいた。彼によれば、わたしはとても値打ちのある少年だし、ドラン船長もそれは本当だと思った。もし船長が西インド諸島に留まるのならば、喜んでわたしをそのまま手元に置いておいただろう。しかし、彼にはわたしをロンドンまで連れて行くつもりはなかった。ロンドンに帰れば、わたしが彼のもとを出ていくのは確実だと考えたのだ。わたしはそれを聞いた瞬間、叫び声を上げ、いっしょにイングランドに連れて行ってほしいと彼にすがりついた。しかし、何をしても無駄だった。船長はわたしに島で最高の主人を選んだと言った。彼のところにいれば、わたしはイングランドにいるのと同じくらい幸福だろう。そうしたことを考えて、船長は、この紳士から受け取るよりもずっと大金でわたしを自分の義理の兄弟に売ることができたにもかかわらず、彼にわたしを所有させる選択をしたのだ。わたしの新しい主人となるキング氏がこれに応えて言った。わたしを買った理由はわたしの性格の良さのためであり、わたしが品行よくすることを少しも疑っていないし、自分といればわたしはとても安楽でいられる。また、自分が住んでいるのは西インド諸島ではなくフィラデルフィアで、すぐにそこに帰るつもりだとも言った。わたしが算術を少し知っているので、帰ったら彼はわたしを学校にやって、事務仕事ができるようにするつもりだった。こうしたやりとりによって、わたしの心は少し和らいだ。船室に最初来たときよりも二人の紳士の前にいてかなり落ち着いていられた。わたしはドラン船長に、さらには前の主人にもとても感謝した。彼らはわたしが良い性格をしていると言ってくれたからだ。この性格の良さのおかげで、わたしはあとあと数え切れないほど得をした。わたしは船に戻って船員仲間のみんなに別れを言った。その翌日、船は出航した。水辺まで行って船が錨を上げるところを見て、わたしの心はうずいた。船がまったく見えなくなるまで目で追った。わたしは悲しくてすごく落ち込み、何か月も元気が出なかった。もし新しい主人がわたしに優しくしてくれなかったら、わたしもとうとう悲しみのために死んでしまったと思う。しかし、すぐにわたしの新しい主人はドラン船長が言っていたとおりの善良な人物であることが分かった。彼はとても好ましい性格と気質の持ち主で非常に慈悲深い人情家だった。自分の奴隷の誰かが悪いおこないをしたとしても、彼は鞭打ったりひどい扱いをしたりはせず、ただその奴隷を手放すだけだった。このためにかえって奴隷たちは彼の意に背くことを恐れた。彼は島の誰よりも奴隷の扱いがよかったから、奴隷たちもそれに応えていっそう忠実に彼に仕えた。こうした優しい扱いのおかげで、わたしもやっと落ち着きを取り戻す気になった。一文無しだったけれども不屈の精神で、どんな運命が待ち構えていようとも、それに立ち向かおうと決心した。キング氏はわたしをふつうの奴隷と同じようには扱わないつもりだと言いながら、すぐにわたしに何ができるのか尋ねた。わたしは、船の操縦に関してある程度知っていること、また、ひげを剃ったり髪を切ったりもかなり上手にできること、ワインを精製できることと答えた。ワインの精製は船の上でよくやらされて覚えたのだった。また、わたしは読み書きができるし、三の法則くらいまではまあまあ算術も分かるとも言った。すると、船の喫水を測る方法は知っているかと聞かれたので、知らないと答えると、彼が雇っている連中のなかで喫水の測り方を知っている者に教えさせるとのことだった。

キング氏はあらゆる種類の貿易をおこなっており、つねに六人くらいの人を雇っていた。毎年、数多くの船に積み荷を載せて、とくにフィラデルフィアに送った。そこは彼が生まれた土地であり、彼はその都市の大きな貿易会社と関わっていた。そのうえ、彼は多くの商船やいろいろな大きさのドローガー船を所有していた。ドローガー船とは、島などの沿岸でラム酒、砂糖、その他の物品を運んでくるために使用される艀船である。わたしはこの手のボートを船に引き寄せたり操縦したりすることが上手だった。これはきつい仕事だったが、彼がわたしに最初にやらせたのがこの仕事で、砂糖収穫のシーズンにはずっとこの仕事に従事した。わたしはボートをこいだ。二十四時間のうち十六時間もオールをこいで働いた。そのあいだ、一日におよそ十五ペンス生活費を稼いだ。ときにはたった十ペンスのこともあったが、それでもこれは、わたしが当時いっしょに働いていた、島のほかの紳士のところの奴隷たちに与えられていたのに比べればはるかに多い金額であった。あのかわいそうな連中が自分の主人や所有者からもらっていたのは、ぜったいに一日に九ペンス以上であることはなく、六ペンス以上であることもめったになかった。彼らは一日に三ピスタレーンか四ピスタレーン[*3]のもうけを雇い主にもたらしていたにもかかわらず、である。農園を持っていない者でも奴隷を購入することは西インド諸島ではふつうにおこなわれていて、彼らは一日に数多くの奴隷をそれぞれ農園主や商人のもとへ派遣する。毎日こうして稼がせたなかから彼らは手当を決めて奴隷たちに支給する。この手当はたいていかなり少額である。わたしの主人はこうした奴隷の所有者におよそ一日二ピスタレーン半をわたし、みずからかわいそうな者たちには食事を与えていた。している仕事に応じた満足な食事を所有者から与えられていないと考えたからである。奴隷たちはこれにとても喜んでいた。彼らはわたしの主人が情の人だと知っていたので、いつでもほかのどの紳士よりもわたしの主人の下で働きたがった。紳士のなかには、こうしたかわいそうな者たちを働かせてお金を得ても手当を支給しようとしない者もいた。支払いを求めたため鞭打たれている不運な者を目にしたことは何度となくある。毎日あるいは毎週の上がりを時間どおりに持ってこなかった場合にも、たいてい彼らは所有者に激しく鞭打たれた。それでもあわれな者たちは自分を雇っている紳士に仕えねばならず、ときには半日以上働いてやっとお金がもらえた。ふつうお金がもらえるのは日曜日で、この日には彼らは自分たちの時間をもつことができた。わたしの知っている同郷人の一人が、週の上がりをすぐに自分の主人のもとに持って行かなかったことがあった。いちおうその日のうちには届けたのだが、それでも彼は怠慢を働いたかどで地面の杭に縛りつけられ、ある別の紳士のおかげで五十回を免除してもらえなければ、鞭打ち百回を受けるところだった。この気の毒な男はとても働き者だった。彼は船の上で働いて稼いだお金を倹約してたくさん貯めて、主人に知られずにある白人からボートを買った。この小さな財産を得てからしばらくして、島の離れたところに置いてある砂糖を運ぶために、総督がボートを必要とすることがあった。総督は黒人のボートだということを知っていたため、持ち主には一銭も払わずに、そのボートを強奪してしまった。これを受けて男は、自分の主人のところに行き、総督の仕業について訴えた。しかし彼が返してもらったものといえば、主人からのたっぷりの罵り言葉だけだった。そして、自分のところの黒人にボートを持つなどという勇気がよくあったなと言うのであった。その後、この総督は財産を零落させることになったので、略奪されたかわいそうな男をいくらか満足させるだけの慰めがなかったわけではない。搾取や強奪で得られるものは少ない。このことがあってしばらくのち、この総督は、聞くところによると、イングランドのキングズベンチ債務者監獄で極貧のうちに亡くなったそうだ。先の戦争はこのあわれな黒人男性にとって好機となった。[*4] 彼は自分のキリスト教徒の主人のもとから逃亡する方法を見つけて、イングランドへやって来た。イングランドでもわたしは彼に何度か会った。ここで紹介したような仕打ちは、しばしばこうした惨めな者たちを絶望の淵に追いやり、生命を危険にさらしてまで主人のもとからの逃亡に駆り立てるのである。こうした状況にある多くの者たちは、稼ぎをあげても支払いが受けられず、もし稼ぎを持って帰らなければいつものように鞭打たれることに脅え、逃げられそうなところに逃げ出すのだが、それは命がけである。わたしの主人はときどきこうした事件に出くわすと、所有者と話をつけてその合意のもとに多くの者たちを鞭打ちから救ったものだった。

わたしは一度、二、三日のあいだ、船を修理するのに駆り出されたことがあった。わたしは誰からも食事を食べさせてもらえなかった。とうとうわたしはこの仕打ちを主人に話した。彼はそこからわたしを連れ戻してくれた。いろいろな島の多くの農園へわたしはラム酒や砂糖を取りに行かされたけれども、多くの農園側はわたしばかりか、どんな黒人でも黒人には荷を運ばせようとはしなかった。そのためわたしの主人は、そうした場所にはわたしといっしょに白人の男を行かさねばならなかった。主人はこの白人にも一日に六ピスタレーンから十ピスタレーンを支払っていた。キング氏に仕えていたあいだ、このような仕事で島のさまざまな農園を回りながら、わたしはあらゆる機会にかわいそうな人たちが恐ろしい扱いを受けているのを目にした。こうした扱いと比較して、わたしは自分が置かれた状況に安堵して、幸運を神に感謝するのであった。

わたしは幸いにも、どんな種類の仕事を命じられても主人を満足させることができた。彼の商売や家政でわたしが少しでも関わっていないことはまずなかった。しばしばわたしは事務員の代わりに、積み荷の受け渡し、倉庫の管理、商品の発送などをおこなった。これ以外にも、都合のつくときには主人のひげを剃ったり髪を整えたりすることもあったし、彼の馬の世話もした。そして、必要な場合といってもひんぱんに必要とされたのだが、彼の何隻もの船の上でも同じように働いた。このようにして、わたしは彼にとって非常に役に立つ者ということになった。そして、彼が認めてくれたところによると、わたしのおかげで彼は年間百ポンド以上得をすることになった。事務員の誰よりもわたしのほうが優秀だと彼は何のためらいもなく言った。ちなみに、西インド諸島での彼らのふつうの賃金は年に六十ポンドから百ポンドである。

一人の黒人には最初に主人がその黒人を買うのに支払った額だけ稼ぎ出すことはできないという言い分をときどき耳にしてきたが、これはまったく真実からほど遠い。西インド諸島全体で職人の十分の九は黒人奴隷だと思う。そうした奴隷のなかで桶を作っている者たちは一日二ドル稼いでいたことをわたしはよく覚えている。大工も同じだけ、たいていの場合それ以上稼いでいた。またそのほか、石工、かじ工、漁師など、わたしの知っていた多くの奴隷たちを、その主人は現地通貨で千ポンド出されても売ろうとしなかった。それに、先の言い分がそれ自体矛盾しているのも確かなのだ。というのは、もしそれが真実なら、なぜ農園主や商人は奴隷を大金で買う？　そして何より、なぜこうした言い分を主張する者たちはもっと声高に奴隷貿易の廃止を訴えない？　わたしたちはそうとう目をくらまされているのだ。利益の計算が間違っているから、彼らの議論はつじつまが合わないのだ！　まったくもって確かなのは、奴隷たちがときに、満足に食べさせてもらえず、十分に衣服を与えられず、過剰に労働させられ、鞭打たれ、卑しい身分に貶められていること、そして、彼らは主人に仕えるのに適さないと分かるや、森のなかに置き去りにされて腐り果てるか、肥やしの山の上で息絶えるということなのだ。

わたしの主人は、あちこちの紳士から百ギニーでわたしを売ってくれと何度も言われた。売る気はないと、そのたびに主人が答えてくれたことは嬉しかった。だからわたしは倍の勤勉さで働いた。それと同時に、貴重な奴隷に対して、生きていくためのふつうの援助もしないような男たちの手に渡らないよう、倍の注意を払うようにした。彼らの多くは、わたしの主人が奴隷にたくさん食べさせすぎだと文句をつけた。わたしはよく腹を空かせていたし、イングランド人からすればわたしの食事などとても貧弱に見えるだろう。それでもわたしの主人は、そのほうが奴隷も調子が良さそうでよく働くので、いつでも食事を与えるつもりだと彼らに言ったものだ。

こうしてこの主人に雇われているあいだにも、わたしは不幸な仲間の奴隷たちに対しておこなわれるあらゆる種類の残虐行為をひんぱんに目撃した。わたしは新しく運ばれてきた積み荷の黒人の売却を任されることがよくあった。白人の事務員などのあいだでほとんどいつもおこなわれるのが、女性の奴隷の貞操を暴力的に奪うことであった。こうした仕業を前にしてわたしは、彼女たちを助けることもできず、不本意だったがいつも黙認するしかなかった。奴隷たちを主人の船に乗せてほかの島やアメリカに運ぶようなときには、船員たちがこの最悪の恥ずべき行為をおこなうことをわたしは知っている。それはキリスト教徒としてだけでなく、人間としても恥だ。さらに、彼らはその野蛮な欲望を十歳にもならない女性で満たす場合すらあることも知っている。こうした忌まわしい所行が破廉恥なほどの規模でおこなわれることがあり、それを理由にある船長が船員やその他の連中を解任したこともあった。わたしは、モントセラトで黒人男性が地面の杭に縛りつけられ、性器を切られるところを見たことがある。そのあと、彼は耳を少しずつ切り落とされた。彼が娼婦として知られる白人女性と関係を持ったことがこの仕打ちの理由だった。白人が罪もないアフリカ人少女の美徳を奪ってもまるで罪にならないのに、黒人男性の場合は、それが女性のなかでもきわめてふしだらな女性によるものであっても、そこに彼とは肌の色の異なる者によって誘惑が示されれば、自然の欲望を満足させようとしただけで、もっとも憎むべき者ということになるのである。

ドラモンド氏という人がわたしに語ったところによると、彼は四万一千人の黒人を売ったことがあり、逃げ出さないように黒人の男の足を切り落としたこともあるという。――わたしは彼に尋ねた。足を切り落としたときその男は死ななかったんですか？　どうやって神の前でキリスト教徒としてそんな恐ろしい行為をおかした責任を取るんですか？　彼がわたしに言うには、それはうまい方法だと思ってやったんであって、責任が問われるなんてのはあの世でのことにすぎない。キリスト教の教義が教えてくれるように、他人からしてもらいたいように他人に対してもするべきです、とわたしは彼に言った。すると彼が言った。自分のしたことにはもくろみどおりの効果があったよ。――おかげでその男もほかの連中も逃亡癖が直ったからな。[*5]

また別の黒人男性は、残酷な監督に毒を盛ろうとしたために、上半身をつるされ、それから焼かれた。このように、あわれな者たちは、まず繰り返される虐待によって絶望させられ、それから殺される。彼らが殺されるのは、まだ人間性を十分に持っているので、自分たちの苦難の生を断って、虐待者に報復したいと望むからだ！　こうした監督たちのほとんどは、西インド諸島にいるあるゆる部類の人間のなかでも最悪の性格の持ち主である。不幸なことに、人情ある紳士の多くは自分の領地に住むことをしない。土地の管理運営は、人間屠殺人の手に任されている。彼らは、ごく些細な機会をとらえて奴隷をぞっとするようなやり方でずたずたに切り刻んだり、奴隷をあらゆる点で獣のように扱ったりする。また、彼らは女性が妊娠していてもまったく考慮しないし、農園の黒人の住まいについてもほとんど注意を向けない。黒人たちの小屋は、本来ならきちんと屋根で覆われ、つかの間の休息をとることのできる乾いた場所であるべきなのに、たいていは屋根なしの小屋で、じめじめした場所に建てられている。それゆえ、あわれな彼らは、農園での辛い仕事から疲れて帰ってくると、身体は熱せられて毛穴から汗が噴き出しているのに、この小屋の不快な状態のなかで湿った空気にさらされるため、いろいろな病気にかかってしまう。おそらくこのような粗雑な扱いが、その他多くの要因と結びついて、黒人出生率の減少と寿命の低下を引き起こすのだ。わたしには、西インド諸島の自分の土地に実際に住んでいる紳士の例をたくさん示すこともできるが、そこでは状況は一変する。黒人たちは慈悲深く扱われ、適切な世話を受けている。だから彼らの寿命は長いし、その主人たちの受ける利益も大きい。人類の名誉のために言っておくと、わたしの知っている紳士のうちの何人かは、このようにして自分の領地を運営しており、慈悲こそが真の関心事と心得ていた。西インド諸島のなかだけでも何人も挙げられるけれど、とくにわたしの知っているモントセラトのある人物[4]のところの奴隷は極めて元気で、新たに奴隷を仕入れる必要などまったくないほどだった。そのほか、とくにバルバドス島のように、奴隷の賢明な扱いのおかげでとりたてて新たに奴隷を仕入れる必要のない領地はたくさんある。わたしは光栄にも、いちばん尊敬できる慈悲深い紳士を知っている。彼はバルバドスの生まれで、そこに領地をいくつも持っている。[5]この紳士は自分の奴隷たちの扱い方についての論文を執筆している。彼は奴隷たちに昼間二時間の休憩を許している。ほかにも、とくに産後には、多くの楽しみや慰安がある。これに加えて、奴隷たちが食べる以上の食料を蓄えておく。このような気配りをすることによって、彼は黒人たちの命を救い、彼らの健康を保っているのだ。そして、奴隷たちは奴隷の境遇が許すかぎりの幸福を享受する。わたし自身も、あとに述べることではあるが、領地を管理したことがある。そのときも同じように気を配ったので、黒人たちは非常に元気で健康だったし、ふつうの扱いを受けている場合に黒人たちがこなす平均的な仕事量に比べて、半分の人数でより多くの働きをしてくれた。それゆえ、あわれな黒人たちに対してこうした心遣いや注意を払うことをしないと、待遇の悪さのために死亡して減少した人数を補うには年間二万人の新しい黒人が必要になるのも不思議ではない。

バルバドス島ではすでに述べた例や、そのほかにも奴隷たちが最良の処遇を受けており、西インド諸島でもっとも補充を必要としない場所として紹介できる事例にわたしは出会ってきたが、こうした例外があるにもかかわらず、この島ですら毎年一千人の黒人を必要とする。それは、八万人にすぎない最初の奴隷の人数を保つためである。ここの黒人の寿命ですらたった十六年しかないと言われているのだ！[6] こちらの気候は、健康によりよいことこそあれ、奴隷たちが連れてこられたところとあらゆる点で同じだというのに。英国植民地の人口はこのようにして減少していくのだろうか？ それにつけても、イングランドと西インド諸島の気候にはなんとはなはだしい違いのあることか。

モントセラトにいたころ、わたしはエマニュエル・サンキーという名前の黒人男性と知り合いだった。彼は悲惨なとらわれの状態から苦労して脱出して、ロンドン行きの船に身を隠した。しかし、運命はこのかわいそうな虐げられた者に目をかけてくれなかった。彼はその船が出帆したときに発見され、ふたたび彼の主人の前に連れて行かれた。このキリスト教徒の主人は、ただちにそのあわれな男の両手両足を地面に串刺しにすると、封蝋を何本か取り出して火をつけ、彼の背中一面に熱せられた蝋を落とした。残酷さで知られる主人はほかにもいた。その主人の奴隷で身体をずたずたに切り刻まれたことのない者はいなかったと思う。このように罰したあと、彼はそのために作らせた長い木箱の容器に奴隷を入れ、気のすむまで彼らを閉じ込めておくのである。その箱はちょうど人間一人分の長さと幅しかなかったので、かわいそうにその箱のなかに入れられた者に身動きする余地はなかった。
いくつかの島、とりわけセントキッツ島ではふつうにおこなわれていたことだが、奴隷たちは身体に主人の名前の刻印を押され、首のまわりに重い鉄の留め金をつけられていた。実際、ほんの些細なことで彼らは鎖をつけられ、その他の拷問道具がしばしばそれに加わった。鉄の口輪や親指締めなどはよく知られているから説明の必要はないだろう。ときにほんのちょっとの間違いを犯しただけでこうした道具が使われた。鍋を拭きこぼしただけで骨が折れるまでたたかれた黒人を見たことがある。奴隷は鞭で打たれてから跪かされ、所有主に感謝させられ、さらに神の祝福が所有主に授けられることを祈らされる、あるいは祈りの言葉を口に出して言わされることも珍しくはない。わたしは多くの男の奴隷に尋ねてきた。(彼らは、一日のきつい仕事のあと、自分の妻に会うのに何マイルも夜遅くに歩かねばならなかったので)なぜ彼らの妻はそんなに遠くにいるのか? なぜ自分の主人所有の黒人女性、とくに家内奴隷としていっしょに住んでいる黒人女性を妻にしなかったのか? 彼らの答えは決まっていた。――「主人が男の場合でも女の場合でも、女の奴隷を罰しようと決めると、その女奴隷の夫に鞭打たせるのです。それには耐えられません」このような仕打ちを受けてこのかわいそうな者たちが絶望に駆られ、生を耐えがたくするような邪悪から逃れるために死を求めたとしても、それが驚くべきことだろうか?――一方で、
血の気もひく恐怖に目をむいて、はじめて

その嘆かわしい運命を見、安らぎを得るなどは望外のこと！ *6

こうしたことはひんぱんにある。主人の船に乗っていたある黒人の男は、わたしがその船の仕事をしていたときのことだが、ほんの些細な不品行を働いたために枷をはめられた。何日かその状態に置かれたところで彼は生きていくことに疲れ果て、機会を見つけて海に飛び込んだ。ただこのときは溺れる前に引き上げられた。また別の男の場合も生きていくことが彼にとって重荷になっていた。そこで彼は断食して死ぬ決意を固め、食事をとることを一切拒否した。このために彼はひどい鞭打ちを受けた。そして彼もまた、チャールズタウンで停泊中、機会を見つけるやいなや海に飛び込んだが、救出された。

黒人の人格や生命に対しては、小さな品物に対するほどの関心すら払われないのだ。これまでにわたしは自分が目撃してきたたくさんのなかからとくにひどい迫害の例を一つ二つ紹介してきたけれど、以下に述べるようなことは西インドのすべての島々でひんぱんに起こっている。あわれな農園の奴隷たちは、無情な農園主のために一日中あくせく働いても、ほんの少しの食事しか与えてもらえない。彼らは短い休憩や息抜きの時間を最大限に使って、こっそり雑草を集めてくる。彼らはこれを四角に固める。これは銀貨一枚（六ペンス）かその半分の値段になる。彼らはそれを町や市場に持って行って売る。このとき白人が金も払わずにそれを奪ってしまうのは、ごくふつうにあることだ。そればかりか、わたしの知るかぎりもっと多いのは、奪うと同時に、わたしたちのところの事務員やほかの白人の連中があわれで無力な女性たちに狼藉を働くことである。わたしは彼女たちが何時間も立ちすくんで泣いている場面を見てきた。それでも彼女たちには何も償われず、一銭も支払われないのだ。これこそ神の審判をこの島々に下すのに十分な悪名高く悪辣な罪なのではないだろうか？　迫害する者と迫害される者はともにその手の内にあると神は述べている。それでは、救世主が語るあわれな者、悲嘆に暮れた者、盲目の者、とらわれた者、傷つけられた者が彼らでないのだとしたら、いったい彼らは誰なのだ？　このような略奪者の一人が一度、セントユースタシアでわたしたちの船に乗ってきたことがある。彼はわたしから鳥や豚をいくらか買った。持って帰ってから丸一日して戻ってくると、彼はわたしに金を返せと言ってきた。わたしはそれを拒否した。彼は船長が船にいないと見るや、わたしに対してつまらない悪ふざけをはじめ、わたしの収納箱を壊して金を取ってやると言って罵り出した。船長がいなかったので、わたしは彼が自分の言ったとおりにするものと覚悟した。彼はわたしのほうに向かってきて殴ろうとした。そのとき幸いにも、西インドで暮らしながらも心が堕落していなかった英国人船員が乗っていて、彼の前に立ちふさがって止めてくれた。もしその残酷な男に殴られていたら、わたしは命がけで身を守らなければならなかっただろう。それでも、これほど迫害されている人の命などどれほどのものか？　男は、今度もし陸の上でわたしを捕まえたら銃で撃って復讐してやる、と捨て台詞を残して罵りながら帰って行った。

西インド諸島にいる黒人の生命が取るに足らないものとされていることは広く知られているが、黒人たちもヨーロッパ人もその点で同じ立場であると主張する者が最近いないわけではないので、以下のような引用を紹介しても場違いではなかろう。バルバドス島の議会決議三二九条一二五ページにこう規定されている。「黒人その他の奴隷が、逃亡あるいはその他の犯罪、もしくは主人に対する不品行などのために、その主人あるいは主人の命令によって罰を受けた結果、命を落とす、あるいは身体の一部を毀損するという不運が生じた場合にあっても、何者に対しても賠償責任はない。ただし、何者かが、理由なく、もしくは単に残忍さゆえに、すなわち虐待目的で、自分の黒人その他の奴隷を意図的に殺害した場合、その者に対して島の国庫への十五ポンドの支払いを命じる」[*7] この規定は西インド諸島の、すべてではないにしても、ほとんどの島で同じである。いったいこれが西インド諸島の多くの法律のなかで賠償についての法律だと、どうどうと呼べるものか？　これを可決した議会は、キリスト教徒や人間ではなく、未開人や獣という称号のほうがふさわしいのではないか？　これは無情かつ不正かつ不見識な法案である。それは、その残酷さゆえ、野蛮人と呼ばれる者たちの議会をすら恥じ入らせるだろう。そして、その不正と狂気ゆえ、サモイェード族やホッテントット族の道徳や常識に対してでも衝撃を与えるだろう。

これ以外にも血なまぐさい西インドの法律は数多くあって、一見しただけでショッキングに見えるが、それが適用される範囲を考えると、その不平等さはさらに際だったものとなる。奴隷農園の熱烈な支持者であるジェイムズ・トービン氏は、マルティニコ島[*8]の知り合いのフランス人農園主について次のように記している。[▼7][*9] このフランス人農園主は、荷物運びの家畜のように農園で働かされている何人もの混血児《ムラート》を示して、彼らはみな自分の子供だとトービン氏に言ったそうだ！　わたし自身も同じような例を知っている。どうだろう、読者諸氏、このフランス人農園主の息子や娘たちは、黒人女性に生ませたというだけで、彼の子供としては不足なのか！　どのようにして生ませたにせよ自分の息子が、法令にいう理由なく、もしくは残忍さゆえに殺害されたにもかかわらず、その生命をたった十五ポンドと見積もる父親の感情とは、そして立法者たちの徳とはいかなるものか？　奴隷貿易は人の心と完全に相容れないのではないか？　徳の壁を破ってはじめられてしまったものは、あらゆる節義を破壊することによって継続し、すべての道徳的思いを荒廃のなかに葬り去ってしまうに違いない！

　やせこけた奴隷たちがはかりに乗せられて計測され、一人体重一ポンドにつき三ペンスから六ペンス、あるいは九ペンスで売られていくのを、わたしはあちこちの島で見てきた。しかしながらわたしの主人は、こうしたやり方を見て人情にショックを受けて、奴隷は何人かひとまとめにして売ることにしていた。また、売買のときやそのあとで、西インド諸島で生まれた黒人であっても夫が自分の妻と引き離されたり、妻が夫から引き離されたり、子供が親から引き離される場面を目にすることは珍しくない。彼らは別の島や無情な主人の選んだところへ送られ、おそらく二度と生きているうちに再会することはないのだ！　去りゆく者の友人たちは海辺に立ち、視界から消えるまで船を見つめながら、ため息をついて涙を流す。何度もこうした別れを見てわたしの心は痛んだ。

　わたしのよく知っていた、ある気の毒な島生まれ《クリオール》の黒人は、島から島へ何度も移動させられた末にモントセラトにやってきた。この男は憂鬱な身の上話をいくつもわたしにしてくれた。たいてい彼は、主人のための仕事を終えると、わずかな気晴らしの時間を使って釣りに行っていた。彼が魚を釣ると、主人が一銭も支払わずにその魚を彼の手から奪ってしまうことがよくあった。そうでなければ、ほかの白人が同じようなことをした。ある日、彼はとても悲しげに言った。「白人に魚を取られたら、たまにご主人のところに行って言いつけるんだ。するとご主人が取り返してくれる。でもご主人に力づくで取られたとき、どうすりゃいい？　だれも取り返しちゃくれねえ」その気の毒な男は空を見上げて続けた。「天上の神様にお願いするしかねえ」この飾りのない話はわたしをとても感動させた。そして、モーゼがエジプト人から兄を救済したときには正当な理由があったのだと痛感した。[*10] この世には救いなどないので、これからも天上の神を仰ぎ見るよう、わたしはその男に熱心に説いた。それでもそのときのわたしは、西インドでの商業取引において一度ならず同じような詐欺行為を自分自身が経験し、これと同じ訓戒をそのあとも必要とするようになるとはあまり思っていなかったし、またあとで述べるように、しばらくしてから、この気の毒な男とわたしがいっしょに同じ目に遭うとも思わなかった。

このような仕打ちは、特定の場所や個人に限定されなかった。わたしが行ったことのある（少なくとも十五回は行った）いろいろな島のすべてで、奴隷の待遇はほとんど同じだった。本当にほとんど同じなので、すでに述べた少数の例外を除いて、一つの島、あるいは一つの農園の物語は、西インド諸島全体の物語だと考えてもいいくらいだ。かようにも奴隷貿易は、人の心を堕落させ、人間的なあらゆる感情を麻痺させてしまうのだ！　奴隷で貿易する者たちがほかの人よりも生まれが劣っていると言いたいのではない。——違う！　誤った強欲こそが致命的なのだ。それが人間らしい優しさというミルク[*11]を腐らせ、憎しみに変えてしまうのだ。あの連中でも追い求めるものが異なってさえいれば、今のように無感情で強欲で残酷ではなく、寛大で心優しく正しい人になっていただろう。人身売買は疫病のように広がって、触れるものすべてを腐敗させてしまうのだ。これが善であるはずはない！　奴隷貿易は平等と独立という人間が生まれながらに有する第一の権利を侵害し、一部の人間だけに同胞に対する支配権を与える。しかし、これは神の意図ではない！　なぜなら奴隷貿易は、奴隷所有者を人間の上に立つ地位にすると同時に、奴隷を人間以下の地位に押しやり、さらに、うぬぼれたあつかましさで、はかり知れない広さで、その二つのあいだにいつまでも続く差別を作ってしまうからだ！

農園主たちの強欲もはなはだしく間違っている。人間らしい権利を享受することを許されるよりも、こうして獣のような状態に卑しめられたほうが、奴隷は役に立つのだろうか？　自由があるからこそ、健康と繁栄が英国中に満ちわたっているのを見れば、答えは明らかだろう。——すなわち、ノーだ。あなたたちが人を奴隷にするとき、あなたたちは彼らから人間としての徳目の半分を奪い取り、あなたたちは彼らを材料にして欺瞞と略奪と残虐を実践し、彼らと敵対状態で生きなければならなくなる。そのくせあなたたちは、彼らが誠実でも忠実でもないと言うのだ！　あなたたちは彼らを鞭で打って麻痺させておいて、彼らを無知な状態にしておくことが必要だと考える。そのくせあなたたちは、彼らにはものを学ぶ能力がないと主張する。また、彼らの精神は不毛な土地もしくは荒地なので、教養は彼らに根づかない、さらに、彼らの出身地の気候では、自然が（そこでの自然の恵みがどれくらい豊かかあなたたちが知らないだけなのだが）人間だけを貧弱で未完成にしておいたので、自然が人間に与えてくれたこの上ない宝を楽しむことができないなどと主張する！　神に対して不敬で愚かしい主張である。[▼8]　なぜあなたたちはあのような拷問道具を使うのか？　それが理性を持った存在が理性を持った相手に使うのにふさわしいものなのか？　同じ人間性を持つ者たちを卑しい身分に貶めるのを見ても恥や屈辱に心打たれないのか？　何よりも、このような処遇の仕方に加わって危険はないのか？　あなたたちはいつも反乱に怯えているのではないのか？　驚くことでもなかろう。というのは、

> 奴隷におちたわしらにとって、きびしい
> 監禁、鞭うち、暴虐の刑罰を受けるほかに、
> いかなる和平があるというのか。後手《ごて》とはいえ、
> 征服者の獲物の少なきことを絶えずねがい、
> やつらがわしらに苦患《くげん》を課して欣喜《きんき》するなどは
> ゆめゆるすまじとわれら決意し、敵意と憎悪《にくしみ》、
> おさえのきかぬ反抗、また復讐を、力のかぎりに
> 返す。ほかに、返すべき和平の手があろうか？[＊12]

それでも、あなたたちがおこないを改め、奴隷たちを人間として扱えば、恐怖の原因すべてが消え去

るだろう。彼らは忠実で正直、頭も身体も使うようになるだろう。そして、あなたたちには平和と繁栄と幸福がもたらされるだろう。

第六章

モントセラトのブリムストーン・ヒルについて――二度の地震に驚く――状況の好転――三ペンスで商売を始める――西インド諸島とアメリカにおけるさまざまな成功、および白人との取引における詐欺――人間性に対する奇妙な重荷――西インド諸島の危険な波――自由人ムラート誘拐事件――サヴァナでパーキンズ博士に殺されかかる。

前の章で、わたしが西インド諸島で目撃した奴隷たちへの数多くの虐待や搾取や残虐行為のうち、いくつかを読者に紹介した。しかし、そうした例をすべて列挙していっても退屈で嫌悪感を感じさせるだけだろう。ほんのちょっとしたことで奴隷に懲罰を与えるなんてことは日常茶飯事だったし、彼らに拷問を加えるさまざまな道具と同様、よく知られているだろうから、もはや何も目新しい話にはならない。それだけでなく、あまりにもショッキングであるため、それを述べるほうも読むほうも楽しむどころではない。だから今後は、とくにわたしの身に降りかかったものについてだけ語ることにする。

わたしは主人のもとでいろいろな仕事についたため、いろいろな島で好奇心をそそる光景をたっぷり目にする機会があった。なかでもとくにブリムストーン・ヒルという、モントセラトのプリマスの町から数マイルのところにある高く切り立った山の新奇な光景には衝撃を受けた。それまでにもこの山で見られる驚くべき光景については何度か耳にしていたから、わたしは白人と黒人あわせて何人かといっしょに行ってみたのだ。頂上に着いてみると、眼下のあちこちの崖の下に土硫黄《ブリムストーン》の断片が散らばっているのが見えた。それは、地中から自然にわき出るさまざまな小さな温泉の池からの流れが作ったものだった。温泉の池はミルクのように白いものもあれば、真っ青なものもあり、そのほかたくさんの異なる色をしたものがあった。わたしはジャガイモをいくらか持ってきていたので、いろいろな池につけてみた。数分もするとジャガイモは十分に煮えあがった。食べてみたが、ものすごく硫黄臭かった。靴の留め金など、わたしたちが身につけていた銀製品はすぐに銅のように黒くなった。

この島にいたある夜、わたしは不思議な感覚を感じた。わたしたちが寝泊まりしていた家には幽霊が出ると言われていたのだ。その夜、真夜中にわたしが大きな収納箱の上で寝ていると、建物全体がびっくりするほど尋常でなく揺れたと感じた。あまりの揺れに、わたしはそのとき寝ていた箱から振り落とされた。わたしはとてつもなくびっくりして、とうとう幽霊が現れたと思った。全身が言いようもないほど震えた。わたしはすぐに頭を覆って隠したが、どう考えたらいいのか、どうしたらいいのか分からなかった。このように仰天しているところに、すぐ隣の部屋で寝ていた男が出てきた。わたしは彼の声が聞こえたのが嬉しくて、咳払いをした。彼はわたしに地震を感じたかと尋ねた。わたしは彼に、寝ていた箱から振り落とされたけれど、どうしてそうなったのか分からないと答えた。すると彼は、それが地震というもので、彼もそれで自分のベッドから落ちたと言った。これを聞いてわたしは気分が楽になった。

これと同じようなことはもう一度起きた。それはモントセラトの停泊地で船に乗っていたときのことだった。真夜中わたしたちが寝ていると、いくら想像してみても説明がつかないほど船が揺れたのだ。あえて言えば、船とかボートとかが砂浜に乗り上げた感じというのがいちばん近い。船の上の多くのものがもとあった場所から動いたが、幸い大きな被害はなかった。

情け深い神の摂理がよりいっそうわたしに向けられているように思われたのは、一七六三年の終わり頃のことだった。わたしの主人の船の一つにバミューダ諸島を航行するスループ帆船があった。それは積載量が約六十トンあり、トマス・ファーマーという船長が指揮を執っていた。彼はイングランド人で、とても用心深くて活発な男だった。彼は島から島への乗客の移送をうまく切り盛りして、わたしの主人にたくさんの利益をもたらしていた。しかし、彼のところで働く船員が酒に酔っぱらったうえに、船のボートで脱走してしまうことがしばしばあって、彼の仕事のたいへんな妨げとなっていた。この人物はわたしのことを気に入ってくれていた。それで、船員としてわたしを彼の船で使わせてほしいと、わたしの主人に何度となく懇願していた。島では船乗りが不足がちだったため、人手不足で船が出せないこともときどきあったけれども、わたしの主人はわたしの代わりになる者がいないと船長に答えていた。それでも結局、必要に迫られてやむをえず主人は説き伏せられ、まったくしぶしぶではあったが、わたしをこの船長と行かせることを承知した。それでも主人は、くれぐれもわたしが脱走しないよう細心の注意をするように船長に言いつけた。もし脱走させようものなら、弁償してもらうとまで言った。このような事情もあって、船長は最初のうち、船が錨を降ろしているあいだはずっとわたしをしっかり見張っていた。そして船が戻ると、わたしはすぐに陸に送り返された。このようにわたしは奴隷として働いていた。それはまるで一生続くかのようだった。ときにはこちらの用で、ときにはあちらの用でと働いた。つまり、船長とわたしはおよそ主人が雇っている連中のなかでもっとも有能だったのだ。わたしは船の上で船長にとっておおいに役に立ったから、何度となく船長はわたしに付いてくるように誘ったものだった。それがたとえ近くの島をいくつか回る、せいぜい二十四時間程度の仕事であっても、いつも主人はわたしにいてもらわないと困ると船長に返事していた。それに対してきまって船長は毒づいて、それでは船が出せない、三人の白人船員の誰よりもわたしのほうが優秀なのだと言った。確かにこの三人は多くの点で素行が悪かった。彼らが酒を飲んで酔っぱらったあげく、船のボートに穴を開け、予定されていた帰港時間をわざと遅らせるようなこともしばしばおこなった。このことは主人もよく承知していた。そして何度かわたしが船長と働いたのち、とうとう船長の日頃の嘆願が聞き入れられる日がやってきた。とても嬉しかった。ある日、主人は船長がうるさくて仕方がないと言って、船乗りとして海に出たいか、陸の上で商品の在庫の管理をしたいか、わたしに尋ねた。彼はこれ以上こんなふうにわずらわされたくなかったのだ。この提案を聞いてわたしはとても喜んだ。船に乗れば少しお金を稼ぐチャンスがくると、すぐに思ったからだ。そうでなくても、もし扱いが悪かったら逃げ出すこともできるかもしれないと考えた。また、もっといい食事をもっとたくさん食べられるだろうと思った。すでに述べたように、わたしの主人の奴隷に対する待遇はことのほかよかったのだが、それでもわたしはけっこう空腹を感じていたのだ。それでわたしは、ためらうことなく、もしよろしければ船乗りになりたいと答えた。すると、すぐに乗船を命じられた。それでも船が港にいるあいだは、船と岸とでほとんど、あるいはまったく、わたしには休む暇がなかった。主人がいつもわたしを連れ回したがったからだ。本当に彼は好人物だったし、これからは船の上で働けるのだという希望がなければ、わたしは彼から離れようとは思いもしなかっただろう。一方の船長もわたしをとても気に入ってくれていたので、わたしは完全に彼の右腕となって働いた。彼の好意に報いるためにできるだけのことをした。それに応じて、彼のほうもわたしを良く扱ってくれた。これは、わたしのような境遇にある者が西インド諸島で受けたなかでもっとも良い待遇だっただろう。

しばらくこのファーマー船長と航海したところで、いよいよわたしは運だめしに商売をはじめることにした。最初はほんの少しの元手しかなかった。半ビット、これはイングランドでは三ペンスに相当するのだが、わたしの蓄えはこれだけだった。それでも自分には神がついていると信じていた。あるとき、オランダ領のセントユースタシア島に行って、わたしはこの半ビットでガラスのタンブラーを買った。モントセラトに帰って、それを一ビット、すなわち六ペンスで売った。幸運にもわたしたちは何度か続けてセントユースタシアに遠征した(この島はモントセラトから約二十リーグの距離で、西インド諸島の商業の中心だった)。タンブラーは儲かることが分かったから、わたしは二度目には、この一ビットでタンブラーを二つ買った。そして、帰ってそれを二ビットで売った。これは一シリングに相当する。次に行ったときにはこの二ビットでさらに四つ買って、モントセラトに戻って四ビットで売った。その次にセントユースタシアに行ったときには、一ビットでタンブラーを二つ買って、残りの三ビットでオランダジンをジャグに入れておよそ三パイント分買った。モントセラトに帰って、わたしはジンを八ビットで売って、タンブラーを二ビットで売った。その結果、なんとわたしの資金は全部で一ドルになった。それをわたしは、しっかり倹約して一か月か六週間で稼いだのであった。こんなに金持ちになったことをわたしは神に感謝した。ほかの島に行ったとき、わたしはこの金をいろいろなものに臨機応変に使って、たいていとてもよい儲けになった。とりわけグアドループやグレナダなど、フランス領の島に行ったときがそうだった。こうしてわたしは四年以上にわたって島々をまわり、行く先々で商売をした。そのあいだにもわたしはひどい扱いを何度も受けたし、ほかの黒人が白人から危害を加えられるのを見てきた。わたしたちが踊って浮かれ騒いで気晴らしをしている最中に、彼らは理由もなくわたしたちを妨害したり侮辱したりした。実際、わたしは一度ならず、少し前に紹介した気の毒な漁師の男に忠告したように、天の神を見上げねばならなかった。また、これまで述べてきたような商売をはじめてからそれほどしないうちに、わたしはその漁師の男といっしょに彼と同じような仕打ちにあったのだった。この男は海に慣れていたため、急に人手が必要になったとき、彼の主人の命令でわたしたちの船に乗ってサンタクルーズ島へ行くことになった。このとき彼は一山当てるために、わずかな元手をすべて持ってきていた。それは袋に入れた六ビット相当のライムとオレンジだった。わたしも自分のすべての蓄えを持ってきていた。それは約十二ビット相当の同じような品物で、二つの袋に分けられていた。わたしたちはこのような果物がサンタクルーズでは高く売れると聞いていたのだ。島に到着すると、彼とわたしは頃合いを見計らい、果物を岸に持って行って売ろうとした。上陸してすぐ、わたしたちは二人の白人の男に見つかって、たちどころに三つの袋を奪われてしまった。最初わたしたちは二人が何をしようとしているのか分からなくて、しばらくはからかわれているものとばかり思っていた。しかしすぐ、それは違うということを彼らは思い知らせてくれた。彼らはわたしたちの売り物を持って、砦に隣接する建物に駆け込んだのだ。わたしたちは、果物を返してほしいと頼みながら二人を追いかけていった。が、無駄だった。彼らは返すのを拒否しただけでなく、わたしたちを罵って、すぐ立ち去らねばたっぷり鞭打ちだと脅しをかけてきた。その三つの袋はわたしたちがこの世で持っている全財産で、売るためにモントセラトから持ってきたのだと言って、乗ってきた船を二人に教えた。しかし、これは逆効果だった。わたしたちがよそ者だということだけでなく、奴隷だということも彼らに知られてしまったからである。それで彼らはいっそう激しくわたしたちを罵って立ち去らせようとした。さらにわたしたちを打つために棒を手にした。彼らが言葉どおりにやるつもりだということは察しがついたので、わたしたちはあわてふためいて、もうどうしようもないと思いながら逃げ出した。こうして、それまでおこなってきた投資の三倍の儲けを得られる、まさにその瞬間になって、わたしは持っていたすべてを一銭残らず奪われたのだ。耐え難いほどの不運！　なのにどうすればいいのか、わたしたちには分からなかった。狼狽したままわたしたち二人は、砦の司令官のところに行って、彼の部下からわたしたちがどのような仕打ちをされたか話した。しかし、少しも償ってもらうことはできなかった。彼はわたしたちの苦情に対して呪いの言葉をあびせかけてきただけだった。さらに彼はすかさず馬の鞭を手にして折檻しようとしたので、わたしたちは来たとき以上の速さで引き返さなければならなかった。そのときわたしは悲しみと憤りに苦しみもがきながら、神の怒りが二股の雷となってこれらの残忍な迫害者たちを突き刺して殺してほしいと願った。それでも、わたしたちは辛抱して、もう一度横の建物に戻り、二人の男に果物を返してほしいと何度も繰り返し嘆願した。そしてようやく最後には、建物のなかにいた誰だか別の人物が、自分たちは袋を一つもらい、二つをわたしたちに返すというのではどうかと尋ねてきた。わたしたちは仕方なくこの提案をのんだ。まず彼らは、一つの袋を見て二種類の果物が入っていることを確認して取っていった。それはわたしの連れのものだった。それから、あとの二袋、すなわちわたしの袋を返してくれた。それを受け取るとすぐ、まっさきにわたしは全速力で走ってその場を逃げ出した。一方、わたしの連れはその場に残ってさらに懇願した。彼は彼らが取っていった袋は自分のもので、しかも自分がこの世に持っている全財産だと話した。しかし、それもまったく無駄だった。かわいそうにその男は両手をぎゅっと握りしめて、袋を失ってしまったことを激しく嘆き悲しんだ。それから実際に、彼は天上の神を仰ぎ見たのだ。これを見てわたしは彼の状態に哀れをもよおし、わたしの果物の三分の一ほどを彼に分けてやった。わたしたちはその後、果物を売るために市場に向かった。そして、神の摂理は期待していた以上にわたしたちに微笑んでくれたので、わたしたちの果物はとてもよく売れた。わたしのほうでおよそ三十七ビットの売り上げだった。このようにほんの短い時間で運気が驚くほど逆転してまるで夢を見ているかのようで、わたしは、いかなる状況においても神を信じるようにおおいに励まされることになった。その後はこのようなやっかいなキリスト教徒の略奪者によって強奪されたり、ひどい扱いを受けたりしたとき、しばしば船長が力を貸してくれ、わたしの権利を主張してくれた。こうした連中のあいだで、年齢や階級を問わず、止めどない冒瀆的な呪いの言葉がめったやたらに口にされているのを聞いて、わたしは身震いしたものだった。時と場所をわきまえないだけでなく、まるでそれが楽しみかつ喜びであるかのようだった。

あるとき、セントキッツ島へ行ったとき、わたしは自分の金を十一ビット持っていたのだが、船長が親切にもさらに五ビット貸してくれたので、わたしはそのお金で聖書を買うことができた。この本を手に入れることができてとても嬉しかった、どこでもなかなか見あたらなかったから。モントセラトでは聖書は一冊も売っていなかったと思う。すでに述べたようにしてエトナ号を追い出されたとき、わたしは聖書とインディアンへのガイド［第四章訳注3を参照］、何よりも愛したこの二冊の本を置いてきてしまって、とても悲しい思いをしていたのだ。

わたしがこの地、セントキッツにいたときに、人間性についてとても好奇心をそそる出来事があった。――ある白人男性が、自由黒人の女性と教会で結婚することを望んだのである。その女性はモントセラトに土地と奴隷を所有していた。しかし牧師は、教会で白人と黒人が結婚するのは違法だと彼に伝えた。それでは海の上で結婚するのならどうかとその男性が尋ねたら、牧師はそれを承諾した。

そこで、その二人の恋人が一つのボートに乗り、もう一つのボートに牧師と教会事務員が乗って、結婚式が執りおこなわれた。式が終わるとこの新婚カップルはわたしたちの船に乗り移ってきた。船長は二人をこの上ない待遇で迎え、無事モントセラトに送り届けたのであった。

読者諸氏には、わたしのような心を持った者がこのような奴隷の境遇にあることのいらだたしさがどのようなものか、想像もつかないだろう。長いあいだはるかによい日々を送り、いわば自由と豊かさを満喫した状況にあったあとで、連日新たな困難や重荷にさらされることがどのようなものか。それに加えて、それまでわたしがいた世界は、西インド諸島に比べれば楽園のように思えた。そんなわけでわたしの心は、どう工夫すれば自由になれるかという思いで絶えず張り裂けんばかりだった。それもできれば正直で恥ずかしくない方法でなりたかった。というのも、わたしにはいつも思い出す古い格言があって、これこそが自分を律する原理だったと信じているからだ。すなわち、「正直に損なし」というものだ。また、「人にしてもらいたいと思うことは何でも、あなたがたも人にしなさい」[*1]――この黄金律もそうである。しかしながら、わたしは子供のころから運命論者だったので、決定されている運命は何であれ必ずや起こると考えていた。だから、自由にされるのがわたしの運命ならば、たとえ現在の自分に自由を手に入れる手だてや望みが見あたらなくても、何ものもそれを妨げることはできないのだ。逆に、自由になれないという運命ならば、わたしは絶対に自由になれないし、どれだけ自由になるための努力をしても無駄だろう。このように考えながらわたしは天を仰いで、自由にしてほしいと神に切々と祈った。それと同時にわたしはあらゆる正直な手段を使って、自由を得るためにわたしのほうでできることなら何でもした。時が経つにつれて、わたしは二、三ポンドの貯えができた。さらに稼げる見込みだった。わたしの親切な船長はそのことをよく知っていた。これが原因となって、彼はときどきわたしに対して無礼なことをするようになった。それでも、つらい扱いをされたときはいつでも、わたしは心に思っていることを素直に話すようにしていた。ほかの黒人と同じようなことを強いられるなら、わたしはその前に死んでやる。わたしにとって自由がなくなったら人生の楽しみも失われてしまうから。こんなことを言った。もちろん、そのときわたしが安泰でいられるのも、先々(人間としての、という意味で)自由を得られる望みも、この人次第だということは分かっていた。それでも彼のほうでもわたし抜きで船を出すことは考えられなかったので、わたしがこういう脅し文句を言うと、きまって優しくなった。それでわたしは引きつづき彼のところにいた。わたしは彼の命令や仕事に十分な注意を払って、彼の信用を得た。そして、彼の好意を通じて最後には自由を手に入れた。このように自由な身分になることだけを考え、できるかぎり迫害に抵抗して生きていきながら、わたしの人生は毎日が不安定だった。とくに波の打ち寄せるなかではそうだった。すでに触れたように、わたしは泳げなかったからだ。西インド諸島全体に波は非常に激しく、どの島でもわたしはその怒号と猛威にさらされていた。波がたたきつけてボートが宙を舞い、乗っていた何人かが大けがをするところを見たことがある。あるときグレナダ島で、水の入った大樽を二つ積んだ大きなボートをわたしと八人くらいで引っ張っていたら、波がぶつかって、ボートを積み荷もろとも近くの木立の高潮線の跡よりも高いところまで飛ばしてしまったことがある。ボートを修復して、もう一度海に浮かべるために、いちばん近くの農園からできるかぎりの人手を頼まなければならなかった。モントセラトでのある夜のこと、わたしたちの乗ったパント*2は、無理に岸から離れようとして四回もひっくり返った。一回目の転覆でわたしは溺れそうになった。しかし、そのとき着ていたジャケットのおかげで少しのあいだだけ海面に浮いたため、その短い合間に近くにいた泳ぎの上手な男に声をかけ、泳げないと伝えた。彼は急いでわたしのところに来て、ちょうど沈みかかっていたわたしをつかんで足が立つところまで運んでくれた。それから彼はパントも引っ張ってきた。早く帰らないとひどい目に遭うので、わたしたちはパントから水をかき出して、岸から離れようとさらに三回挑戦した。しかし、そのたびに恐ろしい波は一回目と同じ仕打ちをした。結局、命をたいへんな危険にさらしながら五回目の挑戦で成功したのだった。また、ある日モントセラトのオールドロードで、船長とわたし、さらにほかに三人で大きなカヌーに乗ってラム酒と砂糖を探していたときのこと、大きな波一つでカヌーが海から驚くほど遠いところまで飛ばされたことがあった。何人かは近くに飛ばされ、ほとんどみんながひどいケガをした。そういうわけで、わたしだけでなく多くの人たちが何度も述べてきたし、本当にそう思っているのだけれど、この世にこの島ほどひどいところはない。だからわたしは、そこから離れたくてたまらなかった。そして、わたしの主人が約束を守ってフィラデルフィアに連れて行ってくれることを毎日のように願っていた。

　この島にいたとき、とても残酷なことがわたしたちのスループ船で起こった。あとになって思えばそんなことはひんぱんにあったのだが、そのときのわたしは恐怖でいっぱいになった。船にとても賢くてきちんとした自由な身分のムラートの男がいた。彼はすでに長いことわたしたちの船に乗っていた。彼は自由民の女性と結婚して、子供が一人いた。そのとき女性は陸に住んでいて、とても幸せにしていた。船長や船員、その他の乗組員、それ以外にもそのとき船に乗っていたバミューダ生まれの者たちでさえ、みんながこの若者は子供の頃からずっと自由の身分であることを知っており、彼のことを自分の所有物などと主張する者は誰もいなかった。しかしながら、力が権利を打ち負かすことはあまりにたびたび起こるものである。わたしたちの船には、たまたまバミューダから来た船長が乗っていた。彼の船は二、三日同じあたりに停泊していたのだ。彼はわたしたちの船に乗り込んでくると、そのジョウゼフ・クリプソンという名前のムラートの男を見てこう言った。その男は自由民ではない。わたしは主人の命令でその男をバミューダに連れ戻しに来たのだ。そのあわれな男は、最初船長が本気で言っているとは信じられなかったようだが、すぐに真実を悟らされた。船長の部下が彼に乱暴に手をかけたのだ。彼はセントキッツで自由民として生まれたという証明書を示したし、彼がボート作りの修行をしたこと、つねに自由の身分で過ごしてきたことを船の上の誰もが知っていたにもかかわらず、その船長はむりやりこの男を船から連れ去っていった。それから男が陸に上がって治安判事の前に連れていってほしいと頼むと、この非道な人権の侵害者たちはそうすると彼に約束した。しかし、彼らが代わりにしたのは、男をほかの船に連れて行くことだった。翌日、あわれにもその男は陸で尋問されることもなく、妻や子供に会うことさえ許されないまま、どこかに連れ去られていった。おそらくこの世で二度と会うことはないだろう。この話が、わたしが目撃したこの種の野蛮行為の唯一の例というわけではない。それ以降もジャマイカその他の島で、わたしのアメリカでの知り合いの自由民の黒人がひどい罠に陥れられ、とらわれの身になっていくところを何度も見てきた。フィラデルフィアにおいてでさえ、同じような話を二つ聞いたことがある。もしあの都市のクエーカー教徒の慈悲心がなかったとしたら、現在自由の空気を吸っている黒色の民の多くが、おそらくどこかの農園主の鎖の下でうめき声を上げていたことだろう。こうしたことが、わたしの心を新たな恐怖の場面にさらした。それは以前にはまったく知らないものだった。それまでわたしは、奴隷状態だけを恐ろしいものだと考えていた。しかし、いまや自由黒人の置かれた状況も、わたしにとっては少なくとも同じくらいに恐ろしいものだと思えたのだ。ある意味それはよりひどいものですらある。というのも、彼らは絶えず自分の自由を脅かされながら生きているからだ。彼らの自由は名ばかりなものでしかない。彼らはどこに行っても侮辱され、略奪されても何の補償もないからだ。自由黒人の証言は裁判所ではいっさい認められない。西インド諸島の法律における平等とはそんなものである。こうした状況にあれば、奴隷たちが寛大な扱いを受けたとき、まやかしの自由よりも悲惨な奴隷状態のほうを選んだとして、どこが驚きだろう？　もはやわたしは完全に西インド諸島を嫌悪していた。そして、そこを離れないかぎり、けっして完全に自由になることはないと思った。

このような考えを抱いて、わたしの不安にさいなまれた心はあとに残してきた喜びの場面のいくつかを思い出す。

その場面では、公平な自由が鮮やかに整列し
暗闇を明るくし、昼をも照らす。
そこではいかなる肌の色も富も地位も
人を奴隷にする卑劣漢を守ることはない。*3

わたしはあらゆる努力をして自由を手に入れ、懐かしのイングランドに戻ろうと決心した。この目的のためには航海術の知識が役に立つと思った。ひどい扱いを受けないかぎり逃亡するつもりはなかったが、それでも、いざという場合に航海術を熟知していればスループ船で逃げられるだろう。スループ船は西インド諸島ではもっとも速い帆船の一つだし、わたしといっしょに逃げてくれる仲間の当てはあった。また、もしそうしなければならなくなったら、わたしはイングランドを目指すつもりでいた。ただし、それもこれもひどい扱いを受けた場合だけだ。そういうわけで、わたしは船の航海士をお金で雇って航海術を教えてもらうことにした。彼には二十四ドル支払うことで同意してもらい、実際にわたしは一部を即金で支払った。しばらくして、わたしに教えるだけでそれだけのお金を取っていることを知るにいたったとき、船長はその航海士を非難して、わたしからお金を取るなんて恥ずかしいことだと言った。しかし、つねに日常の業務があったため、この有効な技術習得の進度はかなりゆっくりだった。逃げ出したければ機会がないわけではなかった。好機はたびたび訪れた。このあとすぐに一度、とりわけよい機会があった。グアドループ島に行ったとき、フランスに向かう商船の大

船団がいた。そのときその船団では船員が少なかったこともあり、その航海で一人に十五から二十ポンド与えていた。この金額を耳にして、わたしたちの船にいた航海士と白人の船員全員がフランス船に移った。彼らはわたしもいっしょにこさせようとした。彼らはわたしをじっと見て、ついて来れば守ってやると誓ってくれた。その船団は翌日に出航する予定だった。そのときならわたしは無事にヨーロッパへ行き着くことができただろうと、本当に今でも思う。それでも船長は優しかったし、わたしは彼のもとをあえて離れようとは思わなかった。またあの「正直に損なし」という格言を思い出しながら、わたしは彼らを見送った。わたしにとってよい機会だったから、実際に船長はわたしが彼とその船から立ち去るものと思っていたそうだ。しかしありがたいことに、わたしのこの忠誠心は、このあとで思いがけないかたちでわたしにとって有利に働くことになった。おかげで船長はわたしをことのほか気に入って、しばしば航海術を教えてくれるようになったのである。乗組員だけでなく、それ以外の人たちのなかにもこのことを知って、船長がしていることはたいへんな間違いだと考える者がいた。彼らは、黒人に航海術を教えるのは危険だと言った。こうして、わたしの航海術の修得はふたたび妨害された。一七六四年の終わり頃、わたしの主人はプルーデンス号という大きなスループ帆船を購入した。およそ七十トンか八十トンあった。この船を船長が指揮することになった。わたしは彼にともなってこの船に乗り込み、ジョージアとチャールズタウンまで輸送する新しい奴隷の積み荷を積み込んだ。主人は、まだわたしを連れて歩きたがることはあったが、そのころはわたしを完全に船長に任せていた。いつも西インド諸島が視界から消えることを願っていたわたしとしては、よその国が見られると思って少なからず喜んでいた。わたしは船長の善意にすがって、わたしの持っていた売り物になりそうなものをすべて用意して持参することにした。そして準備が整って出航できたとき、わたしはとても嬉しかった。目的地のジョージアとチャールズタウンに到着したら、持ってきたものを売って儲けるチャンスがあると期待したのだ。しかしそこでも、とくにチャールズタウンで、ほかの土地と同じように、わたしを騙そうとする白人の物売りに何人も出くわした。ほかの土地と同じように、彼らはわたしを騙そうとした。それでも、わたしは不屈の精神を持とうと決意していた。情け深い天の報いがあるのなら、どんな運命や試練も辛すぎることはないと思った。

わたしたちはすぐにまた船に荷を積んで、モントセラトに戻った。ほかの島よりもこの島で、わたしの商品はよく売れた。こんなふうにして一七六四年いっぱい商売をつづけた。いつもどおり、いろいろと騙されたりもした。このあと一七六五年に、わたしの主人はフィラデルフィア行きの船の準備をはじめた。積み荷をして出航態勢を整えているあいだ、わたしはいつもの二倍てきぱきと働いた。神の思し召しがあれば、この航海で金をたくさん稼いで自由の身分を買うことができるのではないかと期待していたからである。また、わたしはフィラデルフィアの町を見てみたかった。この町のことについては、それまで何年にもわたってたくさんの話を聞いていた。それに加えて、わたしが最初に来たときに主人がしてくれた約束が本当であるか試したいといつも思っていた。このように考えてうきうきしながら、わたしが売り物として持っていくものを準備していたある日曜日、主人がわたしを家に呼び出した。行ってみると、主人とファーマー船長がいっしょにいた。入ってきたわたしに向かって、主人は驚くべきことを言った。フィラデルフィアに着いたらわたしが彼のもとから逃亡するつもりでいるという話を耳にしたというのである。「だから」と彼は言った。「もう一度おまえを売らなければなるまいな。おまえは高い買い物だった。四十ポンドもしたんだ。あまり安く売るわけにはいかない。おまえはそれだけの価値のある男だからな」さらに彼はつづけて、「おまえにだったら、この島の紳士たちの多くが百ギニー出すだろう」こう言って、彼はドラン船長の義理の兄のことを話した。彼は厳しい主人で、以前からわたしを買って、自分の農園の監督にしたがっていたのである。ファーマー船長のほうでは、カロライナでなら、わたしは百ギニーよりはるかに高く売れると言った。これは本当だということは分かっていた。というのは、以前、わたしを買いたいという紳士が何度もわたしたちの船に来ていたことがあるからだ。いっしょに暮らそう、悪い扱いはしない、と彼はわたしに話しかけてきた。わたしがどんな仕事をさせるつもりか尋ねると、彼は、おまえは船乗りなので米を輸送する船の船長にするつもりだと答えた。しかし、わたしは断った。それと同時に、突然に船長の気分が変わってわたしを売るかもしれないと思って怖かったので、わたしはその紳士に言った。いかなる条件であっても彼のところで暮らす気はないし、わたしには彼の船で逃げ出すことだってできる。それに対して彼は、そんなことは恐れていない、また捕まえればすむことだと言った。そして、もしそんなことをしたら、どんな残酷な仕打ちが待っているか話した。わたしの船長は、わたしが航海術をいくらか知っていることを彼に教えた。これを知ってその紳士は考え直し、わたしを買うのをあきらめて帰って行った。わたしは嬉しかった。以前にこんなことがあったのである。さて、そこでまず、わたしは主人にこう切り出した。フィラデルフィアに行ったら逃げ出すなんて言ったことはありません。それに、主人はわたしをひどく扱ったりしないし、船長もそうなので、逃げ出すつもりもありません。もし扱いが悪ければ、ぜったいにもっと前に何らかの逃亡を試みていたでしょう。ただ、もしそれが神の意志ならば自由になれると考えているので、その場合はそうなるでしょう。逆に、もしそれが神の意志ではなければ、そうはならない。だからわたしが望んでいるのは、もし良い扱いを受けながら自由になれるというのなら、それは正直な手段によるべきだということなのです。でも、わたしは自分ではどうしようもないのだから、主人の好きなようにしてくれればいい！　わたしが願い、信じられるのは、天上の神のみ。こう話した瞬間、わたしの心にはたくさんの新しい考えが浮かび、逃亡計画でいっぱいになった。わたしは今度は船長のほうにこう訴えかけた。これまでわたしが少しでも逃げようという気配を見せたことがあったでしょうか。休みを与えられたときも、決められた時間までにいつも船に戻ってきたではないですか。とくに言うならば、グアドループでみんなが船を出てフランス船団に乗ってしまったとき、いっしょに来いと勧められても、ついて行かなかったではないですか。もしついて行っていれば、わたしを二度と捕らえられなかったでしょう。少なからず驚き、また、格別に嬉しかったことに、船長はわたしの言ったこと一言一句が本当だと認めてくれたのである。それだけではない。彼が言うには、これまでにセントユースタシア島でもアメリカでも、わたしが逃げだそうとしているのかどうか何度も見ていたが、少しもそのような素振りはなかった。それどころか、わたしはいつも彼の命令どおりに船に戻っていた。もしわたしに逃げ出す気があったら、グアドループで船員と乗組員全員が船を出てしまった、あの夜に逃げ出していただろう。あれ以上のチャンスはなかったはずだから、彼は本当にそう思うと言った。それから船長は、主人は船員に騙されたのだと言って(わたしには誰が敵なのか分からなかったが)、その船員がこのような嘘をついた理由を教えた。その理由とは、その船員が船の食料を無断で人にやったり取っていったりしたことを、わたしが船長に知らせたからだった。この船長の発言は、わたしにとって一度死んだ者に生命を与えるようなものだったので、即座に心から神の栄光をたたえた。そのあとすぐに主人が次のように言うのを聞いて、さらにいっそうたたえた。主人が言うには、わたしは賢い分別のある男だから、わたしをふつうの奴隷のように使おうと思ったことは一度もない。船長がわたしの品行について話して頼んでこなければ、わたしがこれまでしてきたような物売りなどは許さなかっただろう。そんなふうにちょっとした品物を別の土地へ持って行って売ることで、わたしがお金を稼げると思っていた。いっそラム酒を樽に半分と砂糖も樽に半分を一度にあずけて、商売を奨励するつもりですらあった。わたしの用心深さで、いずれ自由の身分を買えるだけのお金を貯められるように。そして自由を買いたい場合は、四十ポンドで自由を手に入れられると当てにしておいてもよい。この四十ポンドというのは彼がわたしを買ったときに払った金額だった。この言葉はすぐに、わたしの心をはかり知れないほど喜ばせた。主人はそう考えてくれていると、確かにかなり前から心に思っていたのだが、わたしはすぐさま彼にこう返した。「ご主人様、いつもそう考えていてくださると思っていました。本当です。だからこそ、精出してお仕えしたのです」すると彼は大きな銀のコインをくれた。今までに一度も見たことも持ったこともないものだった。そして、わたしに出航の準備をするように言った。そして彼は、一つの大樽に砂糖を、もう一つにラム酒を入れ、わたしに任せることにした。また、フィラデルフィアに気立てのよい妹が二人いるので、必要なものがあればもらえるとも言ってくれた。これを聞いて高潔な船長も、わたしを行かせたがった。彼はアフリカ人の気質を知っていたので、今日のことは誰にも言わないようにと厳しく命じた。また、嘘をついた船員はもう二度と同行させないと約束してくれた。これこそ急転回というものである。ほんの一時間のあいだに、まず身を切るような苦しみを感じ、次の瞬間に一転、最高の喜びを感じたのだ。わたしは感動のあまり気持ちを表情でしか表現できなかった。わたしの心は感謝の気持ちを押さえきれず、二人の足に口づけしてしまいかねないほどだった。わたしは部屋を出ると、ただちに船に向かった、というよりも、船に飛んでいった。船には荷がいっぱい積まれていた。そして、主人は言葉どおり、わたしにラム酒の樽と砂糖の樽をあずけてくれた。出帆して、フィラデルフィアの優美な町に無事到着した。わたしの商品はあっという間にかなり高く売れた。また、この魅力的な町ではあらゆるものが豊富で安価だということを知った。

　この土地にいるあいだに、とても尋常でないことがわたしに起こった。ある夜、わたしは、デイヴィス夫人とかいう秘法に通じた女性の話を聞いていた。彼女は、人の秘密を見破ったり、出来事を予言したりなどできるという。わたしは最初、この話をほとんど信じていなかった。未来の神の摂理に人知などはおよばないと思っていたし、聖書の啓示のほかに啓示などはないと信じていたからである。しかし、とても驚いたことに、これまで一度も会ったことがないにもかかわらず、その夜、わたしはこの女性を夢に見たのだ。このことはとても強い印象を残した。翌日も心からその考えを消すことができず、それまでは興味もなかったのに、わたしは彼女に会いたくて仕方なくなってしまった。そこで、その夜仕事が終わったあと彼女がどこに住んでいるか調べ、そこに案内してもらって会ってみると、目の前に夢で見たのとまったく同じドレスを着たまったく同じ女性がいたのである。わたしは言葉で言い表せないほど驚いた。すると彼女は、昨夜自分を夢で見ただろうと言って、これまでにわたしの身に起こったことの話をたくさんした。しかもそれが正確で、これにも驚いた。そして最後に彼女は、わたしが奴隷であるのもそう長くはないと言った。これはまた嬉しいお告げである。わたしのこれまでの生涯の出来事を彼女が正確に話してくれたので、わたしはこのお告げをすぐに信じた。彼女が言うには、わたしは十八か月以内に二度とても危険な目に遭うが、それを逃れれば、あとはうまく進むということだった。彼女から祝福を与えられて、わたしたちは別れた。フィラデルフィアにしばらく滞在するうちに船の積み荷が完了し、わたしも自分の売り物を仕入れた。そして、わたしたちはこの好ましい土地からモントセラトへ出航し、怒り狂う波にもう一度遭遇することになった。

わたしたちはモントセラトに無事に到着した。わたしたちは積み荷を降ろし、わたしは自分の商品を売った。そのあとすぐセントユースタシア行きの奴隷を船に乗せ、さらにセントユースタシアからジョージアに向かった。わたしはいつも一生懸命働いてきた。このときも航海の期間をできるだけ短くするために二倍働いた。この過労のため、ジョージアにいるときに熱が出て悪寒がするようになった。十一日間にわたって非常に具合が悪く、ほとんど死にそうだった。そのとき来世というものが心に強く刻まれた。そして、わたしにあの恐ろしいことが起こるのがとても怖かった。それで命ばかりは助けていただきたいと神に祈った。回復できたらいっそう信心すると心のなかで神に約束した。結局、ある著名な医者の治療のおかげで、わたしは健康を回復した。そのすぐのち船の積み荷が完了して、わたしたちはモントセラトに向けて出航した。その航海のあいだ、体調は完全に回復していたし、船の上ではやるべき仕事がたくさんあったので、わたしは神との約束を誠実に果たす努力を怠りはじめた。できることはたくさんあったにもかかわらず、西インド諸島に近づけば近づくほど、わたしの信仰への決意はどんどん揺らいでいった。それはまるで、あのあたりの空気や気候が信仰心を台無しにするかのようだった。無事にモントセラトに到着して上陸したとたん、わたしは前に決意したことを忘れてしまったのである。――ああ！　なんと心というものは、愛したいと願う神のもとから離れてしまいやすいのか！　この世の物事は、なんと強い力で五感を襲い、魂を捕らえるものか！――船の荷揚げをしてすぐわたしたちは出航準備をして、いつもどおりに、あわれにも虐げられたアフリカ生まれその他の黒人を積み込んだ。それから再度ジョージアとチャールズタウンに向かった。ジョージアで積み荷の一部を陸揚げして、残りをチャールズタウンまで運んだ。チャールズタウンにいるとき、わたしは町が祝祭のため照らし出されるところを目にした。銃が打ち鳴らされ、大かがり火がたかれ、そのほかさまざまに喜びが表現された。これは印紙条例の廃止を祝ってのことだった。[*4]ここでわたしは自分の商品をいくらか自力で売りさばいた。白人たちは、調子のいい約束と公平な言葉を口にして買っていったのだが、とても金離れは悪かった。とくにわたしから樽入りラム酒を買ったある紳士などは、かなりの面倒を引き起こした。親切な船長の利益にもなるのだと言っても、わたしは一銭ももらえなかった。というのも、わたしは黒人なので、その紳士に強いて支払わせることができなかったからである。わたしはどうすればいいのか分からなくて腹が立った。そして、しばらくしてこのキリスト教徒の紳士を見失ってしまった。安息日には(黒人たちはこれをしばしば祝日としている)、わたしは教会の礼拝式に行きたかったのだが、その代わりに、何人か黒人を手伝いに雇ってボートを海に出し、この紳士を捜さなければならなかった。彼を見つけたとき、わたしだけでなく立派な船長からも頼むと、やっと彼はドル立てで支払った。しかし、そのうちのいくらかはまったく価値のない銅貨だった。それでも彼はわたしが黒人であることにつけこんで、それを受けとるか、それとも何も受け取らないで我慢するかと迫ってきた。わたしはそのどちらも断ったのだが駄目だった。そのあとすぐほかの白人たちの市場でその銅貨を使おうとすると、わたしは偽金を使おうとしているといって侮辱された。わたしにそれを寄こした男が誰か彼らに教えたのだが、一分もしないうちにわたしは縛り上げられ、裁判も陪審もなしに鞭打たれたのである。しかしわたしは、素晴らしい二本の足の助けを借りて逃げ出して、棍棒で殴られそうだったところを切り抜けた。わたしは全速力で船に戻った。それでも出航するまで彼らを恐れていた。神のおかげか、まもなく船は出航した。それ以来、彼らといっしょになったことはない。

わたしたちの船はすぐにジョージアへ行った。わたしたちは、そこで荷の積み込みを完了させなければならなかったのだ。ここでは、それまででも最悪の運命がわたしを待っていた。ある日曜日サヴァナの町で、わたしは何人かの黒人といっしょに彼らの主人の屋敷の庭にいた。そこに彼らの主人がたまたま酔っぱらって帰ってきた。この主人はパーキンズ博士といって、厳しくて残酷な人物だった。彼は知らない黒人を自分の屋敷の庭で見るのはいやだったので、彼と彼に仕えている白人のごろつきは、二人ですぐにわたしを取り囲み、いっしょになって手近に目についた武器で殴りかかってきた。わたしは自分の素性を説明した。博士はわたしの船長を知っていた。船長は彼のすぐ近所に宿を借りていたのである。しかし、こうしたことも何の役にも立たなかった。二人はわたしを殴りめった切りにした。わたしはほとんど瀕死の状態になった。受けた傷からの出血が大量だったため、わたしはまったく身動きもできずにその場に倒れていた。また、感覚が麻痺してしまい、何時間にもわたって何も感じられなかった。朝早く、わたしは監獄に連れて行かれた。一晩わたしは船に戻らなかったのだが、船長はわたしがどこにいるか見当もつかず、姿を見せないことに不安を感じて、わたしを探しまわった。そして、居場所が分かると急いで駆けつけてきた。めった切りにされたわたしの姿を見て、この善良な人はこらえきれずに泣いた。彼はすぐにわたしを監獄から出し、自分の借りていた部屋に連れて行った。すぐに町でいちばんの医者が何人も呼ばれた。彼らは最初のうちわたしは回復できないという意見だった。船長はこれを聞いて、町のすべての弁護士に相談したが、わたしが黒人なので何もしてあげられないと言われた。それから船長は、わたしをひどい目に遭わせた張本人であるパーキンズ博士のところへ行って、復讐のための決闘を申し出て脅した。しかし、臆病は残酷の伴侶である——博士は決闘を拒んだ。ブレイディ博士という医者のみごとな治療のおかげで、わたしはやっと回復しはじめた。体中が傷だらけでずきずきと痛んだので、どんな姿勢を取ってもじっとしていられなかったが、わたしにとっては、自分がどうなるかということよりも、船長がわたしを心配してくれていることのほうが苦痛だった。この尊敬すべき人物は、一晩中わたしに付きっきりで看病してくれたのである。そしてわたしは、こうした船長の世話と博士の手当てのおかげで、十六日か十八日くらいしてベッドから出ることができた。こうしているあいだもずっと、わたしは船で必要とされていた。航海士が病気だったり不在だったりしたときなど、川を上がったり下ったりして、材木その他の積み荷になりそうなものを持ってきては船に積みこむのは、たいていわたしの役目だったからだ。四週間くらいのうちに、わたしは仕事に戻ることができた。それから二週間後、すべての荷を積み終えて、わたしたちの船はモントセラトに向けて出航した。そして三週間もせず、その年の終わりまでには無事に到着した。こうして一七六五年のわたしの冒険は終わった。翌年の初めまで、わたしはモントセラトから出なかった。

第七章

西インド諸島への嫌悪――自由を手に入れるための計画――ジョージアで著者と船長が遭遇した愚かな失望――ついに、いくつもの航海の成功によって、自由を購入するのに十分なお金が貯まる――主人に申し出が受け入れられ、喜ばしくも正式に解放される――その後も自由人としてキング氏の船に乗船し、ジョージアへ航海する――いつもどおりの自由な黒人に対する詐欺行為――七面鳥事業――モントセラトへの航海、その途上、友でもあった船長が病に倒れ、死去する。

毎日わたしは自由に近づいていた。わたしはふたたび海に出るのが待ち遠しくて仕方なかった。今度こそ、貯めた金が自由を買い取るのに十分な金額に届くかも知れなかったのである。そんな焦りもさして長くは続かなかった。一七六六年初頭、わたしの主人はまたスループ帆船を購入した。ナンシー号という名前で、それまでにわたしが見たなかでもいちばん大きい船だった。この船はある程度の積み荷をして、フィラデルフィアに行く予定だった。わたしたちの船長は三隻の船のなかから選ぶことができたのだが、このいちばん大きな船を選んでくれたので、わたしはとても嬉しかった。これだけ大きければ、わたしが使えるスペースもそれだけ広くなり、それだけたくさん売り物を持って行くことができるからである。前の船プルーデンス号の引き渡しを終え、ナンシー号への積み荷を完了したあと、わたしはチャールズタウンから運んできた四樽分のポークをおよそ三倍の値段で売ることができた。だから今度は、神の加護がわたしの商売を繁栄させてくれると信じて、できるかぎりたくさんの商品を持って行くことにした。こうしてわたしはフィラデルフィアに向けて出航した。途中、陸地が近づいたころ、わたしは初めて何頭かの鯨を目にしてびっくりした。あれほど大きな海の怪物は見たことがなかった。また、沿岸を航海していたときには、ある朝、子供の鯨が船の近くにいるのを見かけた。それは全長がフェリー・ボートほどあって、岬に到着するまで一日中、わたしたちの船を追ってきた。わたしたちは無事に予定どおりの日程でフィラデルフィアに到着した。そして、わたしは商品をもっぱらクエーカー教徒たちに売った。彼らはいつもとても正直で慎重な人たちに見えたし、けっしてわたしを騙そうなどとはしなかった。なのでわたしは彼らが好きになり、それ以降はずっと、ほかの誰よりも彼らと取引することを選んだのである。

ある日曜日の朝、この町で教会に行こうとして、たまたまある集会所の前を通りかかった。扉は開かれていて、なかは人でいっぱいだった。わたしは好奇心を刺激されて入ってみたくなった。そして実際になかに入って驚いた。背の高い女性がみんなの真ん中に立って、はっきりとした声で、何かわたしには理解できないことを話していたのだ。このようなものはそれまでに見たことはなかった。わたしはしばらくのあいだ立ったまま周囲を見回して、この奇妙な光景は何かと不思議に思っていた。

女性の話が終わるとすぐ、この場所や集まっている人々について尋ねてみると、彼らはクエーカーと呼ばれるのだと教えてくれた。わたしがとくに知りたかったのは、中央にいた女性が何を話していたかということだったのだが、誰も満足のいく答えをしてくれなかった。それで仕方なくそこを出た。そのあとすぐ帰りがけに、今度は人でいっぱいの教会に行きあたった。教会の庭も満員だった。はしごに登ったり、窓から覗いたりしている人もたくさんいた。イングランドでも西インド諸島でもこれほど人であふれた教会は見たことがなかったので、これは奇妙な光景に思えた。そこでわたしは勇気を出して、一体全体これは何なのかと、何人かの人々に尋ねてみた。ジョージ・ホイットフィールド牧師が説教をしているのだという答えだった。*1 この人物の名前はよく耳にしていて、一度会って話を聞いてみたいと思っていた。教会のなかに入ってわたしが目にしたのは、この敬虔な人が大変な熱をこめて一心に説教しているところだった。彼は、モントセラトの海岸で奴隷作業をするときにわたしが流す汗と同じくらいに汗をかいていた。わたしはこの説教にとても魅了され、強い感銘を受けた。不思議なことに、わたしはこれまで、聖職者がこんなふうに懸命になっている姿を見たことがなかった。これを見て、もはや集会に集まる人の数が少ないことがあっても、その理由を説明するのに困ることはないと思った。

わたしたちは積み荷を陸揚げし、新たな荷を積み終えて、ふたたびこの実りのよい地を離れ、モントセラトに向かった。わたしの商売は引き続き上々だったため、モントセラトで商品を売れば、いよいよ自由の身分を買うのに十分なお金が得られると思った。しかし、船が到着するとすぐに主人がやってきて、セントユースタシアへ行って積み荷を降ろし、そこからジョージアに向かうようにと命令を下した。これにはがっかりした。それでも、いつものように運命の定めに対して不平を言ってもはじまらないと考えて、わたしは愚痴も言わずに命令に従った。わたしたちはセントユースタシアに行って積み荷を降ろして、生きた貨物(奴隷のことをわたしたちはこう呼ぶ)を積み込んだ。この島でわたしはかなり商品を売ることができた。ただ、この小さな島でほかのところでするのと同じようにすべての金を投資してしまうわけにはいかなかったので、一部だけ使って、残りはそのままとっておいた。それからわたしたちはジョージアへ出帆した。前回のサヴァナでの一件があったわたしには、この土地を好む理由などたいしてないにもかかわらず、到着したときには嬉しかった。しかしそれよりも、わたしは早くモントセラトに戻って自由を獲得したかった。今度戻れば自由を買うことができると期待していたからだ。ジョージアではさっそくわたしを大事にしてくれた医者のブレイディ氏を訪問して、わたしが臥せっているあいだ親切に気を配ってくれたことについて、できるかぎりのお礼の気持ちを伝えてきた。

ここにいるあいだに、船長とわたしに奇妙な出来事が起きて、二人ともかなり失望させられることになった。何回か前の航海でこの地に連れてきたある銀細工師が、船長といっしょに西インド諸島に戻ることになった。またそのときに彼は多額の金を船長に支払うと約束した。自分は船長が好きなのだと見せかけているようでもあり、実際にとても金持ちのようにも思えた。しかし、わたしたちが積み荷をしているときに彼は仕事場で病気になり、一週間もするとかなりひどくなった。様態が悪化すればするほど、彼は船長に約束のものをわたすと言い立てた。この男には妻も子供もいなかったので、死んだ際にはかなりの遺産を期待できそうな口ぶりだった。そのため船長は昼夜を問わず看病した。船長の希望でわたしも船長とこの男を見舞った。それはもう回復の見込みがなさそうなときだった。船長は、わたしに面倒をかけたことに対する埋め合わせとして、この男の財産が手に入ったら、わたしに十ポンドくれると約束してくれた。モントセラトに無事に戻れば自由を買えるだけのお金は持っていたけれど、この船長の申し出はわたしにとってけっこうな援助になると思った。こんな期待を抱いて、わたしは八ポンド以上も出資して極上の服をそろいで買った。自由になったらそれを着て踊るためだった。その自由もすぐ手元にあると思っていたのである。わたしたちは引き続き男を看病した。彼の生きていた最後の日にも、夜遅くまで付き添ってから船に戻った。わたしたちがベッドに入ったあと深夜の一時か二時頃になって、船長が呼び出され、男の死を告げられた。これを聞いた船長は、ベッドまで来てわたしを起こし、起きたら明かりを持って、すぐについて来いと言った。わたしはとっても眠いので、誰かほかの人を連れて行ってほしいと言った。そうでなくても、もう男は死んだのだから、これ以上付き添う必要もないし、明日の朝になってもすべてもとのままだろう。「ちがう、ちがう」と船長は言った。「今晩中に金をいただくんだ。明日まで待っていられない。すぐに行くぞ」それでわたしも起き上がって明かりをつけ、二人いっしょに男のところに行って、わたしたちの望みどおり彼が死んでいるのを確認した。船長は、財産を約束してくれたことに感謝して葬式は盛大にやろうと言い、死んだ男の持ち物を全部持ってこさせた。荷物のなかにトランクの山があって、男が臥せっているあいだ、船長がその鍵を保管していたのである。トランクが運び込まれると、早く見たくてたまらないわたしたちは期待をもって鍵を開けた。トランクそれぞれにたくさんの物が入っていた。わたしたちはもどかしく思いながらも、次々と中身を取り出していった。そして最後にいちばん小さなトランクを開けると、なかに紙類がぎっしり詰まっていた。紙幣だと思われた。それを見たわたしたちは喜びで心を躍らせた。その瞬間、船長は手を打ち鳴らして叫んだ。「よし、ここにあったぞ」しかし、トランクを手にとって、なかの財宝らしきもの、長いこと探し続けてきたお恵みを詳しく調べはじめてみると（ああ！　ああ！　人のすることはなんと不確かで信用できないことか！）、何が見つかったのだろう？　実体を抱きしめていると思いながらつかんだのは空虚な無だったのだ！　山のようなトランクのなかにあった金銭の総額はたった一ドル半にすぎなかった。男の持っていたものすべてをたしても棺桶代にすらならなかっただろう。突然の喜びの次には突然の痛みがやってきた。船長とわたしはしばらくのあいだ、最低の愚か者の姿――無念と失望の姿絵――をさらしていたのであった！わたしたちはすっかり肩を落としてその場を立ち去った。死んだ男については、あとは自分が残したものでできるだけのことをするようにしておいた。わたしたちは彼がまだ生きているあいだに無償で十分に世話をしてやったのだから。こんなことがあってから、わたしたちはもう一度モントセラトに出航して、無事に到着したのだが、友人であった銀細工師のせいでおおいに不機嫌だった。船の積み荷を降ろしてから自分の商品を売ったら、わたしの手元の金はおよそ四十七ポンドになっていた――わたしは真の友である船長に、お金を主人に差しだして自由の身分を買うべきかどうか相談した。彼は、主人といっしょに朝食をとる予定があるので、そのときに来るようにと言った。そこでその朝、わたしは約束どおりに船長のところに会いに行った。わたしは部屋に入ると、まず主人に深々とお辞儀をした。それから手にはお金を心には不安を抱きながら、買うことができるのなら、すぐにでも喜んで自由の身分を売り渡してやると約束してくれた、あのときの主人の言葉に偽りがないことを確かめたいと願い出た。この話を聞いて彼は困惑したようだった。彼はあとずさりしはじめた。そのとたんにわたしはがっかりした。「なんだと！」と彼は言った。「自由を与えろだって！　どこでお金を手に入れたんだ？　四十ポンドあるのか？」「はい、ご主人様」とわたしは答えた。「どうやって手に入れた？」と主人が聞いたので、わたしは言った。「とても正直に働いて」そこで船長が、たしかにわたしが実直かつ勤勉に働いてお金を稼いだこと、また、とりわけわたしが慎み深かったことを話してくれた。それに対して主人は、思ったよりも早くお金を稼ぎすぎだ、こんなに早くお金を稼げると分かっていたら、あんな約束はしなかったと言い出した。「さあ、さあ」と、律儀な船長は主人の背中を叩きながら言った。「さあ、ロバートさん(これが主人の名前である)、彼を自由にしてやらなきゃいけないと思いますよ。――あなたの投資は大成功だった。これまでずっとけっこうな利益を受け取ってきたんだから。これがその元金ですよ。グスタヴスのおかげで年に百ポンド以上儲けさせてもらったはずでしょう。これからも儲けさせてくれますよ。よそへ行ってしまうわけでもなし。さあ、ロバートさん、そのお金を受け取りなさい」すると主人は、あんな約束しなければよかったともう一度言った。そして、お金を受け取ってから、登記所の書記官のところへ行って奴隷解放証明書を書いてもらえと言った。この主人の言葉はわたしにとって天国からの声のようだった。一瞬にして、それまでの狼狽が言葉にならない無上の喜びに変わった。わたしは感謝の意をこめて精一杯うやうやしく頭を下げた。うまく自分の感情を表すことはできなかった。ただただ目から涙があふれ出て、心は神への感謝でいっぱいだった。真のありがたい友である船長も心から喜んで、わたしたち二人を祝福してくれた。最初の有頂天の喜びがおさまってからやっと、わたしは二人のありがたい友人に対して自分にできるかぎりの言葉で感謝を述べた。そしてすぐ心を愛情と尊敬の念でいっぱいにしたまま立ち上がって、部屋を出た。主人の喜ばしい指示に従って登記所に行くためである。家を出るところで、わたしは詩編の第一二六番の一節を心に浮かべて、その作者になったつもりで「わたしは神をたたえた、わたしが信頼する神を」と唱えた。[*2] その一節は、デットフォードからむりやりに連れ出されたあの日からちょうどこのときまで、ずっとわたしの心に刻み込まれていた。それがいま成し遂げられ立証されるのを自分は見ているのだと思った。想像のなかでは、喜びのあまり登記所に向かって空を飛んでいるようだった。ちょうど使徒ペトロのように[▼1]（彼は牢獄からの解放が突然かつ途方もないものだったので、幻を見ていると思ったのだ）、自分の目が覚めていることがほとんど信じられなかった。天よ！　このときのわたしの感情を正しく評することができるだろうか？　英雄たちが勝利のまっただなかで勝ち誇っているのでもなく——優しい母親が長いこと離ればなれだった幼い子供を取り戻し、その子を胸に抱きしめるのでもなく——疲れ果てて空腹な船乗りが目的地の懐かしい港をやっと目にしたのでもなく——奪い去られてしまった最愛の女性を恋人がふたたび抱きしめるのでもない！——わたしの胸のなかにあるのはただ激動と興奮と狂躁だけだった！　わたしの足はほとんど地面についていなかった。喜びの翼がついていたからだ。そして、天に昇っていったエリヤのように、わたしの両足は「電光石火で疾走した」のである。*3 わたしは途中で会った人みんなに自分の幸福を語り、優しい船長と主人のことをふれてまわった。

登記所に着いて用向きを知らせると、書記官は、お祝いとして奴隷解放証明書を半額の一ギニーで書いてやると言ってくれた。わたしは彼の親切にお礼を言った。証明書を受け取って代金を支払うと、わたしは主人のところに急いだ。彼に署名してもらえば、わたしは完全に解放されるのだ。彼はその日のうちに解放証明書に署名してくれた。朝には人の命令に震え上がる奴隷だったわたしは、夜を待たず、自分自身の主人に、完全に自由になったのである。この日はこれまで経験したなかでもっとも幸福な日だと思った。わたしの喜びは黒色の民の祝福と祈りによってさらに高まった。彼らのなかでもとくに年配の人たちに対して、わたしは心から尊敬の念を抱いていたからだ。

奴隷解放証明書の書式には決まった形があり、人が人に対して行使する絶対的な権力と支配のありさまを表現しているので、ここでは読者に全文をお見せすることをお許し願いたい。

於モントセラト島。――各位、わたくしことロバート・キング、前記の島におけるセントアンソニー教区在住、商人、以下を証明する。わたくしこと前記ロバート・キングに対して前記の島の地元通貨七十ポンドが支払われたことにより、黒人男性奴隷、氏名グスタヴス・ヴァッサは自由の身分を許され、奴隷身分から解放され、自由民となった。本証明によって、前記黒人男性奴隷、氏名グスタヴス・ヴァッサは、今後永久に奴隷身分から解放された自由民である。今後、前記グスタヴス・ヴァッサに対して、すべての権利、称号、所有権、主権を付与し、承認し、譲渡する。これらは前記グスタヴス・ヴァッサの主人として、わたくしが所有してきたものであるが、今後永久に前記黒人に与えるものとする。証人立ち会いの上、わたくしこと前記ロバート・キングは、本日、一七六六年七月十日、本証明を作成・封印する。

ロバート・キング

テリー・リーゲイ立ち会いのもと署名・封印・発行

モントセラト、

奴隷解放証明書、全文登録済、一七六六年七月十一日作成公文書

登記書記官テリー・リーゲイ

すぐに黒人だけでなく白人もわたしを新しい称号で呼んでくれるようになった。この称号はわたしが世界でもっともほしかったものだった。すなわち、自由民という称号である。わたしはダンスを踊った。そのときわたしが着たジョージアの極上の青い衣装はけっこう目立ったと思う。黒人の女たちのなかには、最初は離れて立っていたのに、やがてリラックスして少し大胆になったりする者もいた。それでもわたしの心はロンドンに決まっていた。ずっとロンドンに帰りたいと願っていたのである。

ありがたい船長と彼の雇い主の元主人は、わたしの気持ちがロンドンのほうに向いていると見てこう言った。「わたしたちのところから出て行かないでおくれ。それにまだ、これからも船の仕事があるんだよ」わたしは感謝して頭を下げた。自分の自由にしたい気持ちと果たさねばならない務めとのあいだで葛藤するわたしの感情は、よほど寛容な心を持っていないかぎり正しく判断できないだろう。ロンドンに戻りたいのは確かだったけれど、これからもわたしは船に乗るつもりだし、出て行ったりはしない、と恩人二人には従順に答えた。この日からわたしは熟練船員として、臨時収入をのぞいて三十六シリングの月給で船に乗ることになった。一回か二回海に出ることによって、恩人二人には満足してもらうつもりだった。そうしておいて翌年には、もし神に喜んでもらえるのなら、もう一度懐かしのイングランドを見てみたかった。そして、昔の主人パスカル船長を驚かせたかった。彼のことは絶えず心のなかにあった。ひどい扱いを受けたにもかかわらず、わたしはまだ彼が好きだったのである。おそらく彼が想像しているのは、わたしがどこかの農園主の残酷なくびきにつながれているところだろうが、そうではなくて、こんな短期間でわたしが神にしてもらったことを見て彼が何と言うか、考えただけで楽しくなった。たいていこんなことを空想して一人で楽しみながら、わたしはイングランドに戻る日が来るのを待っていた。航海の準備をすべて終えると、生まれたときと同じ自由民のアフリカ人という身分で、わたしはナンシー号に乗船した。好天に恵まれてわたしたちはセントユースタシアに向かった。そして穏やかな海と心地よい天候のなか、ほどなくそこに到着した。貨物を荷揚げしたあとわたしたちは引き続きジョージアのサヴァナに向かった。一七六六年八月のことである。

そこにいるあいだ、いつものようにわたしはボートに積み荷を載せて川をのぼった。この仕事をしているときにはしばしばワニに悩まされた。あのあたりの沿岸と河川にはワニが大量にいたのである。ボートに入り込もうとするワニを、すんでのところで銃で撃ったことも何度かあった。ワニを避けることはときとして大変な困難をともなうため、わたしたちはワニを非常に恐れていた。ジョージアでわたしは子供のワニが生きたまま六ペンスで売られているのを見たことがある。

この土地にいたときのこと、ある夜、サヴァナの商人リード氏のところの奴隷がわたしたちの船にやって来て、わたしにけんかを売ってきた。わたしは持ち前の我慢強さで、彼に思いとどまるように諭した。この地には自由民の黒人についての法律がほとんど、あるいはまったくないことを承知していたからである。しかしその男は、わたしの忠告を聞くどころか、侮辱をつづけ、さらには殴りかかってきた。そこでついにわたしも堪忍袋の緒が切れた。わたしは男に飛びかかって、したたかにぶちのめしてやった。翌朝、その男の主人が埠頭に横づけしていたわたしたちの船にやって来て、わたしに船から降りろ、彼の黒人奴隷を殴った廉《かど》で町中を引き回して鞭打ちにしてやると言った。わたしは、その男がわたしを侮辱して先に手を出して挑発してきたのだと言い返した。わたしのほうでも、その朝すでにこの一件についてすべてを船長に報告してあった。そのときわたしは、船長にいっしょにリード氏のところについてきてもらって、悪い結果にならないようにしたいとお願いした。それに対して船長からこう言われた。もしリード氏がその気になれば何でも問題にできるから、そんなことをしても意味はない、それよりも仕事をしなさい、と。それでわたしはその朝も仕事をしていた。リード氏が来てわたしの身柄の引き渡しを要求したとき、ちょうど船長も船にいた。しかし船長は、そのことについては何も知らないし、わたしは自由民だと言ったのである。この言葉を聞いてわたしは驚き、怯《おび》えた。わたしはその場を動かないほうがいいと思った。船から出ようものなら裁判も陪審もなしに町中を引き回されて鞭打ちだと思った。それでわたしは、一歩たりとも動かないと答えた。するとリード氏は、町中の治安官をかき集めてでもわたしを船から引きずり出してやると罵りながら去っていった。彼が行ってしまうと、彼の脅しは現実になるかも知れないと思って悲しくなった。これまでにも自由民の黒人がどのように扱われるのか何度も見てきたし、ちょっと前にその土地でわたし自身に起こったことを考えれば、そう思い込んでも仕方のないことだった。

　わたしの知り合いだった自由民の黒人男性の場合、この男は大工をしていたのだが、雇い主の紳士に自分の稼いだ金をくれと言ったら監獄に入れられた。さらにその後、その紳士の家に放火して奴隷とともに逃亡しようとしたという濡れ衣を着せられ、彼はジョージアからどこかに送られてしまった。こんなこともあるのでわたしは非常にうろたえて、少なくとも鞭打ちだけはごめんだと思った。なかでもとりわけ着ているものをはぎ取られるなど、そんなひどい暴力はまだ一度も受けたことはなかったけれど、考えただけでも恐ろしかった。その瞬間、怒りがわたしの魂をとらえた。そしてすぐに、わたしに暴力をふるおうとする者や裁判もせずに卑劣なことをする者がいたら抵抗してやろうと心に決めた。というのも、黙って悪党の手に落ちて奴隷のように血を流すくらいなら、いっそ自由民として死んでやろうと思ったからである。船長たちはもっと慎重で、わたしにどこかに急いで身を隠せと忠告してくれた。彼らによれば、リード氏はとても執念深い男だから、本当にすぐにでも治安官をつれて船にやってきて、わたしを連行していくだろうとのことだった。最初わたしはこの助言を拒否して、あくまでも自分の主張を固守するつもりでいた。しかし結局、船長やわたしたちに宿を提供してくれていたディクソン氏の説得に負けて、わたしはディクソン氏の家に行くことになった。それは町の中心から少し離れたヤマーチラというところにあった。リード氏と治安官たちが船に乗り込んできて捜索をはじめたのは、ちょうどわたしが逃がしてもらったすぐあとのことだった。わたしを見つけられなかったリード氏は、生死にかかわらず何としてでも捕まえてやると誓ったそうである。わたしは五日ほど身を潜めていた。船長がいつもわたしは良い性格をしていると言ってくれていたし、ほかにわたしのことを知っている人たちもそう言ってくれていたこともあって、そのあいだにも何人か友だちができた。そのうちのある人など、船長のわたしに対する扱いがよくないと言い出した。わたしの負担は大きすぎるから、その負担を軽減し、どれか別の船に乗せたいというのだ。船長はこう言われると、すぐにリード氏のもとに行った。そして、船長は次のように訴えた。わたしが船から逃亡してからというもの、彼の船での仕事がおろそかにされている。彼と航海士の体調がすぐれないこともあって、船積みがつづけられない。船のいろいろなことを管理していたのはわたしなので、わたしがこのまま不在では出航が遅れてしまい、それは結果的に、船の持ち主に損害を与えることになるだろう。そこで、と船長はリード氏に言った。あいつを許してほしい。これまで数年間いっしょにいるけれど、あいつの悪い評判は一度たりとも聞いたことはない。このように繰り返し懇願されてリード氏は言った。地獄に堕ちるのがふさわしいやつにはちがいないが、今後は手を出さないことにしてやろう。この言葉を聞いて船長はわたしの宿に直行した。そしてわたしに、問題は解決したので、すぐに船に戻ってほしいと言った。

ところで、治安官の令状は取り返してきたかと、友だちのなかの誰かが船長に尋ねた。いいや、と船長は答えた。それならわたしはまだ家にいたほうがいいと言われた。彼らは夜までにはどれか別の船をわたしに探してきてくれるとのことだった。この話を聞いた船長はすっかり取り乱してしまった。彼はただちに逮捕令状を取り戻しに出かけ、あらゆる手を尽くしてどうにか取り戻すことに成功した。ただし、その費用はわたし持ちだったのだが。

わたしは友だち一同がとても親切にしてくれたことにお礼を言ってから、ふたたび船の仕事に戻った。やらなければならない仕事はいつもたくさんあった。わたしたちは大急ぎで船積みをすませて、二十頭の家畜を西インド諸島へ運ばなければならなかった。西インド諸島へ持って行くと、家畜はとても儲かる品だった。わたしをどんどん働くように督励して遅れた分の時間を取り返すために、船長は特別に自分用の雄牛を二頭持って行ってもよいと約束してくれた。そのおかげで、わたしは倍の熱心さで働いた。すぐにわたしは荷を積み終えた。そのためにはもちろん、わたしだけではなくほかの船員たちも自分の職務を果たさなければならなかった。そしていよいよ雄牛を船に乗せようというところで、約束どおりわたしの分の二頭を連れて行く許可を船長に求めた。すると驚いたことに、船長はそんな場所の余裕はないというのである。一頭だけでも許してほしいと頼んでも、それはできないと船長は言った。これは屈辱的な仕打ちだった。船長がこんなふうに騙すつもりだったなんて考えてもみなかった。約束して期待させておいてひどい人だとわたしは船長に言った。このことでわたしたちが少しけんかになったところで、わたしはこの船を出ていくと言って彼に了解を求めた。これを聞いて船長はかなりがっくりしたようだった。航海士は、わたしを引き留めるべきだと船長に意見した。この航海士はしばらく体調が悪かったため、わたしが長いこと彼の任務を肩代わりしていたのだ。航海士にこう言われて、船長はまたもっともらしい約束をいくつもしたうえで、優しく話しかけてきた。航海士が病気だから、わたしがいないとやっていけない。船と積み荷の安全はわたしにかかっているので、先ほどの二人のあいだのやりとりで怒らないでほしい。西インド諸島に着いたらすっかり問題を解決しよう。それでわたしは奴隷だったときと同じように働くことに同意した。このあとすぐ、雄牛を船に乗せているとき、そのうちの一頭が船長に向かって走り出して、彼の胸に恐ろしい勢いで頭突きを食らわせた。彼はその衝撃で立ち上がれなくなった。雄牛についての一件の埋め合わせをするために、船長はわたしに七面鳥などの家禽を持って行けと強く勧めた。場所が見つかるかぎり好きなだけ持って行ってもいいとのことだった。それに対して、わたしがこれまで一度も七面鳥を輸送したことがないことは、船長もよく知っているはずだと言った。七面鳥はとても弱い鳥なので海を越える輸送には向いていないと考えていたのである。それでも船長は、一度でいいから七面鳥を買ってみろと言い張った。とても不思議に思えたのは、わたしが反対すればするほど、船長が買っていけと力説したことである。船長は、万が一わたしが七面鳥で損をしても、その分は自分が保障してやるとまで言った。このように説得されて、わたしは七面鳥を買ってみることにした。それにしても、これはとても奇妙だと思った。船長がわたしに対してこのような振る舞いをしたことは、これまで一度もなかったからである。ほかに紙幣の使い道がないこともあって、最終的にわたしは七面鳥を四十羽購入した。しかし、わたしは七面鳥を買う羽目にされたことがとても不満だったので、もう二度とこの地域には来ないと心に決めた。また、わたしの自由民としての航海は、それまででも最悪のものになりかねないと懸念を抱いたのであった。

わたしたちはモントセラトに向けて出航した。途中、船長と航海士はともに体調不良を訴えていたのだが、航海が進むにつれて彼らの具合はさらに悪くなっていった。十一月ごろのことだった。わたしたちが海に出るとすぐ、非常に強い北風で海が荒れた。七、八日のうちに船に積んだ雄牛のほとんどが甲板に入る海水で溺れかかり、そのうちの四、五頭が死んでしまった。当初は不安定だったわたしたちの船も、やっと安定を取り戻しはじめたところで、船上には五人の船員とわたしを含む九人しか乗っていなかったので、一時間のうちの半分から四分の三は甲板の海水を掻き出すのに追われた。船長と航海士もできるかぎり甲板に出てはいたが、その回数も次第に減ってしまった。二人の衰弱は激しく、彼らが天測の計算をして船の位置を測定する作業をおこなうことができたのは、航海を通してせいぜい四、五回にすぎなかった。そのため船の監督は全面的にわたしにゆだねられた。しかも、わたしは風上に向かってジグザグに航路を取る方法を知らなかったため、理性の力だけで[*4]なんとか船の指揮を執らなければならなかったのである。船長はわたしに航海術を教えておかなかったことを非常に悔やみ、体調が回復したら今度は必ず教えることを誓った。しかし十七日ほどのあいだに、船長の病状はさらに悪化し、ベッドから離れることができなくなった。そんな状態になっても最後まで思慮分別を持ち、つねに船主の利益のことを気にかけていた。というのも、この公正で慈悲深い人は、いつでも自分に任せられた責任を首尾よく果たすことに心を砕いていたように見えたからである。この親愛なる友は自分に死の徴候が近づいてきたと見るや、わたしの名前を呼んだ。そしてわたしが行くと、彼は(ほとんど虫の息で)自分がわたしに対して何かひどいことはしなかったかと尋ねた。「そんなこと、思ったこともありません」とわたしは答えた。「最高の恩人に対してそんなことを思うやつがいたら、そいつは最低の恩知らず野郎です」このように枕元でわたしが愛情と悲しみを表しているうちに、彼は一言も発することなく息を引き取った。その翌日、わたしたちは彼の遺体を海に埋葬した。船に乗っていたすべての人が彼を愛していたし、彼の死を悼んだ。とりわけわたしは彼の死で意気消沈した。自分の彼に対する敬意がどれほど強いものだったのか、亡くなって初めて分かったのである。実際、わたしが彼を慕っていたのには十分すぎる理由があった。すなわち、彼は概して穏やかで優しく、心が広くまっすぐで、慈悲深く公正な人だっただけでなく、わたしにとって友であり父であったのだ。それにもし彼がもう五か月早く神に召されていたとしたら、あのときわたしが自由の身分を獲得できていたとはまったく思えないし、そのあとも結局だめだった可能性もなくはないのである。

船長が亡くなってしまったため、航海士が甲板に出てできるかぎり天測の計算をした。しかし、それもうまくいかなかった。数日のうちにまだ生き残っていた数少ない雄牛もすべて死んでしまった。

それに対してわたしの七面鳥は、甲板の上で雨の多い悪天候にさらされていたにもかかわらず、とても元気だった。その後わたしはこの七面鳥を売って、買ったときの金額の約三倍儲けることができた。結局のところ、当初の意図に反して雄牛を買わなかったのは、わたしにとって幸運なことだったわけである。もし買っていたら間違いなくわたしの分もほかの雄牛といっしょに全滅だっただろう。これは些細なことかもしれないが神の特別な加護によるものだと見なさざるをえず、それゆえ、わたしはとてもありがたく思ったのだった。船を御することに、わたしはすべての時間を使い、すべての注意を注いだ。船が変風帯を抜け出してからは、西インド諸島にたどり着くのに迷う必要もなかった。まずはアンティグアに向かうことを誰かが提案した。そこがいちばん近かったので、わたしもそう思っていた。嬉しいことに、わたしたちは九、十日のうちにアンティグアに到着し、その翌日には無事にモントセラトに帰ることができた。

スループ船の入港を指揮したのがわたしだと聞いて、多くの人たちが驚いた。いまやわたしは船長という新しい称号を手に入れたのだ。船長と呼ばれてわたしは大得意だった。この島の黒い自由民の誰よりも位の高い称号を授けられたことは、わたしの虚栄心をおおいに満足させた。船長の死が伝えられると、彼を知る多くの人がその死を悼んだ。彼はみんなから尊敬されていたからである。それと同時に黒い船長のほうも広く知られるようになった。わたしの成功は友人たちの関心を一気に高めたからである。土地のある紳士がわたしに彼のスループ船を指揮することを頼んできたが、これは断った。

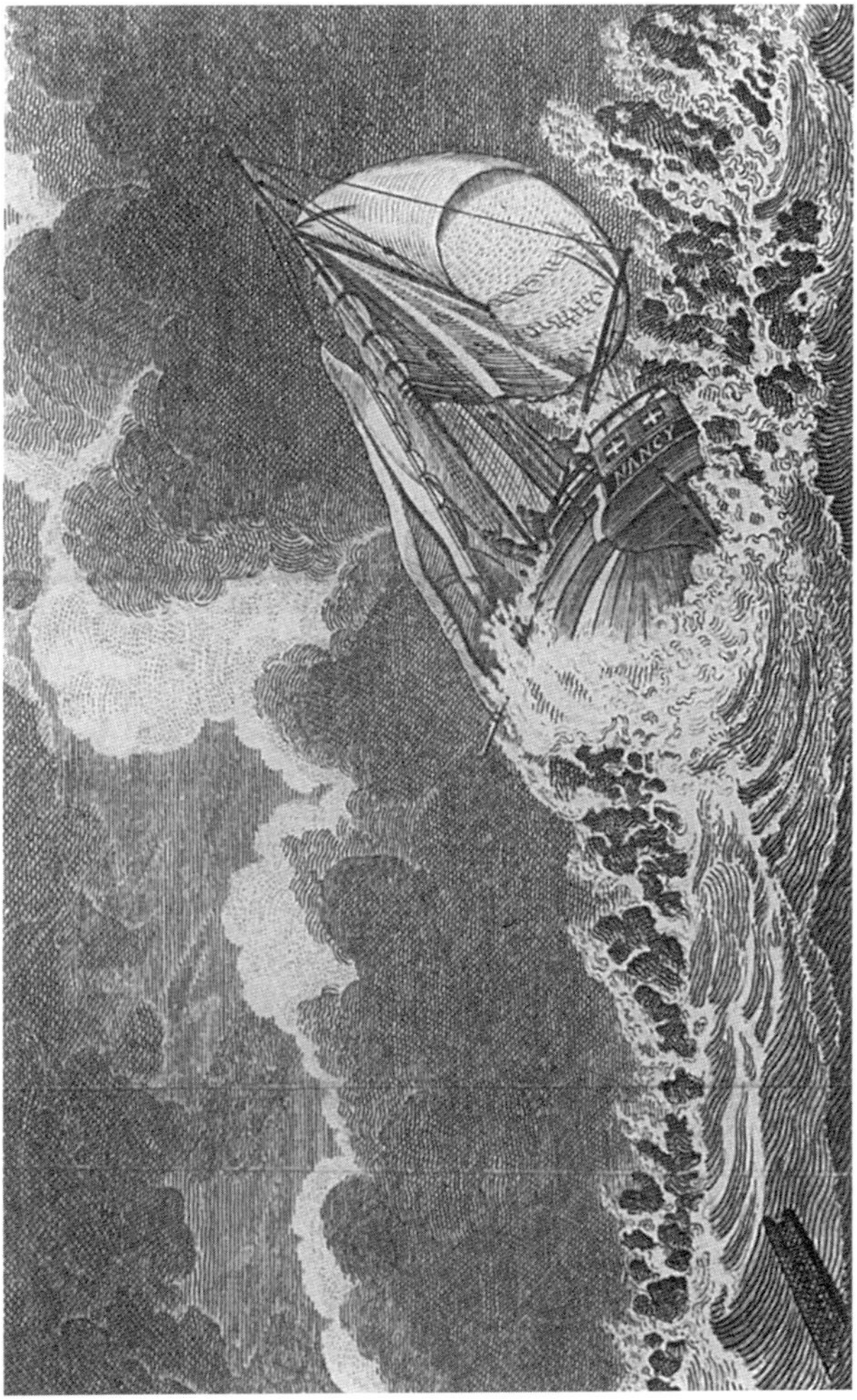

バハマの浅瀬、一七六七年

深みに挟まれた浅瀬にぶつかって船を乗り上げてしまい、船首がめり込んで動かなくなり、船尾は激しい波で壊れだした。(「使徒言行録」第二十七章四十一節)

わたしたちは、必ずどこかの島に打ち上げられるはずです。ですから、皆さん、元気を出しなさい。わたしは神を信じています。わたしに告げられたことは、そのとおりになります。(「使徒言行録」第二十七章二十五、二十六節)

このようにして、全員が無事に上陸した。(「使徒言行録」第二十七章四十四節)

忍び寄る言葉があり
わたしの耳はそれをかすかに聞いた。
夜の幻が人を惑わし
深い眠りが人を包むころ　(「ヨブ記」第四章十二、十三節)

まことに神はこのようになさる。
人間のために、二度でも三度でも。

その魂を滅亡から呼び戻し
命の光に輝かせてくださる。（「ヨブ記」第三十三章二十九、三十節[*5]）

第八章

キング氏の願いを聞き入れナンシー号で再度ジョージアへ――船長が新たに任命される――新航路――三つの驚くべき夢――バハマの浅瀬で難破、著者のおかげで船員は無事――船長とともにボートで島を離れて船を探す――その苦難――難破救助船に遭遇――ニュープロヴィデンスへ――恐ろしい嵐に遭遇、遭難寸前――ニュープロヴィデンス到着――しばらくのちにジョージアへ――ふたたび嵐、引き返して修復――ジョージア到着――ふたたび詐欺――二人の白人が誘拐しようとする――葬儀で牧師の役を務める――ジョージアへの別れ、マルティニコへ。

船長が亡くなったことによって大恩人であり友人でもあった人を失ってしまい、わたしはもはや西インド諸島にこれ以上とどまっている動機がほとんどなくなっていた。ただキング氏への恩義はあったが、彼の船を無事に帰還させ、彼が満足するだけの積み荷を運んできたことによって、それには十分報いることができたと思った。わたしはこの地域から離れたいと思いはじめた。もう長いことうんざりしていた。そして、イングランドに戻りたかった。わたしの心はいつもそこにあったのだ。しかし、キング氏は無理してでもわたしを船に残そうとした。わたしも彼にはたくさんのことをしてもらってきたし、彼の頼みは拒否することもできず、もう一度ジョージアへ航海することになった。健康状態が思わしくない航海士が使いものにならなかったからでもある。そのため船長が新たに任命された。名前はウィリアム・フィリップスといい、わたしの古くからの知り合いだった。わたしたちは船を修復して数名の奴隷を乗せ、セントユースタシアに向けて出航した。そこには二、三日だけとどまり、一七六七年一月三十日、ジョージアを目指した。わたしたちの新船長は、航海術と船の操作法に奇妙なほどの自信を持って自慢する人物だった。それに従って、彼は新しい航路をとることにした。これまでわたしたちが向かっていた方位よりさらに数ポイント西の航路である。わたしにはこれがおよそ尋常ではないように思えた。

わたしたちが新しい航路に入った直後の二月四日、わたしは夢を見た。船が波と岩のなかで難破して、わたしが船のみんなを救助している夢だった。その次の夜も同じ夢を見た。しかし、この夢は特別に心に印象を残したわけではない。翌日の夜、わたしは見張り当番で、八時を少しまわったころ水のくみ出し作業をしていた。これは甲板から離れる前に必ずおこなうことだった。その日一日の仕事に疲れていたし、くみ出し作業(わたしたちの船はかなり水漏れがしたのだ)にもくたびれてきたので、いらいらして、「船底め、いまいましい」と、うっかり罰当たりな言葉を発してしまった。すぐに良心の呵責を感じた。わたしは甲板から戻って床についたのだが、寝ついたとたん、みたび二晩つづけて見たのと同じ船が出てくる夢を見て目が覚めてしまった。十二時に見張りは交代することになっていた。いつも船長室の当番だったわたしは、甲板に上がった。午前一時半、舵の柄《ヘルム》のところにいた男が、海に洗われていた風下側の梁《りょう》の下に何かを目にした。彼はすぐにわたしを呼んで、シャチがいるから見てみろと言った。そこでわたしは立ち上がって、しばらく観察していた。しかし、何度もそこに波が打ちつけるのを見て、あれは魚じゃなくて岩だと言った。このことはすぐに確信できたので、わたしは船長のところに行って、少しとまどいながらも、船が危険な状態にあるからすぐに甲板まで上がって来てほしいと言った。了解したと船長に言われて、わたしはまた引き返した。甲板に出るとすぐ、それまでかなり強かった風が少しおさまって、船は海流に乗って斜めに岩の方向に進みはじめた。まだ船長は現れなかった。もう一度わたしは彼のところに行って、船が巨大な岩に近づいているので大急ぎで来てほしいと言った。すぐ行くと船長が言うので、わたしは甲板に戻った。ふたたび甲板に出てみると、岩まではピストルを撃てば届くほどの距離になっており、周囲からは暗礁に当たる波の音が聞こえてきた。わたしはとてつもなく驚いた。船長はまだ甲板に出てこなかった。わたしはもう我慢できず怒り狂って、ふたたび彼のところに駆け下りた。そして、どうして来てくれないのか、いったいどういうつもりなのか尋ねた。「暗礁に当たる波の音に取り囲まれています」とわたしは言った。「船は座礁寸前です」これを聞いて、やっと彼はわたしといっしょに甲板に出た。わたしたちは船の向きを変えて海流から脱出しようと試みた。しかし駄目だった。風が弱すぎたのだ。わたしたちはただちにすべての人手をかき集めて、錨索の一方の端を錨に堅く結びつけた。このころまでには、あたりでは波が打ち寄せて泡立ち、暗礁に当たって恐ろしい音を立てていた。そしてわたしたちが錨を降ろしたその瞬間、船は岩場に激突した。大波が次々と押し寄せた。それはまるで波が一つずつ自分の仲間を呼んでいるかのようだった。渦巻く大波の咆哮はさらに大きくなった。そして、うねる大波の一撃で、スループ船は岩場の真ん中で動けなくなったのだ！　そのときわたしの心にはそれまで想像したことも体験したこともない恐怖の光景が浮かんだ。わたしの罪のすべてが目の前にあった。とりわけ、神がわたしの命のかかった船に呪いをかけて、罪深いわたしに天罰を与えようとしたのだと思った。そのため気力も尽き果て、いつどん底に沈むとも知れなかったが、もしそれでも救われることがあったなら、わたしは二度と罰当たりな言葉は口にしないと誓った。わたしが悲嘆に暮れているあいだも、恐ろしい波が岩場に打ちつけて絶え間ない怒号を発していた。そのようななかでわたしは自分は救いに値しないのではないかと恐れながらも、神の御業を思い返していた。そしてこれまでも神はしばしば救ってくださったのだから、これからも救ってくださると思った。過去に神がわたしにお見せになった数多くの恩恵を心に思い浮かべてみれば、まだ助けてもらえる望みが少しはあった。それからわたしは、どのようにしてわたしたちは救済されるのだろうかと考えはじめた。わたしほど創意工夫に満ちあふれて、混乱するほどあれこれ考えてしまう者はいないだろう。それなのにわたしには、どうすれば死から逃れられるのか分からなかった。突然船長が、奴隷のいる船倉の昇降口を釘で打ちつけろと命令を下した。そのとき奴隷は二十人以上いた。もし彼の命令に従えば、彼ら全員が死亡することは避けられなかった。船長が船員に昇降口に釘を打たせようとした、まさにその瞬間、これこそがわたしの罪の原因だと思った。神はこの人間たちの血でわたしをとがめようとしているのだと思った。この考えがあまりにも強烈に心を襲って、わたしは耐えられずに気を失ってしまった。わたしが目を覚ましたのは、船員がまさに昇降口に釘を打とうとしているところだった。それに気づいたわたしは、船長と船員にやめるよう言った。船長は、そうせざるを得ないのだと言った。わたしはその理由を尋ねた。彼の答えはこうだった。みんながボートに乗ろうとするだろう。しかしボートは小さい。それではわたしたちは溺れてしまう。ボートには多くても十人以上は乗れないからだ。わたしはもはや感情を抑えることができなかった。船を操縦することもできないあなたこそ溺れるべきだとわたしは彼に言った。もし船長が操縦できないことをみんなに少しでもほのめかしていれば、きっと彼らは彼を船の外に放り出していただろうと今も思う。結局、昇降口に釘は打たれなかった。なぜならそのときは真っ暗闇で誰も船から出られなかったし、どこへ行けばいいのか誰も知らなかったからだ。また、ボートが荒波に耐えられないかもしれないし、壊れてしまう可能性もあった。そのため、わたしたちは船のまだ濡れていないところで、日が昇って自分たちがどうすべきかもっとよく分かるようになるまで、みんなで神を信じて待つことにしたのである。

それからわたしは、朝までにボートの準備をしておこうと言って、何人かでそれに取りかかった。しかし船員のなかには船のことをすっかりあきらめてしまった者もいた。彼らは自分の身の上のこともあきらめて酒に逃げ込んだ。わたしたちのボートの底には約二フィートにわたって板がはずれている箇所があった。わたしたちには修復する道具はなかった。しかし、必要は発明の母である。わたしはポンプの皮を板のはずれた部分に釘で打ちつけ、その上に獣脂グリースを塗って固めたのであった。

このように準備を整えてから、わたしたちは心に大きな不安を抱えながらも日の光を待った。それが現れるまでのあいだは、まるで一分間が一時間であるかのように思えた。そしてついに光が待ち焦がれるわたしたちの目に映ったとき、心優しい神が近づいてくるのにともなって少なからずわたしたちに慰めとなる計らいを示してくださった。恐ろしい荒波が鎮まりはじめたのである。さらにつづけて、わたしたちの沈みがちな気力を奮い立たせてくださることがあった。およそ五、六マイル向こうに小さな島《キー》、おそらく無人の島が見えたのである。しかしすぐに障害が立ちはだかった。ボートで渡っていくには浅瀬の水位が足りなかったのである。わたしたちはふたたび思いまどった。それでもほかに選択の余地はなかった。ボートには一度にほんの少ししか乗せることはできなかった。さらに悪いことに、浅瀬を越えるためには、全員総掛かりで何度もボートを引っ張ったり持ち上げたりする必要があった。これは相当の労力を要して、わたしたちを疲労させた。さらにもっと大変なことに、岩場では足に怪我をすることが避けられなかった。わたしといっしょにオールを漕ごうとしてくれた人は、たった四人だけだった。そのうち三人は黒人で、もう一人はオランダ系クリオールの船員だった。その日だけで五回もボートを漕いだのだが、わたしたちに手を貸すことができる人間はほかに誰もいなかった。それでも、もしわたしたちがこのようにして働かなかったら、みんな救われなかっただろうと今でもわたしは信じている。なぜなら、白人連中は誰一人として自分の命を守ろうとしていなかったからだ。それどころか彼らはすぐに酒に酔っぱらって使い物にならなかった。ただ豚のように甲板に寝そべっているだけだったから、最終的に力ずくでわたしたちが彼らをボートに放り込んで、島まで連れて行ってやらなければならなかった。といった具合で加勢もなかったので、わたしたちの仕事は我慢できないほどつらかった。わたしは何度も陸まで行き来しているうちに、手の皮の一部がむけてしまったほどだ。

それでもその日一日わたしたちは労苦をいとわずに働いて、最終的に船に乗っていた全員を無事に陸まで運ぶことができた。三十二人中、誰一人として失われなかったのである。

そのとき、わたしの見たあの夢が強烈に心によみがえってきた。すべてが夢で見たとおりだった。わたしたちは夢で見たのと同じ危険に遭遇したのだった。そして、わたしこそが救いをもたらすための重要な仲立ちであったにちがいないと思った。船員の何人かは酔っぱらってしまっていたので、残りのわたしたちの苦労は倍になった。それでも幸運だったのは、もう少しでも余計に時間がかかれば、おそらく皮で補強したところが破れてもはやボートは使えなくなってしまっただろうからである。あのような状況にあって、自分たちが陥っている危険を顧みないでいられる者などいるだろうか。もし船が岩に衝突したときと同じようにまた風が吹き出して大波が起これば、救いの望みはすべて絶たれていたはずだ。わたしは酒を飲んでいる連中に警告して、救いの時を逃すなと言ったのだが、まるでひとかけらの理性も持ち合わせていないかのように彼らはそのまま飲み続けた。だからこの連中のなかの誰かを失ったとしても、そのことでわたしが神から咎めを受けることはなかっただろう。わたしがあれほど懸命に働いたのは彼らの命を救うためだったのだ。実際にその後、わたしがどれほど自分たちに尽くしてくれたか、彼らの誰もが気づいてくれたようだった。それゆえに小島《キー》にいるあいだ、わたしは彼らの主領のような存在になったのである。わたしはライム、オレンジ、レモンなどを浜辺に運んだ。また、そこはとても土壌がよさそうだったし、これから先に万が一誰かが難破してたどりついたときのために、これらの果物をいくらか植えておいた。あとで分かったことだが、この小島《キー》はバハマ諸島の一部だった。バハマ諸島はいくつかの大きな島からなる群島だが、そのあいだにはキーと呼ばれる背の低い小さい島がちりばめられている。わたしたちがたどりついた小島《キー》は、周囲がおよそ一マイルほどあって、白い砂浜が規則正しく広がっていた。わたしたちが最初に上陸を試みたとき、そこにはフラミンゴと呼ばれる巨大な鳥が何羽か立っていた。少し離れたところから見ると太陽の反射のせいで、その鳥は人間と同じくらいの大きさに見えた。それがいくつも行ったり来たりして歩いているのを見て、わたしたちにはそれが何だか分からなかった。船長が、ぜったいあれは人食い人種だと言った。これを聞いて、わたしたちはパニックになり、どうしたらいいか話し合った。船長はやっと見えるくらい遠くにある小島《キー》に行きたがったが、わたしはそれに反対した。そんなことをしたら全員が助かることはできないだろう。「だから」とわたしは言った。「ここに上陸しましょう。人食い人種も海に逃げていくかもしれません」そういうわけで、わたしたちはそちらに向かって進むことにした。そして近づいていってみて、わたしたちは嬉しいと思うと同時にかなり驚いた。そいつらは順番にのろのろと歩いて逃げ出しはじめ、最後には空に飛び立っていったのだ。こうしてわたしたちの不安は完全に解消したのであった。その小島《キー》のあたりには亀や何種類もの魚がたくさんいた。えさも使わずにそれらを捕まえることができたから、船の上で塩漬けの保存食ばかり食べていたわたしたちにはとてもありがたかった。浜辺には巨大な岩もあった。それは高さが約十フィートあり、頂上のところがパンチ酒を入れるボウルのような形をしていた。これもまた、わたしたちに雨水を与えるための神のはからいだと思わざるをえなかった。なにやら奇妙だったのは、雨が降ったときにそこの水を取らずにおくと、しばらくするとその水が海水と同じくらい塩辛くなっていたことである。

元気を回復してから最初にわたしたちがした仕事は、寝るためのテントをこしらえることであった。船から運んできた何枚かの帆をできるかぎり使っていくつかテントを作った。その次にわたしたちは、誰も住んでいないその場所からどうやって脱出するか考えはじめた。そして、かなりぼろぼろになっていたが、ボートを修理して海に出て、別の船か、あるいはどこか人のいる島を探そうと決心した。しかし、帆を張ったり、そのほか必要なものを取りつけたりして、満足のいく状態でボートを海に出せるようにするためには十一日もかかった。すべての準備が整ったとき船長はわたしに陸に残れと言った。彼が海に出て船を見つけ、みんなを島から連れ出してやるということだった。わたしはこれを拒否した。そこで、船長とわたし、そのほか五人でニュープロヴィデンス島を目指してボートで海に出ることになった。万が一のための火薬はマスケット銃二丁分しかなかった。食料はラム酒が三ガロン、水が四ガロン、いくらかの塩漬けの肉とビスケット。これだけの装備でわたしたちは海に出たのである。

海に出てから二日目、わたしたちはバハマ諸島でもっとも大きなアビコ[*1]と呼ばれる島に着いた。わたしたちは水がなくてとても困っていた。このときまでに水を使い果たしてしまっていただけでなく、熱い太陽の下で二日間もボートを漕いで疲れ切っていた。そのときはすでに夜が遅かったため、わたしたちはボートを浜にあげ、水を探しながらそこで夜をすごすことにした。浜に上がってまず、わたしたちは水を探した。しかし見つけることはできなかった。あたりが暗くなると、獣を恐れてまわりに火をおこした。その場所は深い森のなかだったので、わたしたちは交代で見張りをした。こんな状況では休むこともままならず、朝がくるのが待ち遠しかった。明るくなってすぐにわたしたちはまたボートを出し、その日のうちに救いの手が見つかることを願った。そのころにはわたしたちはボートを漕ぐことに疲れてかなりへこたれていた。ボートの帆も役に立たなくなっていたし、真水が飲めないことでほとんど飢餓状態だった。残された食べ物は塩漬けの肉だけだったが、それも水がなければ役に立たなかった。このような状況でわたしたちは一日中、そのとても長細い島を視界に入れながら懸命に努力した。夕暮れになっても救いの手を見つけることはできなかった。わたしたちはふたたび浜に上がってボートをつないだ。それからまた、水不足でふらふらになりながら水を探した。暗くなるまでの時間、水を求めてあちこちを掘り返したり探ったりしたけれども、一滴も見つけることはできなかった。このときわたしたちの落胆もきわまった。恐ろしさも極限で、救われるには死ぬしかないと思った。肉には手をつけなかった。真水がなければ海水と同じくらい塩辛いからである。うれしくない夜になると、わたしたちは前の晩と同じようにしてすごした。そして翌朝、わたしたちはふたたび島を出て船を探した。そうして四時頃までできるかぎり努力した。そのあいだにもいくつかの小島《キー》を通過したが、船には一隻もお目にかからなかった。依然としてのどの渇きに苦しんでいたわたしたちは、水が見つかることを願って、こうした小島《キー》の一つに上陸してみた。そこでわたしたちは、植物の葉っぱの上に数滴の水がついているのを見つけて必死でなめまわした。いくつかの場所で地面を掘ってみたがうまくいかなかった。そうして水を探して穴を掘っていると、何やらどろどろした黒いものが出てきた。誰もそれにさわることはできなかったが、あわれなオランダ系クリオールだけは別だった。彼はそれを、まるでワインのように一クォート以上もがぶがぶ飲み干したのである。わたしたちは魚を捕まえようともしてみたが、これもできなかった。もはやわたしたちは自分たちの運命を嘆き、絶望に身をゆだねるしかなかった。しかし、こうして不平を唱えている真っ最中に突然、船長が叫んだ。「船だ！　船だ！　船だ！」この喜ばしい響きは罪人に対する刑の執行延期の通達のようだった。ただちにわたしたちはみんなでそちらのほうに目をやった。しかししばらくすると、あれは船の帆には見えないと言い出す者がいた。それでも一か八か、わたしたちはボートを出してそちらに向かった。そしてその三十分後、言葉にならない喜びが訪れた。それは間違いなく船だったのである。これを見て沈んでいた元気を回復したわたしたちは、想像がつかないほどのスピードでその船に向かって進んだ。近くに行ってみると、それは小型のスループ船だった。グレイヴゼンドにあるような小型帆船《ホイ》ほどの大きさで、ぎっしり人が乗っていた。どうしてそんな状態なのか判然としなかった。やつらは海賊だ、殺されてしまうぞ、とウエールズ人だったわたしたちの船長は断言した。それに対してわたしはこう言った。確かにそうかもしれないが、どうせ死ぬならあの船に乗ってみてから死にましょう。彼らが死ぬかわたしたちを歓待してくれないのなら、できるかぎり抵抗しましょう。彼らが死ぬかわたしたちが死ぬか、ほかに選択の余地はないのです。この提案はすぐみんなで協議された。いま思えば、そのときは船長とわたしとオランダ人で二十人を相手にするつもりだった。わたしたちが持っていたのは舶刀《カットラス》二振りとマスケット銃一丁だった。わたしがボートに持ち込んだものである。これだけの装備しかない状態で、わたしたちは船に横づけすると即座に飛び移った。およそ四十人は乗っていたと思う。しかし、わたしたちは乗り込んですぐ非常に驚かされた。彼らの大半がわたしたちと同じ窮地に追い込まれている連中であることが分かったからだ。

彼らは捕鯨船の乗組員たちだった。彼らのスクーナー帆船は、わたしたちの船から北に約九マイルの地点でわたしたちより二日前に座礁したのであった。船が座礁したとき、彼らのうちの何人かがボートに乗り、わたしたちがしたのと同じように、ほかの乗組員と所有物を小島《キー》に残してきた。そして、わたしたちのように別の船を探しながらニュープロヴィデンス島に向かっているときに、そのあたりの海で難破船を探すことを仕事にしている、レッカーと呼ばれるこの小さなスループ帆船に出会ったのだという。そこで彼らはスクーナー船のほかの乗組員を連れ出しに行こうとしていたのだ。その探索船《レッカー》は難破船にあるものを全部乗せ、そこからもらえるものをもらって、それから乗組員をニュープロヴィデンス島まで運ぶ予定だという。

わたしたちは探索船《レッカー》の乗組員に、わたしたちの船の状況を話した。それからスクーナー船の連中と同じ取り決めを申し出た。彼らがそれに応じてくれたのを受けて、わたしたちは水が不足して困っているので、わたしたちの乗組員が待っている小島《キー》にまっすぐ向かってほしいと言った。彼らは最初にわたしたちのほうに行くことを承知してくれた。そして二日でわたしたちは小島《キー》に着いた。あとに残してきた人たちは言葉が出ないほど喜んだ。わたしたちがいないうちに水不足は極限まできていたのだ。幸運にも探索船《レッカー》には、定員以上の人員としばらくもつだけの食料が載っていたため、探索船《レッカー》の乗組員たちはスクーナー船の連中を雇って、わたしたちの難破した船を修理させた。そしてボートを彼らにあずけて、わたしたちはニュープロヴィデンス島を目指したのであった。

この探索船《レッカー》と出会ったことほど幸運なことはなかっただろう。ニュープロヴィデンス島まではとても距離があったので、ボートではとうていたどり着けなかったからだ。アビコという島は思っていた以上に長い形をしていた。三、四日進んでやっとニュープロヴィデンス島側の端に無事たどり着いた。そこでは水を補給し、ロブスターや貝などをかなりたくさん手に入れることができた。食料も水も底をつく寸前だったし、これでおおいに安心した。わたしたちはそこからさらに航海をつづけた。しかしその島を離れた翌日の夜遅く、わたしたちはまだバハマの小島群のなかにいたのだが、強烈な大風に襲われて帆柱を切り払わざるをえなかった。すでに錨をなくして、何度も浅瀬に乗り上げて傷んでいたから、船はほとんど沈みそうだった。いまにも船がばらばらになってしまう、次の瞬間にはもうわたしたちはおしまいだと思ったりした。あまりのことに、年輩だった船長と病気で役に立たない航海士、そのほか何人かが気を失った。あらゆる方向から死が目の前に迫ってきていた。それまで罰当たりなことを言っていた者たちも、いまや天の神に命乞いをはじめた。するとわたしたちの理解力を超えたところで神はたしかに助けてくれた、奇跡的なやり方でわたしたちを救い出してくれたのである！　まさに絶体絶命の窮地に追い詰められたとき、風が一瞬だけ鎮まった。波は依然として高かったけれど、泳ぎが得意な男二人が錨の浮標《ブイ》まで行くことにした。それは少し離れた海面にまだ浮いているのが見えていたのである。彼らはパント船を使うことにした。そのパント船はもともと探索船《レッカー》のもので、二人以上は乗れそうもないほどの大きさだった。彼らは船に横づけになっているパント船に苦労して乗り込んだ。わたしたちの目の前には死が迫っていたが、彼らは死ぬにしてもできることだけはやってから死んでやると言った。彼らは小さな浮標《ブイ》のついた細いロープを携えて、危険を冒しながらも何とかパント船を船から切り離した。この二人の勇敢な海の英雄は命がけで錨の浮標《ブイ》目指して漕ぎ出した。いまにもお陀仏になりかねないと思って、わたしたちの目はずっと彼らに釘づけになったままだった。まだ正気が残っている者たちは神に祈った。彼らが速やかに救われるために、そして彼らを頼みとするわたしたち自身のために祈りが捧げられた。そして、神はこれを聞き入れて、これに応えてくださったのだ！　二人の男はついに浮標《ブイ》にたどり着いた。彼らはまずパント船にそれを結びつけてから、持っていったロープの一方の端に小さな浮標《ブイ》をつけ、海面に浮かせて船のほうに向けて押し出した。船の上のわたしたちはこれを見て、その小さな浮標《ブイ》をつかむためにかぎざお[*2]と錘《おもり》を綱に結んだ。何とか浮標《ブイ》をつかむと、そのロープの端を大綱《ホーザー》にしっかりと結びつけた。それからわたしたちは二人に引っ張るよう合図を送った。彼らは大綱《ホーザー》を引き寄せ、錨の浮標《ブイ》に結びつけた。これが終わると、わたしたちはそれを必死でたぐり寄せた。こうして神の恵みのおかげで、わたしたちは浅瀬から出て水深が十分にある場所にふたたび入ることができた。そしてパント船も無事に船に戻った。このように二度までも破滅から救われたときの、わたしたちの心からの喜びは、同じような困難を乗り切ったことのある人にしか想像できないだろう。気力も正気も失っていた者たちは我に返って以前の元気を取り戻した。この二日後、風はやみ、海は穏やかになった。そこでわたしたちはパント船を島に上陸させ、何本か木を切り倒した。そして、帆柱になりそうな木を選んで加工したものを船まで運び、しっかりと立てた。これが完了するとただちにわたしたちは錨を上げ、もう一度ニュープロヴィデンス島に向けて出発した。それから三日で無事に到着した。このとき、生きては逃れられないと思っていた状況になってからすでに三週間以上たっていた。ニュープロヴィデンス島の人々はとても親切だった。わたしたちの境遇を知ると、彼らは友だちのように手厚くもてなしてくれた。このあとすぐ、遭難した仲間のうちで自由の身分の者たちはみんな自分の好きな道に進みたいと、わたしたちから別れていった。大きなスループ帆船を所有するある商人が、わたしたちの置かれた状況やわたしたちがジョージアに行きたがっていることを知って、彼の船がそこに向かう予定だとわたしたちのなかの四人に話した。もし彼の船に乗って積み荷をしてくれるのなら、そこまで無料で連れて行ってやろうというのである。前の航海の賃金がまったくもらえないとなるとその島を出ることは非常に難しい。わたしたちは彼の申し出に応じざるをえなかった。わたしたちはスループ船で荷の積み込みを手伝った。わたしたちに与えられたのは食事だけだった。積み荷が完了したところで、船はまずジャマイカに向かう、船に乗るならまずそこに行ってもらう、と商人から言われた。わたしはこれを拒んだ。しかし遭難した仲間たちは一文無しだったので、言われるまま行きたくもないその航路で行かざるをえなかった。

わたしたちは十七日か十八日くらいニュープロヴィデンス島に滞在した。そのあいだにわたしはたくさんの友だちと出会った。彼らはいっしょにこの島にいようと励ましてくれたけれども、わたしはこの誘いを断った。もしイングランドに戻ると心に決めていなければ、とてもこの土地が気に入っていたわたしは、そのままそこにとどまっていただろう。それにこの島には自由民の黒人が何人か暮らしていて、とても幸せにしていた。わたしたちはライムやレモンの木の下、弦楽器《カットガット》の美しい旋律に耳をかたむけて、いっしょに楽しい時をすごした。結局、フィリップス船長はスループ船を借り受けた。そしてその船に乗って、この島で売ることができなかった奴隷を何人か連れてジョージアに行くことになった。わたしは彼といっしょにその船で行くことにした。それはつまり、この土地に別れを告げるということだった。船の準備ができ、積み荷が終わった。そしていよいよニュープロヴィデンス島に別れを告げるとき、わたしはとても名残り惜しく感じたのであった。わたしたちは朝の四時に順風にのってジョージアに向けて出航した。同じ朝の十一時頃、突然に短時間であったが強風が起こって船の帆をほとんど吹き飛ばしてしまった。そのときはまだ小島群に囲まれていたため、瞬く間にその強風のため船を岩場に激突させてしまった。幸運なことに、そのとき船は水深の深いところにいて海も荒れていなかった。修理にはしばらく時間をかけて重労働をしなければならなかったし、破損箇所も多かったが、わたしたちは神の恵みで救われたのだと思った。わたしたちは力のかぎりを尽くして船を海に出した。その翌日にはいったんニュープロヴィデンスに引き返した。そこですぐに船をふたたび修理した。乗組員のなかにはこんなことを言って毒づく者もいた。モントセラトの何者かに呪いをかけられているのだ。あるいは、あわれで救いようのない奴隷のなかに魔女や魔法使いがいる、だからジョージアに無事にたどり着くことはできないのだ。こうしたことを言われても、わたしは躊躇せずに言った。「もう一度、風と海に立ち向かおう。罰当たりな言葉は口にせず、神を信じよ。そうすれば救われる」こうしてわたしたちはふたたび出航した。そして苦労の末、七日かけて無事ジョージアに到着したのである。

到着してから、わたしたちはサヴァナの町に繰り出した。その夜、わたしは友だちの家に泊めてもらいに行った。モーザという名前の黒人である。わたしたちは再会を喜びあった。そして夕食が終わって、夜の九時から十時まで明かりをともしていた。そのころ通りかかった夜警か見回りが、その家に明かりがついているのに気づいてドアをノックした。わたしたちがドアを開けると、彼らはなかに入ってきた。そして彼らは腰を下ろして、わたしたちといっしょにパンチ酒を飲んだ。彼らはライムもほしがった。わたしが持っていると思ったのだ。実際持っていたので、わたしはいくらか彼らに食べさせてやった。それから少ししたところで彼らはわたしに番小屋まで来いと言った。彼らに親切にしてやったあとだけに、これにはすごく驚いた。なぜ行かなきゃならないんですかとわたしは尋ねた。九時をすぎても家に明かりをともしている黒人は、拘留したうえで数ドルの罰金または鞭打ちだと彼らは言った。この連中のなかにもわたしが自由民だということを知っている者もいた。しかし、その家の住人のモーザは自由民ではなかったが、彼の主人に守ってもらえれば彼らはわたしと同じように彼を扱うことはできなかった。わたしは彼らに、わたしは自由民であり、ニュープロヴィデンス島から着いたばかりだということ、それにわたしたちは何の騒音も立てていないし、わたしはその土地に初めて来たわけではないので、知り合いもたくさんいるということを話した。「そのうえで」とわたしは言った。「あなたたちはわたしをどうするつもりなんですか」――「すぐに分かるさ」と彼らは答えた。「とにかくいっしょに番小屋まで来い」このとき彼らが罰金を取ろうとしているのかどうか、わたしは分からず途方に暮れた。しかしすぐにサンタクルスのオレンジとライムを思い出した。彼らをなだめられるものは何もないと思って、わたしは彼らについて番小屋に行った。そしてそこで一晩を明かした。翌朝早く、いんちきな悪人たちは番小屋に拘留していた別の黒人の男と女を鞭で打った。それから彼らはわたしも鞭打ちだと言った。なぜだ、とわたしは尋ねた。そして、自由民には法律はないのか、もしあるのならそれをあんたたちに突きつけてやるとわたしは言った。しかし、わたしのこの言葉は彼らをさらに怒らせただけだった。彼らはパーキンズ博士がしたのと同じ目に遭わせてやると言ったかと思うと、わたしを乱暴につかもうとした。そのとき彼らのなかでもほかの者より人情のわかる男がいて、もしわたしが自由民なら、服をはぐことは法律で禁じられていると言った。それからすぐにわたしはブレイディ博士を呼んできてもらった。彼は誠実で立派な人物として知られていたため、彼が助けに来てくれたおかげでわたしは彼らから解放されたのである。

この地にいるあいだにわたしが遭遇した不愉快な出来事はこれだけではなかった。ある日、サヴァナの町から少しはずれた郊外にいたとき、わたしは白人の男二人につきまとわれた。よくあることだが、彼らがわたしを誘拐しようとたくらんでいたのは明らかだった。まずわたしに声をかけると、男のうちの一人が連れに言った。「おれたちが探してるのはこいつだ。おまえのとこから逃げ出したやつだ」言われたほうの男は即座に間違いないと断言した。そこで彼らは近づいてきて、わたしに手をかけようとした。わたしは以前にも自由民の黒人に対して同じような手口が使われているのを見たことがあった。そうさせるわけにはいかない。わたしは彼らに、止まれ、近づくなと言った。すると男たちは一瞬止まった。そして一人がこう言った――これはだめだ。彼の連れはわたしの話す英語が上手すぎると言ってこれに応じた。それに対してわたしはこう返した。わたしも自分の英語はうまいと思う。また、こんなとき身を守るために棍棒を持っているし、頭もいい。幸いにも棍棒を使う必要はなかった。このようにしてしばらく話したあと、そのごろつきたちは立ち去っていった。

わたしはサヴァナにしばらく滞在していたが、何とかもう一度モントセラトに行って、かつてわたしの主人だったキング氏に会いたいと思っていた。そして、地球上のなかでもアメリカ地域に対しては最後の別れを告げたいと思っていた。やっとスピードウェルという名前のスループ帆船を見つけた。船長はジョン・バントンといった。それはグレナダの船で、米を積んでフランス領のマルティニコ島に向かうことになっていた。わたしはこの船に乗りこんだ。

ジョージアから立ち去る前のこと、ある黒人の女性が子供を亡くした。彼女はどうしても教会で葬儀をしたかったのだが、それをしてくれる白人を誰も見つけられなかった。そこで彼女はわたしに葬儀をしてほしいと頼んできた。わたしは牧師ではないと彼女に言った。さらに、だからわたしが死者のために礼拝しても魂には届かないと言った。しかし、こう言っても彼女は満足せず、さらに強くわたしに食い下がった。それでわたしは彼女の願いを聞き入れ、とうとう生涯で初めて牧師の役を務めることになった。この女性はとても尊敬されていたので、墓地には白人と黒人の両方からたくさんの参列者が集まった。そこでわたしは初めての使命を帯びて葬儀を執りおこない、その場にいたみんなが満足してくれた。これが終わってからわたしはジョージアに別れを告げて、マルティニコに向けて出航したのであった。

第九章

マルティニコ到着――新たな困難――モントセラトへ、元主人との別れ、イングランドへの航海――パスカル船長に会う――フレンチホルンを習う――アーヴィング博士に雇われ、海水を真水に変える研究――博士と別れ、トルコとポルトガルへ、その後グレナダとジャマイカへの航海――博士のもとに戻る、フィップス船長の船で北極へ――北極への航海について、そこで体験したさまざまな危険――イングランドへの帰還。

こうしてわたしはジョージアに最後の別れを告げた。ジョージアではひどい目に遭ったので、わたしはこの土地が大嫌いになった。そこを出てマルティニコへ出航したとき、わたしは二度とこの地には来ないと決心した。今度の船長は、前の船長より安全に船を航行させた。わたしたちは快適に航海して無事に目的地に到着した。この島にいるあいだにわたしはあちこちを歩き回って、とてもいいところだと思った。とくにサンピエールの町がよかった。それは島でいちばんの町で、西インド諸島で見たなかではもっともヨーロッパ風の町並みだった。また、全体的に奴隷の扱いもよかった。彼らには休日も多く、イングランド領の島の者たちにくらべてみんな元気そうに見えた。ここで仕事を終えたあと、わたしは必要あって解雇してくれるよう申し出た。というのも、すでに五月になっていたし、早くモントセラトに行ってキング氏と友人たちに別れを言いたかったのだ。そうすれば七月の船に間に合うので、いよいよ懐かしのイングランドに帰ることができる。しかし、なんと！　大変な障害物がわたしの行く手に立ちはだかったのである。そのためにもう少しでイングランドまで航海可能な季節を逸するところだった。わたしは船長にいくらかお金を貸していた。考えていたことを実行に移すには、すぐにそのお金が必要だった。わたしはこのことを彼に話した。しかし、どれほどわたしがそのお金を必要とする状況にあるのか説明して頼んでも、彼は言い逃れでごまかすばかりだった。わたしはそのお金は戻ってこないのではないかと心配しはじめた。なぜなら、法的にそれを取り戻すことはできなかったからである。すでに述べたように、西インド諸島のどこででも、白人の不利益となる黒人の証言は、いかなるものも、いかなる場合においても認められない。だからわたしが訴えても無駄だった。彼がお金を返してくれる気になるまで彼のもとを離れるわけにはいかなかった。それでマルティニコからグレナディン諸島へも行くことになった。わたしは何度も船長にお金を請求してみたが駄目だった。そしてさらにわたしの状況を悪くしたのは、グレナディンに到着したところで船長と船の持ち主たちが喧嘩をはじめてしまったことである。事態は日増しに悪くなる一方だった。船の上にはほとんどまったく食料が残っていなかったし、貸したお金も給料ももらえそうになかった。それをあきらめさえすれば自由にモントセラトに行くこともできたのだが。そのときすでに七月も下旬にさしかかっていたから最悪だった。西インド諸島の船は、嵐の季節を避けるために、その月の二十六日までに出航しなければならなかったのである。それでも結局、何度も懇願した結果、船長からお金を返してもらい、最初に見つけた船に乗ってセントユースタシアまで行った。そこからまた違う船に乗ってセントキッツ島のバステールを目指し、七月十九日に到着した。二十二日にモントセラト行きの船を見つけた。そこでそれに乗ろうとしたのだが、船長そのほかの人たちから、広告を出して島を出ることを告知してわたしが逃亡奴隷でないことを証明しないかぎり、船に乗せるわけにはいかないと言われた。わたしは彼らにモントセラトまで急いでいることを伝えて、さらに、すでに夜も遅いし出航間近だから告知を出している時間的余裕はないことを話した。しかし船長は、必要なことだからそこは譲れない、でなければわたしを連れて行くわけにはいかないと言う。わたしは非常に困惑した。島を離れるときに奴隷のように自分の告知をする必要に迫られるのは、黒人の自由民の誰もが直面させられる屈辱的な仕打ちであり、自由に対するひどい欺瞞であると思う。ここでもしわたしが正直にこれに従えば、モントセラトに行く機会を逸して、その年のうちにイングランドに帰れなくなるかもしれないことが不安だった。船はいまにも出航しようとしていたので一刻の猶予もなかった。心は重かったが、船長の要求に応えてわたしを助けてくれる人をすぐに探しはじめた。幸運にも二、三分のうちにモントセラトの知り合いの紳士たちがいるのを見つけた。わたしは彼らに事情を話して、この島を出るために助けてほしいとお願いした。これを聞いて何人かがわたしといっしょに船長のところまで来て、わたしが自由民であることを彼に納得させた。すると嬉しいことに、船長はわたしに船に乗ってほしいと言ってくれた。それから出港して、翌日の二十三日には目的地に到着した。六か月ぶりだった。そのあいだに人の手ではどうしようとも破滅を逃れられないような場面で、わたしは一度ならず神の救いの手を経験した。わたしは友人たちに再会できて心から嬉しかった。不在の期間が長かっただけでなく、危険をいくつも切り抜けたあとだっただけに余計に嬉しかった。みんなも温かく迎えてくれたが、とりわけキング氏がそうだった。わたしは彼にナンシー号の運命と難破した原因について話した。一方、キング氏の話によると、わたしの不在中にとても悲しいことがあった。プリマスの町の向こう側の山の頂上にある池が氾濫して、彼の家が流されてしまったのだ。このとき町の大部分が流され、キング氏は財産の多くを失っただけでなく、自分の命も失いかけたそうだ。わたしは彼に、航海可能な季節のうちにロンドンに行くつもりであること、出発前に彼に挨拶に来たことを伝えた。この良き人は、わたしへの大きな愛情とわたしがいなくなる悲しさをあらわし、島にとどまるよう熱く勧めるだけでなく、島のすべての紳士から尊敬されているわたしなら、うまくやっていけるだろうし、すぐに自分の土地と奴隷を所有することもできるだろうと言った。わたしは彼の友情に感謝したが、それでもロンドンに行きたかったので島にとどまることは固辞し、彼にわびた。それからわたしは、彼に仕えていたあいだのわたしの素行について証明する手紙を書いてほしいとお願いした。彼はすぐにこれに応じて、次のように書いてくれた。

一七六七年七月二十六日、モントセラト

各位、

本状を携帯する者であるグスタヴス・ヴァッサは、三年以上にわたりわたしの奴隷であったが、そのあいだ、彼の素行はつねに良好で、誠実かつ勤勉に職務を果たしたことを証明する。

ロバート・キング

この手紙を受け取り、心からの感謝と尊敬の念をたっぷりと述べてから、わたしはこの優しい主人と別れた。そしてロンドン行きの準備をした。すぐにジョン・ハーナーという船長と(ロンドンまで)七ギニーで話がつき、アンドロマケー号という船に乗れることになった。二十四日と二十五日、出発前に何人かの友人や同郷の人たちと自由の踊りと呼ばれる踊りを踊った。そのあとすべての友人に別れを告げ、二十六日、ロンドンに向け出航した。また船に乗ることができて嬉しかったが、それ以上に、長いこと望んでいた航路を進んでいると思うと格別だった。軽やかな心持ちでわたしはモントセラトに別れを告げ、もう二度と足を踏み入れないと誓った。さらば、残酷な鞭の音よ、そのほか恐ろしい拷問道具の数々よ！　さらば、何度となくわたしの目をとらえた、黒人女性が貞操をけがされる不快な光景よ！　さらば、虐待よ(ほとんどの同郷の人たちに比べたら、わたしなどましなほうだ)！　さらば、怒号をあげて打ちつける波よ！　天上の神よ、その慈悲深さをたたえ、心からの感謝とありがたい思いを込めて祈ります！　このように有頂天になってわたしは一晩中船を走らせた。

わたしたちはとても好天に恵まれた順調な航海を経て、七週目の終わりにはチェリーガーデン栈橋《ステアズ》[*1]に到着した。こうしておよそ四年ぶりに、わたしは懐かしいロンドンの光景に目を楽しませた。給料はすぐにもらえた。それまでの人生でこれほど短期間に七ギニーを稼いだことはなかった。船を下りた時点で所持金は全部で三十七ギニーになっていた。いまや新しい舞台に足を踏み入れたわたしは、希望に満ちあふれていた。このような状況で最初にわたしが思ったのは、かつての友人たちを探すことだった。なかでも真っ先に会いたかったのがゲリン姉妹である。たっぷり食事をして元気をつけるとすぐ、わたしはあの優しい姉妹を捜しに出かけた。彼女たちに会いたくてたまらなかった。何とか根気強く探して、姉妹がグリニッジのメイヒルにいることが分かった。わたしを見た彼女たちはとてもびっくりすると同時に喜んでくれた。わたしも姉妹に会えて大喜びだった。わたしが自分のその後の身の上話をすると、彼女たちはおおいに驚いた。それが姉妹のいとこであるパスカル船長の不名誉であることも、わたしは遠慮なく認めた。彼はそのころも姉妹をひんぱんに訪ねていた。四、五日後、わたしはグリニッジで彼に会った。わたしを見て彼は相当に驚いたようで、どうやって戻ってきたのかと尋ねた。「船で」とわたしは答えた。それに対して彼は冷たく言った。「海の上をロンドンまで歩いてきたとは思わないよ」その態度からして、彼はわたしに対してしたことについて悪かったとはまったく思っていないようだったし、わたしのほうでも彼の好意を期待するほど愚かではなかった。そこで、あなたはわたしにひどい仕打ちをした、何年にもわたってあれほど忠実に仕えていたのに、と言ってやった。それに対して彼は何も言わず、回れ右をして立ち去って行った。このあと二、三日してゲリン姉妹の家でまた彼に会ったので、わたしは彼に捕獲賞金の支払いを要求した。彼はわたしの分はないと言った。わたしに分配される捕獲賞金が一万ポンドだとしても、その権利はすべて彼のものだからだという。わたしが聞いた話と違うと言うと、彼はそれをものともせず冗談まじりの調子で、ならば訴訟を起こせばいい、「弁護士はいくらでもいるからな」と言った。「その訴訟を引き受けてくれるよ。試してみればいい」わたしがそうするつもりだと言うと、彼は激怒した。だがわたしは女性たちに配慮して黙っていた。それ以上、権利を要求することもしなかった。それからしばらくして、優しい姉妹は、わたしが何をするつもりか、自分たちに何か手助けできることはないかと尋ねてきた。わたしは彼女たちに感謝してから言った。もしよければ姉妹の召使いになりたい。そうでなければ、三十七ギニーあるので、しばらくはやっていける。だから、生活費を稼ぐことができるような仕事を教えてくれる人物を誰かわたしに紹介してほしい。姉妹は丁寧にこう答えた。残念ながらあなたを召使いとして雇うことはできないけれど、仕事というのは何をおぼえたいの？　理髪を、とわたしは答えた。それなら、と彼女たちは援助を約束してくれた。そしてそのあとすぐに、わたしは以前に会ったことのあるオハラ船長という紳士を紹介された。彼はとても親切なことに、わたしに理髪師の親方を世話してくれた。それはヘイマーケットのコヴェントリーコートの理髪師で、わたしはそこに身を置くことになった。わたしはこの親方のところに九月から次の二月までいた。そのころ同じ路地に住んでいた人がフレンチホルンを教えていた。彼はとても上手に吹いたので、わたしはすっかりホルンに魅せられて、彼から吹き方を教えてもらうことにした。さっそく彼は引き受けて教えはじめた。するとたちまちわたしはホルンの基本三音色の吹き方を習得したのであった。この楽器を吹くのはたいへん楽しかった。この楽器を吹いて長い夜を過ごした。この楽器が好きだったのも確かだが、とにかくわたしは何もしないでいることが嫌いだったから、そうしていれば何もやましいことなく暇な時間を埋められたのである。このころにはまた、同じ路地に住んでいた牧師のグレゴリー氏が学校を開いていて、夜の教室もあったので、彼に算術の力を強化してくれるよう頼んだ。彼は交換取引《バーター》の仕方と混合法《アリゲイション》のところまで教えてくれた。*2 学校にいるときはずっとその勉強ばかりしていた。一七六八年二月、わたしはペルメル街のチャールズ・アーヴィング博士に雇われた。海水を真水に変える実験で有名な人物である。ここでわたしは理髪の腕を上げた。この紳士はすばらしい主人だった。彼はとても親切で穏やかな人だった。夜にわたしが学校に行くことも許してくれた。これはとてもありがたいと思い、わたしは神と彼に感謝して、この機会を利用してよりいっそう勤勉に勉強した。この勤勉さと心配りのおかげで、わたしは三人の師から目をかけてもらい、面倒を見てもらうことができたのである。彼らはそれぞれの専門についてとても骨を折って教えてくれた。それに彼らは三人ともとても優しかった。しかしながら、わたしの給料はこれまで稼いできたのに比べて三分の二以下だった(一年でたった十二ポンド)。すぐに、先生たちへの法外な出費とわたし自身の必要経費を、この給料では十分にまかないきれないことが分かった。持っていた三十七ギニーもすでに一ギニーに減ってしまっていた。そこでわたしは、もっとお金を手に入れるためにはもう一度海に出るのがいちばんだと思った。わたしはそのように仕込まれてきたし、それまでのところそこで働いて成功してきたからである。それにまた、わたしはトルコをすごく見たいと思っていたので、いまこそこの希望を満足させることに決めた。一七六八年の五月、わたしはもう一度海に出たいと博士に話したところ、反対はされなかった。わたしたちは友好的に別れた。その日のうちにわたしは雇ってくれる人を求めて町に出た。人探しはとても幸運な展開となった。わたしがまもなく耳にしたのは、イタリアとトルコに行く船の持ち主であるとある紳士のことであった。しかもその人は上手に理髪のできる男を捜しているというのである。わたしはこれを聞いて大喜びした。場所を教えてもらって、すぐにその人の船に訪ねていった。その船のとても趣味のよい装備を見て、楽しい航海になるだろうなと、早くもそんな予感がしていた。目ざす紳士は船にいなかったので、わたしはその人の宿を教えてもらった。わたしは翌日その宿で彼に会った。そこでわたしの理髪の腕前を披露した。彼はそれを気に入って、すぐにわたしを雇ってくれた。こうして希望どおりに船も雇い主も見つかり、航海に出られることになって、わたしはまったく幸せだった。船はデラウエア号といい、わたしの主人の名前はジョン・ジョリーといった。彼は身だしなみがよく、賢くて気さくな人だった。わたしはちょうどこんな人に仕えたいと思っていた。わたしたちは翌七月にイングランドから出航した。きわめて快適な航海だった。ヴィラフランカ、ニース、リヴォルノに寄ったが、どの地も豊かで美しくて魅了された。それぞれの町にたくさんあるエレガントな建物には感動した。どの町でも大好きな極上のワインと豊かな果物をたっぷりと味わった。わたしは折につけ趣味と好奇心の両方を満足させた。船長はどの町でもいつも陸に宿を取ったので、わたしはそれぞれの町を見て回る機会ができたからである。さらにわたしは大好きな航海士としての技術も学んだ。わたしたちはイタリアを出ると、多島海［第三章訳注４参照］を気持ちよく航行して、トルコのスミルナに着いた。スミルナはとても古い都市である。家は石造りで、そのほとんどに墓地が隣接している。そのため、まるで教会の境内のように見えることもある。この都市は食がとても豊かで、良質のワインが一パイント一ペニー以下で手に入る。果物もブドウやザクロ、そのほかにもたくさんあって、あれほど美味しい果物はそれまで食べたことがなかった。住人はとても見栄えが良く、体型もしっかりしていて、いつもとても礼儀正しくわたしに接してくれた。概して彼らは黒人が好きなのだと思う。彼らのなかにはわたしにここにとどまるように強く誘う人もいた。一方で彼らは、西ヨーロッパ人、すなわちキリスト教徒とは距離をおいていて、けっして自分たちといっしょに住まわせることを許さない。女性を商店で見かけないこと、通りでもめったに見かけないことには驚いた。見かけたとしても、いつも女性たちは頭からつま先までヴェイルを被っていて、顔を見ることはできなかった。ただ、なかにはたまに好奇心に駆られてヴェイルをはずしてわたしを見ようとする人がいた。西インド諸島で白人が黒人に対してしているように、トルコ人がギリシア人を従属させているさまには驚かされた。すでに示唆しておいたように、この地ではそれほど洗練されていないギリシア人たちは、わたしたちの部族でおこなわれているのと同じように踊りを踊る。

全体でおよそ五か月の滞在を通じて、わたしはこの土地とトルコ人が大好きになった。驚くべきことがもう一つある。ここの羊の尾は平たくてとても大きい。子羊の尾ですら十一ポンドから十三ポンドの重さがある。その肉はとても白くて脂肪分が多く、プディングなどには最適である。実際にプディングによく使われている。わたしたちの船は、絹やその他の品物をたっぷり積み込んで、イングランドに向けて出航した。

一七六九年の五月、トルコから戻ってすぐに出発した、ポルトガルのオポルト[ポルト]への航海は、カーニヴァルの時期に到着したので楽しいものだった。わたしたちが到着すると船に三十六箇条の信仰箇条が送られてきた。これに違反すると重い罰が科せられるのである。だから、異端審問所が、船にあらゆる違法なもの、とくに異端の聖書がないかどうか調べ終わるまで、わたしたちのうちの誰一人としてよその船に行ったり上陸したりする者はいなかった。わたしたちはすべての持ち物を提示させられ、ものによっては船が出るまで陸で保管された。もし持ち物のなかに聖書を発見されたら、その者は拘留されて鞭打たれ、十年間奴隷にされた。わたしはこの町で壮大な光景をたくさん見た。とりわけエデンの園では、数多くの聖職者と平信徒たちがいくつかの位の順に行列をなして聖餐のパンを持って入ってきて、賛美の歌《テ・デウム》を歌った。わたしはおおいに好奇心に駆られて彼らの教会のいくつかに入ってみたいと思ったが、わたしがそこに入る許可を得るには、聖水で清めてもらう必要があった。好奇心もあったし神聖でありたいと思っていたわたしは、この儀式を受けることにした。しかし、わたしには効き目はなかったようだ。というのは、それで特別に自分が善良になったとは思えなかったからである。この土地にはあらゆる種類の食べものが豊富にあった。町は建物も素晴らしいし、きれいで景色も良かった。わたしたちの船はワインその他の商品を積み込んでロンドンに向かい、翌七月に到着した。

わたしたちの次の航海は地中海へのものだった。船がふたたび準備され、九月にジェノヴァに向けて出航した。ジェノヴァはわたしがそれまで見たなかでももっとも素晴らしい町の一つである。美しい大理石で造られた建物もあって、とても堂々たるものだった。そして、そうした建物の多くには奇妙な噴水が前にしつらえてあった。教会は豪華かつ壮麗で、内側にも外側にも奇妙な装飾が施されていた。こうした豪奢のすべてが、わたしの目には、ガレー船の奴隷たちが存在することで汚されているように見えた。彼らの置かれた状況は、ジェノヴァだけでなくイタリアのほかの地方でも本当に痛ましく悲惨なのである。わたしたちはジェノヴァに数週間滞在して、そのあいだにほしいものをたくさん、しかもとても安く買うことができた。それからわたしたちは、魅力的でとても清潔な町、ナポリに行った。その港は、それまで見たなかでもっとも美しいもので、船つき場はとくに素晴らしい。日曜の夜に王族も臨席して、ここでグランドオペラが上演されるのを観て驚嘆した。こうした高貴な人たちと同様に、わたしもまたオペラを観に行ったので、日中にどれほど神に仕えても無駄で、夜にはあっさりと富の邪神《マモン》のしもべとなったわけである。わたしたちがこの町にいるあいだに、たまたまヴェスヴィオ火山が噴火した。その様子をわたしは完璧に観察することができた。それはとてつもなく恐ろしいものだった。わたしたちの船は火山にかなり近いところにいたため、火山灰が甲板に降り積もった。ナポリでの仕事を終えると、わたしたちは順風に乗って、［前の年の］十二月にも行ったスミルナにふたたび向かった。この町では、あるトルコ人の軍司令官がわたしを気に入って、町に残ってほしい、妻を二人持たせてあげるからと申し出てくることがあった。でもわたしはこの誘いを断った。何とかやっていけるのは一人だろうし、それ以上に勇気がないと思ったからだ。この地の商人たちは大人数の隊商《キャラヴァン》を組んで旅をする。わたしはインドからやって来た隊商をたくさん見た。彼らは何百ものラクダにさまざまな商品を積んでいた。こうした隊商の人たちは茶色の肌をしている。いろいろな品物のなかでも、彼らが大量に運んできていたのがイナゴ豆だった。これは甘くて美味しい豆で、インゲン豆に似ているがもっと細長い形をしている。どの品物も町の通りで売られる。わたしはいつもトルコ人の商売はとても正直だと思った。トルコ人は、彼らの教会に相当するモスクにキリスト教徒を入らせてくれない。これはとても残念だった。わたしは行く先々で、そこの人々がおこなっている多様な信仰の仕方を見に行くのが好きだったからである。わたしたちの滞在中にスミルナでペストが発生した。わたしたちはそれが治まるまで、船への積み荷をストップした。そのあとたっぷりと積み荷をして、一七七〇年三月頃、イングランドに向けて出航した。この航海の途中のある日、もう少しで船を燃やしてしまいかねないような事故があった。ある黒人のコックが、甲板の下で火にかけて肉の脂身を溶かしていたときにフライパンをひっくり返してしまったのだ。すぐに炎が起こって、それは前檣楼《フォアトップ》の下の高さにまで立ち上った。あわれなコックは、驚いてほとんど真っ白になり、まったく口もきけなかった。しかし幸いにも、わたしたちは大きな被害を出すことなく火を消し止めることができた。この航海にはいろいろな遅れが出て、退屈なものだったが、七月にはスタンゲイトクリーク*3に到着した。その年の後半には新たな出来事が起こって、船長と船とわたしはみんな別れ別れになった。

一七七一年四月、わたしはウィリアム・ロバートソン船長のグレナダ・プランター号に司厨員《ステュワード》として乗り込んで、ふたたび西インド諸島で自分の運を試すことになった。わたしたちはロンドンを出航して、マデイラ、バルバドス、グレナダへと航海した。グレナダで品物をいくらか売ったのだが、わたしはまた以前に出会ったような西インド的な客に遭遇することになった。

島の住人のある白人の男がわたしの品物を数ポンドで買った。彼はわたしに調子のいい約束をたっぷりしておきながら、まったくわたしにお金を払うつもりはなかったのである。彼は何人かのほかの黒人からも品物を買っていたのだが、同じようにするつもりでいた。彼は口先だけの約束を繰り返すばかりだった。しかし、わたしたちの船が積み荷を終えて出航が近づいたところで、この正直者のお客にはわたしたちから買ったものの代金を支払う意思もなければ、支払う素振りも見せないことがいよいよ明らかになった。わたしが支払いを求めると、逆にこの男は、代金じゃなくて一発をお見舞いしてやると、わたしや彼に品物を売ったもう一人の黒人を威嚇してきた。これを聞いて、わたしたちは治安判事のミントッシュという人物に訴えに行った。わたしたちは判事に男の悪質ないかさまについて説明して、どうか救済してほしいとお願いした。けれど、たとえ自由民であっても黒人には何の救済方法もなかった。こんなふうに財産を失うのは辛いことだと思ったが、船が出航するときになっても自分たちではどうしてよいのか分からずにいた。ところが、わたしたちにとって幸運なことに、この男は白人の船員たちにも借りがあって、まだ一銭も払っていなかったのである。そこで彼らもわたしたちといっしょになり、全員でこの男の捜索に出かけた。彼の居場所を見つけると、わたしたちは彼を家から引きずり出して、仕返しをしてやると脅した。するとひどい目に遭うと思ったこの悪党は、わたしたちそれぞれにほんの少しのお金を差し出してきた。それは求めている金額からはほど遠いものだった。これを見てわたしたちは激怒した。男の耳を切り落としてやろうという者もいた。それでも激しく慈悲を乞うので、最後には男の身ぐるみを剝がしてから許してやった。解放されると男はわたしたちに礼を言って、簡単に逃がしてもらえたことを喜び、わたしたちの航海の無事を願ってから藪のなかに走っていった。それからわたしたちは船に戻った。そしてすぐにイングランドに向けて出航した。ここでわたしは、ちょっとしたわたしの不注意のせいで、もう少しで船が吹き飛ぶところだったことを言っておかなければいけない。船が帆走しているとき、わたしは仕事をするために船室に降りて行った。手には火のついた蠟燭を持っていた。それを、急いでいたので何も考えずに火薬の入った樽のなかに置いてしまったのだ。もう少しで火が移るという寸前で運良くそれに気づいて、すぐに蠟燭を取り出したため幸いにも何の被害も出なかった。しかし、わたしはすっかり恐怖で参ってしまい、危機を免れたとたんに気を失った。

　二十八日かかってわたしたちはイングランドに帰ってきた。わたしはこの船から降りることにした。それでも、依然として放浪してまわりたい気分は残り、できるだけ世界中のいろいろなところを見てみたかったので、同じ年のうちにまたすぐ船に乗ることにした。ジャマイカ号という美しい大きな船に司厨員《ステュワード》として乗り込んだ。船長はデイヴィッド・ワットといった。一七七一年十二月、船はイングランドをあとにして、ネヴィスとジャマイカに向かった。ジャマイカはとても美しくて大きな島だった。たくさん人が住んでいる、西インド諸島のなかでもっとも人口の多い島である。この島には黒人も大勢いた。彼らは例によって白人からはなはだしく迫害されており、奴隷たちが懲罰されるのはほかの島と同じだった。この島には奴隷を鞭打つのを仕事とする黒人がいる。彼らはあちこちで違った人に雇われていて、賃金はふつう一ペンスから四ペンスである。この島に滞在したほんの短い期間だけでも、奴隷に対して残酷な処罰がおこなわれているのを何度も目撃した。あるときには手首を縛られたあわれな男が足が少し宙に浮くくらいの位置で吊され、さらに足首には五十ポンドの錘《おもり》をいくつか付けられ、この状態で恐ろしく残酷に鞭打たれていた。聞いたところによると、島にはとりわけ残酷なことで知られる奴隷の主人が二人いた。彼らは裸にした二人の黒人を杭に縛りつけ、二時間にわたって毒虫に刺させて殺したことがあるそうだ。わたしのよく知るある紳士が船長に話したところによると、彼は奴隷監督に毒を盛ろうとした黒人の男を生きたまま燃やせと命じたということである。こうした例はおびただしい数あるが省略する。ここではもう少し穏やかな悪事を紹介して、読者の心を楽にすることにしよう。この島に来て間もなく、ポートモラントのスミス氏という人がわたしの商品を二十五ポンドで買ってくれた。しかしわたしが代金を請求しても、彼はそのたびに殴りかかってきて、わたしを監獄に入れてやるぞと脅すのであった。彼はあるときには、わたしが彼の家に放火しようとしたと言い、またあるときには、わたしが彼の奴隷を連れて逃げようとしたなどと言いがかりをつけた。まがりなりにも紳士であろう人物からこのような扱いを受けてわたしは仰天したが、ほかになすすべもなく従わざるをえなかった。わたしはキングストンに行ったとき、アフリカ人の数の多さに驚いた。彼らは日曜日ごとに集まるのである。とりわけスプリングパスと呼ばれる大きな広場にはたくさん集まった。ここではアフリカのさまざまな国の人たちが一同に会し、自分の国の踊り方で踊るのである。まだ彼らは自分たちの国の慣習を忘れていない。彼らは死者を埋葬するとき、アフリカでするのと同じように亡骸といっしょに食物やパイプとタバコなども墓に入れる。船が積み荷を終えると、わたしたちはイングランドに向けて出航して翌八月に到着した。ロンドンに戻ると、わたしは懐かしい主人のアーヴィング博士のところに赴いた。彼はふたたびわたしを雇い入れようと言ってくれた。もう海に出る気はしなかったので、わたしはこの申し出を喜んで受けた。わたしはこの紳士とまたいっしょに暮らすことができてとても嬉しかった。この期間は毎日、わたしたちは海水を純化して真水に変えることによって海の神《ネプチューン》の領土を征服する試みに没頭した。このようにして過ごしていた一七七三年五月になって、わたしは名声の音に奮い立たされ、北極の方面に創造主も思いもよらなかったインドへ抜ける航路を発見しようという新たな冒険を求めることになった。ちょうど北東航路を探索するための遠征隊が組織されようとしていたのである。それは王立スループ型軍艦レイスホース号によるもので、指揮を執るのはコンスタンティン・ジョン・フィップス閣下、のちのマルグレイヴ卿だった。[*4] わたしの主人はこの冒険に参加して名声を得たいと思った。わたしたちは航海に出るためのあらゆる準備を整えた。そして一七七三年五月二十四日、わたしも主人についてレイスホース号に乗船した。船はシアネスまで行ったところで、ラトウィッジ船長に指揮された王立スループ船カーカス号と合流した。六月四日、わたしたちは目的地である北極に向けて出航した。そして同じ月の十五日にはシェットランド諸島を抜けた。この日、大きな予期しない事故を免れるということがあった。それはもう少しで船を爆破させ、乗組員を全滅させかねない事故だった。これ以降、航海のあいだわたしはとにかく用心深くすることにした。船はぎゅう詰めだったので、誰もが狭苦しい思いをしていた。わたしもとても困った状態にいた。わたしは今回の類のない興味深い航海の日誌をつけようと決心していたのだが、この目的を果たすために使える場所は小さな船室しかなかった。そこは博士の物置部屋で、わたしの寝場所だった。この小さな部屋にはありとあらゆる可燃物、とくにトウや硝酸、そのほか多くの危険なものが詰め込まれていた。それは夜に日誌を書いているときのことだった。わたしが蠟燭を手提げランプから出そうとしたとき、運悪く一本のトウ*5の糸に火花が飛んでしまったのだ。そのとたん残りの糸に火が移って全体が燃えだした。目の前に死が迫っていた。炎のなかで最初に死ぬのは自分だと思った。非常事態だということがすぐにまわりに伝わったため、近くにいた人たちが大勢駆けつけてきて消火を助けてくれた。そのあいだじゅう、わたしは炎に取りまかれていた。シャツと首につけていたハンカチーフが燃えて、煙に巻かれて窒息しそうだった。しかしもうほとんど望みを捨てかけたとき、神の加護のおかげで、誰かが毛布とマットレスを持ってきて炎の上に覆い被せてくれたのである。するとまもなく火は消えた。わたしはこのことを知った士官たちに激しく叱責され、おどかされた。そしてもう二度とその部屋に明かりを持って入らないように厳しく命じられた。自分でも怖くてこの命令に従っていたが、実際にはそれはほんの短い間だった。結局、日誌を書くことのできる場所が船のなかではそこしかなかったので、相当の不安と恐怖を感じないわけにはいかなかったけれど、わたしは危険を承知のうえでこっそりと明かりを持ってまた同じ船室に入ってしまうことになった。六月二十日にはアーヴィング博士考案の海水を真水にする道具を使いはじめた。

わたしも蒸留作業を手伝い、しばしば一日に二十六ガロンから四十ガロンの水を浄化した。こうして蒸留された水は完全に真水で、味も良くて塩気もなかったから、船の上でさまざまな用途に使われた。六月二十八日、北緯七十八度地点で、わたしたちはグリーンランドに到達した。そこでは太陽が沈まないことには驚いた。いまや気候はきわめて寒いものとなった。船は北東方向に進んだ。それがわたしたちの針路だった。すると奇妙な氷の山がいくつもそびえ立っているのが目に入ってきた。また、多くの巨大な鯨も現れた。鯨はよく船に近づいてきて、水を空中高く吹き上げた。ある朝には船の周囲に大量のセイウチがいて、まるで陸の馬のようにいないていた。*6 わたしたちは、何頭か捕獲しようとセイウチの群れに銛を打ち込んでみたが、一頭も捕まえられなかった。三十日にはグリーンランドの船の船長がわたしたちの船にやって来て、氷のなかで船を三隻失った話をしてくれた。にもかかわらず、わたしたちはあらかじめ計画どおりの針路をさらに進んだ。そしてとうとう七月十一日、巨大な氷山の固まりに行く手を妨げられてしまった。船はその氷山を東から西に十度以上迂回して進んだ。船は二十七日の時点で、北緯八十・三七度、ロンドンから東経十九度か二十度の位置まで来ていた。七月二十九日と三十日には水平線の向こうまでつづく氷の平原を目の前にして、わたしたちの船は八ヤード十一インチの厚さの氷に前進を阻まれた。天気はおおむね晴天で、つねに日の光が差していた。そのおかげでわたしたちは元気だったし、この壮大で途方もない驚異の光景をもの珍しく見ることができた。日光を氷が反射して、雲がとても美しく、そのもの珍しさをいや増してくれた。このとき、わたしたちはたくさんいろいろな動物を狩った。なかでも熊は九頭も捕らえた。熊の胃のなかには水しかなかったが、どの熊もとても肉付きがよかった。わたしたちはときには鳥の羽根や皮を燃やすなどして熊を船におびき寄せた。熊の肉はあまり質のよいものではなかったけれども、船の仲間のなかにはとてもそれが好きな者もいた。船員の誰かがボートからセイウチを撃って傷を負わせたことがあったが、そのセイウチはすぐに水中に潜ってしまった。セイウチはすぐに大勢の仲間を連れて戻ってきて一斉にボートを攻撃してきた。セイウチたちは何とかしてボートを壊すなり転覆させるなりしようとした。しかし、カーカス号から駆けつけてきていたボートが加勢してくれた。そしてそのボートに乗っていた男の一人がオール一本で格闘した結果、セイウチたちを追い払うことができた。彼らのボートも前に同じような攻撃を受けたが幸い無傷だったそうだ。わたしたちは何頭かセイウチに傷を負わせることはできたけれど、捕まえることができたのはたった一頭だけだった。こうしてこのあたりにとどまっていると、八月一日には周囲の海から薄い氷ができはじめて、わたしたちの船は二隻とも氷に閉ざされてしまった。これでわたしたちの置かれた状況はとても恐ろしいただならぬものとなった。七日目になると、船が氷に押しつぶされて粉々になることが非常に心配される事態に陥っていた。士官たちは集まって、わたしたちが生き延びるためには何が最良の方法か話し合った。そして、海水域まで氷に沿ってボートを引っぱっていって脱出を試みることに決まった。しかし氷の張っていない海は誰もが考える以上に遠い。この決定を聞いて、わたしたちは失意のどん底に陥り、絶望のためにうろたえた。もうわたしたちが生きて脱出する見込みはほとんどなかった。それでもわたしたちは、船のまわりの氷をのこぎりで切って、船が氷で傷められるのを防ぐと同時に、船が二隻とも氷のなかの池に浮かぶ状態に保った。それからわたしたちはできるかぎり海に向かってボートを引きはじめた。二、三日がんばってみてもたいして進むことはできなかった。そのためなかにはまったく心が折れてしまう者も出てきた。自分たちを取り囲む惨状を見て、わたしも本当に絶望しはじめた。この厳しい作業をしているあいだに一度、わたしは薄い氷のなかに作っていた池に落ちて溺れそうになった。神のはからいによって近くにいた人がすぐに助けてくれたので溺れなくてすんだ。悲惨な状況にあって、わたしたちは氷に囲まれて死んでしまう不安にずっとつきまとわれていた。だからわたしは、次第にそれまで考えたこともないほど永遠というものについて考えるようになった。死の恐怖が刻々と迫っているなかで天啓を授かっていない状態のまま、死という冷酷な恐怖の王[*7]に会うことになるのかと思ってわたしは震え上がった。またたとえ天啓を受けて死ぬことができても、幸福なる来世というものもきわめて疑わしいと思っていた。これ以上生きていられるという望みはなかった。船を離れてしまえば、氷の上で長いあいだ生存できるとは思っていなかったからだ。その船もボートから数マイル向こうにあって、視界から消えていた。わたしたちは見るからにみじめな様子になっていた。みんな青白い表情に落胆の色が刻まれていた。多くの連中が以前は冒瀆的なことを口走っていたのに、この苦境にあっては天の善なる神に救いを求めはじめた。そしてまさにこのまったくの難局において、神はわたしたちの声を聞き入れ、望みのない人の力ではどうしようもない状態からわたしたちを救い出してくださったのである！　それは船が動けなくなって十一日目、ボートを引っ張りはじめて四日目のことだった。風向きが東北東に変わったのだ。すると気候はとたんに穏やかになって、南西の方角に向かって海までの氷が溶けはじめた。これを見て多くの者が船に戻った。すぐに見つけられるかぎり氷が張っていない海面を見つけ、その方向に全力で船を進めた。帆をいっぱいに張って動力とした。脱出が成功しそうな見込みが出てくると、わたしたちはボートを引っぱるために氷の上に残っていた人たちに合図を送った。わたしたちにとってこれは死刑執行が猶予されたようなものだった。最初にどちらかの船に戻ることのできた者も、最初のボートを迎えることのできた者も嬉しかっただろう。わたしたちはこのようにして進んで、ついにふたたび氷の張っていない海に出た。およそ三十時間かかったがわたしたちは無上の喜びで心から嬉しく思った。危険を脱するとわたしたちはすぐに錨を下ろし、船の修復に取りかかった。そしてようやく八月十九日、わたしたちはこの無人の世界の最果てから出帆した。この地では荒れ果てた気候のため食べ物も住む場所もない。不毛な岩のあいだにはいかなる木も茂みも育たない。あるのはただ氷の荒涼とした広大な荒野だけだ。それは、一年のうちの六か月のあいだ太陽の光が当たりつづけても、光も通さず溶けもしない。南に進むにつれてやっと太陽が傾き、一日の昼の長さも短くなっていった。二十八日目、北緯七十三度の地点では、夜の十時には暗くなった。九月十日には北緯五十八度から五十九度のところで船は猛烈な強風と高波に出くわし、十時間にわたって大量の水をかぶった。そのためわたしたちはみんなで一生懸命になってポンプで水をくみ出した。それまでに出会ったことのないほど強力な大波の一撃を受けたときには、船がしばらく水中に沈んでしまって、もうそのまま沈没するのではないかと思ったほどだった。帆のすその円材《ブーム》から二隻のボートが、甲板の上の敷台《チョック》からはいちばん大きなボートが押し流されてしまった。

そのほかにも甲板の上にあった動かせるものはすべて波が洗い流した。そのなかにはグリーンランドから持ち帰ったさまざまな非常に珍しい品物もたくさん含まれていた。また、船を軽くするために銃をいくつか海に捨てなければならなかった。同じとき帆柱がなくなって遭難しかかっている船を見かけたが、わたしたちには助けることはできなかった。カーカス号の姿も見失ってしまっていた。しかし二十六日にオーフォードネス*8あたりの陸地が見えたころ、その沖にいたカーカス号と合流した。そこからわたしたちはロンドンを目指し、三十日にデットフォードに到着した。こうして北極への旅は終わった。乗船していたわたしたちはみんなおおいに喜んだ。四か月にわたる航海のあいだ生命を危機にさらしながら、わたしたちは北極に向かっておよそ北緯八十一度、東経二十度の地点まで探検したのである。誰に聞いても、これはこれまでに挑戦したどんな探検家よりもずっと遠くまで行ったことになる。そしてそれによって、北極からインドへの航路を見つけるのは不可能だということを十分に証明したのだ。

第十章

アーヴィング博士のもとを離れ、トルコ行きの船に乗る——船に乗っているところを誘拐されて西インド諸島に送られた黒人男性の自由を取り戻そうと努力を尽くす——イエス・キリスト信仰への改宗について。

北極への旅を終えて、わたしはアーヴィング博士といっしょにロンドンに戻ってきた。そして、そのまましばらく博士のところにいた。そのあいだに自分がこれまで切り抜けてきたさまざまな危険な体験についてまじめに考えはじめた。とくにいちばん最近の航海で経験したことは、心に消えることなく刻印されていた。それは、神のおかげもあって、あとになってわたしに対する恩寵であることが分かった。これをきっかけにして、わたしは永遠というものについて深く考え、手遅れになる前にと心の底から主を探し求めた。わたしはとても嬉しかった。わたしをロンドンに導いてくださった神に心から感謝した。このロンドンという町で自己の魂の救済をとげよう、そうすることによって天国に行く資格を手に入れようと決心した。しかしその結果は、無知と罪のために盲目になった心だった。

その後、わたしは主人であり、海水を浄化する人である、アーヴィング博士のもとを離れ、ヘイマーケットのコヴェントリーコートに下宿した。この場所にいたときのわたしは、つねに悩み苦しみ、魂の救済のことを気にかけていた。そのためにはあらゆる手だてを用いた。そして、(自分自身の力で)第一級のキリスト教徒になろうと心に決めた。そのためにはあらゆる手だてを用いた。当時の知り合いのなかには、宗教や聖書の言葉についてわたしの頼みを聞き入れて、何か教えてくれそうな人は見つけられなかったので、とても落ち込んだ。どこに助けを求めればいいのかも分からなかった。それでも、まずは聖ジェイムズ教会そのほか、近所の教会に足繁く通ってみた。一日に二、三回、何週間にもわたって通った。でも結局、満足は得られなかった。何かが欠けていたが、それが手に入れられなかったのだ。教会に行くよりも、うちで聖書を読むほうが心に響く安心が得られるように思った。しかし、救われようと決心した以上、わたしはさらにほかの方法を追い求めたのであった。最初にクエーカーと呼ばれる人たちのところに行ってみた。彼らの集会は沈黙のなかでおこなわれた。しかし、わたしは相かわらず闇のなかだった。次にカトリックの教義を調べてみたが、少しも啓発されなかった。さらにユダヤ人にも頼ってみたが、何も役に立たなかった。来世についての恐怖が日々わたしの心を悩ませていたのに、どうすれば来るべき天罰から身を守れるのか分からなかったからだ。結局いろいろな宗派を見た結果、わたしが得た結論は、マタイ、マルコ、ルカ、ヨハネ、これら四人の福音書を読むことだった。これらに近いと感じられれば、どんな宗派にでも加わってやろうと思った。このようにして永遠の生へと導いてくれる案内人もないまま、のろのろとわたしは歩み続けた。いろいろな人に天国への行き方を尋ねても、みんな答えが違うのでわたしはずいぶんうろたえた。そのときわたし以上の正しき者、すなわちわたしほど信仰に心を向けている者は一人も見当たらなかった。わたしの考えでは、われわれ全員が救われるわけではないし(これは聖書に書いてあるとおり)、全員が地獄に落ちるわけでもない。わたしの知り合いのなかには十戒を尊んでいる者は誰もいなかった。一方、自分から見ても正しき者だったわたしは、十戒のうち八箇条を守っているということを考えても彼らの大半をしのいでいると確信していた。彼らは自分をキリスト教徒と称してはいるが、道徳的にはトルコ人ほどにも正直でも善良でもなかったのである。わが隣人たちに比べれば、トルコ人のほうがもっと確実に救われると本気で考えていた。そんなわけで、わたしはその後も望みと恐れの中間にいた。もっぱらの楽しみと言えば、ちょうどそのころ練習していたフレンチホルンだった。また、理髪業も続けていた。こんなふうにして、当地の人々の多くがいかに偽りに満ちているかを身をもって味わいながら数か月を過ごした。そして結局わたしは、トルコに行って、そこで生涯を終えようと決心した。一七七四年の早春のことだ。わたしは雇ってくれる人を探した。そして、ジョン・ヒューズという人を見つけた。アングリカニア号という船の船長で、その船はテムズ川で装備を調え、トルコのスミルナに向けて出航するところだった。わたしは司厨員《スチュワード》として乗船することになった。このときわたしは、いっしょにジョン・アニスというとても賢い黒人の男をコックにどうかと船長に推薦した。この男は二か月近く船上でコックとして働いた。彼はもともと長年にわたってセントキッツ島の紳士ウィリアム・カークパトリック氏のところにいたのだが、許可をもらってそこを離れた。にもかかわらず、このカークパトリック氏はそのあとあれこれ策略をめぐらして、このかわいそうな男を取り戻そうとしていた。彼はセントキッツ行き商船の船長に頼んで何度もアニスを罠にかけようとした。こうした誘拐計画がすべて失敗に終わると、カークパトリック氏はみずから二隻の艀《はしけ》に六人の男を乗せて、ユニオン桟橋のわたしたちの船にやってきた。四月四日のイースター・マンディのことだった。彼は目当ての男が船にいるのを発見すると、縛り上げてむりやり船から連れ去っていった。それはほかの船員や一等航海士の目の前で起こった。この航海士は、連中がやって来るという情報を得てからアニスを引き留めていたのだ。だからこれはすべて仕組まれたことだったのだと思う。そうだとしたら、まったく恥さらしな航海士である。船長にしても、船の乗組員の大半がその虐げられてきた男に船に残ってもらいたいと思い、自分の下で働いてきたその男がこの非道な行為を受けたのに、彼を取り戻すために何の援助もしてくれなかった。彼の身柄を引き取るためには五ポンドほど必要だったが、船長は一銭も払ってくれなかったのだ。友人の自由を取り返せるのはわたしだけだった。わたしは自由が奪われるということがどんなものなのか身をもって知っていたからだ。わたしはすぐにグレイヴゼンドに行って、彼が乗せられている船の情報を手に入れた。しかし不運なことに、その船は彼を乗せるや最初の潮目に乗って出航してしまっていた。そこですぐにわたしはカークパトリック氏を逮捕してもらおうと考えた。彼はスコットランドへ出発するところだった。わたしは彼の出頭令状を取って、執行吏をともなって彼の住むセントポールズ・チャーチヤードに向かった。彼はこうした事態を警戒して見張りを立てていた。顔が知られていたわたしはやむを得ず変装した。わたしだと分からないように顔を白く塗ったのだが、これはうまくいって、わたしだとは気づかれなかった。彼はその夜は屋敷から外に出なかった。彼が自分の替え玉を用意していることもあったので、翌朝、わたしは入念に作戦を練って執行吏に指示を与えた。これが功を奏した。執行吏は屋敷に立ち入り、カークパトリック氏を令状に従って裁判官の前に出頭させたのである。しかし、その場で彼は身柄勾留の回避を申し立てて保釈が認められた。わたしはすぐに著名な博愛主義者のグランヴィル・シャープ氏[*1]を訪ねた。彼はこの上なく親切にわたしの話を聞き、こうした事態に必要なあらゆる手段を教えてくれた。わたしはこれで不幸なアニスの自由を取り戻すことができるという大きな希望を持って、その親切に精いっぱいの感謝の念を抱きながら、シャープ氏のところから帰ってきた。ああ、それなのに、わたしは弁護士に裏切られてしまったのだ！ わたしの金を受け取り、わたしが何か月も働いた金を奪っておきながら、彼は少しも裁判で役に立たなかった。セントキッツに送り返されたあわれなアニスは、まず慣例に従って両手首と両足首をひもで結ばれた四本の杭で地面に貼り付けられ、無残にも切りつけられ鞭打たれた。それから残酷にも首まわりに鉄の重しをつけられた。彼はこうした境遇にあっても、わたしにとても感動的な手紙を二通送ってくれた。わたしはどんな危険を冒してでも彼のあとを追おうとしたが、悲しいことにそれもかなわなかった。いまはロンドンにいる、あるとても身分の高い人物から話を聞いた。セントキッツでアニスを見たというこの人物の話では、情け深い死によって暴君の手から解放されるまで彼は同じ囚われの状態でいたということである。この不愉快な事件に関わっているあいだ、わたしは強烈に自分の罪を意識し、自分は誰よりも不幸だと思った。心はわけも分からず乱れた。しばしば死を願ったりもしたが、同時に、死という厳粛な召喚を受けるには準備がまったくできていないのも確かだった。アニスの件では悪人たちにおおいに苦しめられたし、自分の魂の状態についてもたいそう不安だった。これら(とくに後者)の理由でわたしはとても落ち込んだ。自分自身が自分の重荷になった。まわりのすべてが虚しいばかりでうつろに見え、かき乱された良心にとっては何の慰めにもならなかった。わたしはふたたびトルコに行こうと決心した。今度こそ二度とイングランドには戻るまいと心に決めた。わたしは司厨員《ステュワード》としてあるトルコ人(ウェスター・ホール号のリナ船長)の船に乗る約束をしたが、前の船の船長だったヒューズ氏やその他の人たちの妨害で阻止された。こうしたすべてのことがわたしに逆風のように見えた。そのころの唯一の慰めといえば聖書を読むことだった。そこで出会ったこの一節、「太陽の下、新しいものは何ひとつない」。この「伝道の書」[「コヘレトの言葉」第一章九節の言葉こそ、わたしが従うべきものとして定められたものだった。というわけで、わたしのそれからの歩みは愚鈍で、全能なる神に対して、とくにその仕打ちに対して不平を言うこともしばしばあった。考えるだけでも恐ろしい! わたしは神を冒瀆するような言葉を口にし、人間以外の何かになりたいとすら願ったりしたのだ。このような激しい葛藤のさなか、主は畏れ多くも「人が横たわって眠り、深い眠りに包まれたとき、夜の幻」によって答えてくださった(「ヨブ記」第三十三章十五節)。主は慈悲深くも、審判の日の光景、「汚れた者、堕落した者は神の王国に入ることはできない」偉大にして恐ろしい光景(「エフェソの信徒への手紙」第五章五節[*2])をわたしに見させ、多少なりとも理解させようとしてくださったのである。わたしはできるものなら、地上でもっとも卑しい虫にでも変身して、山と岩に向かって「わたしの上に覆いかぶさってくれ」(「ヨハネの黙示録」第六章十六節)[*3]と叫びたいところだったが、まったくできなかった。そこでわたしは、激しい苦しみにもだえながら神聖なる創造主に願った。ほんの少し時間をください、自分の愚かな行為と下劣な不正の数々を悔い改めるために、と。すると主は、大いなる慈悲によって願いを聞き入れてくださった。わたしは眠りから覚めたとき、神の慈悲を受けているという感覚があまりにも強く感じられたので、そのあいだしばらく身体にまったく力が入らず、ぐったりとしていた。これが、わたしが感じることのできた初めての霊的な慈悲であった。力が戻ってきて、ベッドから出て服を着るとすぐ、わたしは姿勢を正して心の奥底から天に呼びかけた。そして、神の神聖な名を汚すようなことを口にしたら二度とわたしを許さないでほしいと熱心にお願いした。主は我慢強く、わたしたちのような卑しい謀反人に対しても哀れみの情を持ってくださるので、呼びかけにも耳を貸し、それに応えてくださったのだ。わたしはまったく不信心であると感じた。せっかく授けてもらった能力をどれほど悪用してきたのかはっきり分かった。それは神をたたえるために与えられたものなのだ。だからわたしは、いまこそその能力が必要だと思った。それを悪用して地獄の火に投げ込まれるのではなく、永遠の生命を得たかったのだ。もしわたしの知らないもっと信心深い人がいたら、主よ、その人たちを指し示し、そちらに導いてくださいと祈った。わたしはこれ以上望めないほど主を愛し、よく仕えているのですと、人の心をきわめる神に訴えた。これだけのことをしたにもかかわらず、信仰心のある読者なら容易に気づくだろうが、わたしは依然として造化の暗闇のなかにいた。結局、神のこの上ない神聖な名前が冒瀆されるような屋敷に下宿していることがいけないのだと思った。そのとき、「彼らが呼びかけるより先に、わたしは答え、まだ語りかけている間に、聞き届ける」[*4]という神の言葉が正しいことが分かった。

わたしの強い願いは一日中うちにいて聖書を読んでいることだった。しかし、静かに一人になれる好都合な場所がなかったので、堕落した者たちのなかで暮らすのはやめて、その日のうちに下宿を出ることにした。そしてその同じ日、外を歩いていると、神がわたしをある家に導いてくれたのである。そこには年老いた船乗りが住んでいた。彼は豊かな神の愛が心に溢れ出る体験をしていた。彼はわたしと話をはじめた。主を愛することを願っていたわたしにとって、彼の話はとても嬉しいものだった。実際、信仰する者たちへのキリストの愛があんなやり方で、あれほどはっきりした見方で説明されるのを耳にしたことはなかった。そこでわたしは、その船乗りが質問に付き合っていられる時間をすぎていたが、さらに質問を続けた。この忘れがたいとき、非国教派の牧師がやって来て、わたしたちの会話に加わった。彼はわたしにいくつか質問した。とりわけ福音が説かれるのを聞いたのはどこでだったか尋ねられた。福音を聞くというのがどういうことなのか、わたしには分からなかった。福音を読んだことはあるとわたしは答えた。また、わたしがどこの教会に行っているのか、というより、そもそも教会に行っているのか、行っていないのか、とも尋ねられた。それに対してわたしはこう答えた。「聖ジェイムズ教会、聖マーティン教会、それから聖アン教会に通っています、ソーホーの」――「ならば、あなたは国教徒なのですね?」と彼が言った。そのとおりだとわたしは答えた。すると彼は、その夜彼のチャペルで開かれる愛餐会《ラヴ・フィースト》にわたしを招待してくれた。わたしはその招待に応じ、礼を言った。そのあとすぐに彼は立ち去った。それからさらにしばらく老キリスト教徒と語らった。彼からためになる本をいくつか教えてもらえて、とても嬉しかった。そして別れ際に、その夜の会に行くことを忘れないようにと言われたので、わたしは絶対に行くと答えた。こうして別れたあとも、わたしは二人の男性と交わした神聖な会話について思い巡らした。彼らと話したことが、そのとき重く沈んでいたわたしの心を、その数か月間に出会った何ものにも増して元気づけてくれた。それにしても晩餐会の予定されている時間までが長く感じられた。わたしは二人の仲間の人たちに会えることにもおおいに期待していた。彼らと交流できると思うとたいそう嬉しかった。わたしのような見ず知らずの者を祝宴《フィースト》に招待してくれるなんて、とても優しい人だと思った。ただ、祝宴をチャペルで開くとは何とも変わっている！　待ちに待った時間が来て、わたしは出かけていった。幸いにもあの老人がもう来ていて、わたしを親切に席に案内してくれた。彼もその教会の信徒だったのだ。わたしがとても驚いたのは、その場にはすでにぎっしりと人がいて、しかも飲んだり食べたりする気配がまったくなかったことである。その場には牧師が何人も同席していた。まず最初に人々は賛美歌を歌いはじめ、歌のあいだに牧師たちが礼拝をおこなった。わたしには目にしているものをどう理解すればいいのか分からなかった。このような場面はそれまで一度も見たことがなかった。それから、招かれた客の何人かが自分の体験を語りはじめた。そこで語られた体験はわたしが聖書で読んだことと合っていた。すなわち、どの語り手からも神の摂理について、また彼らそれぞれに施された神の語り得ぬ慈悲について多くのことが述べられたのである。このことはわたしもかなり知っていたので、心から彼らに同意できた。しかし未来の状態について語るところで、彼ら皆が神に選ばれて召されることを確信しているように思われた。また、誰も自分たちをキリストの愛から切り離すことはできない、つまり、キリストの手から自分たちをもぎ取ることはできないと誰もが考えているようだった。これにはまったくびっくり仰天した。ほめたたえたい気持ちの入り交じった驚きだった。あまりにも驚いて、そこに集まっている人たちがどういう人たちなのか分からなくなった。わたしの心は魅了され、彼らがますます好きになった。わたしは彼らのように幸福になりたいと願った。彼らが「悪い者の支配下にある」世界（「ヨハネの手紙（一）」第五章十九節）とは異なった世界にいるということに心から納得させられた。彼らの使う言葉と歌などは本当によく調和していた。わたしは完全に圧倒され、彼らのように生きて死にたいと思った。最後に、何人かの人たちがいくつかのバスケットにパンをいっぱい入れて持ってきて、みんなに配った。それぞれの人は隣に座っている人と言葉を交わし、マグに入った水をすすった。そして、そのマグをその場にいる全員に回していった。このようなキリスト教徒の集まりを、わたしは見たことがなかったし、この世で見られるとは思ってもみなかった。それは、聖書で読んだ初期キリスト教徒、互いに愛し合い、パンを割って、別の家と家とでもそれを分け合った、彼らの様子をわたしに思い起こさせた。この集会（およそ四時間続いた）は歌と祈りで締めくくられた。以上が初めて出席した魂のための祝宴であった。それまでの二十四時間でわたしが見せられたものは、霊的なものとつかの間のもの、眠っているものと目覚めているもの、審判と慈悲などであった。わたしは盲目で冒瀆的な罪人を、正しき者ですら知らない道に導いてくださった神の善意をたたえることしかできなかった。そして審判を下すのではなく、慈悲を示し、すべての帰ってきた放蕩者の祈りと懇願を聞き入れ、それに応えようとしてくださったのだ。

おお！　恩寵にどれほど多くを負うことに
一日ごと、わたしはなっていくことだろうか。*5

このあとわたしは、できることならば天国にたどり着こうと決心した。死ぬとしたら、イエスの足もとで救いを求めて祈りながらであるべきだと思った。神を恐れる者たちに訪れる幸福をいくらか目の当たりにした今となっては、神の名前がいつも冒瀆されているような下宿にどうやって帰るのが正しいのか、わたしには分からなかった。神の名を冒瀆することは最高に恐ろしいことに感じられた。どうするべきか決めかねて、しばらく思案した。どこか別のところにねぐらを借りるか、それとも下宿にまた帰るか。結局、悪い噂が立つことが心配だったので、カード・ゲームや悪ふざけなどに別れを告げるつもりで下宿に戻った。わたしにとって、現世はとても短いが、来世は長く、とても近いものだった。真夜中、すなわち、生きているもの、死んでいるもの、あらゆるものに対する審判が下されるとき、お召しを受ける準備が整っているのは、神に祝福された者だけだとわたしは考えていたのである。

翌日、わたしは勇気を奮い起こしてホルボーンに行き、知り合ったばかりの尊敬すべき老人、C氏という人物を訪ねた。彼は、彼の妻である感じのよい女性といっしょに絹を織る仕事をしていた。どちらも幸せそうに見えた。二人はわたしに会えて嬉しいと言ってくれたが、それ以上にわたしのほうが彼らに会えて嬉しかった。わたしは腰を下ろして、彼らと魂の問題、そのほかのことについておおいに語り合った。彼らの話はとても楽しく、ためになったし心地よいものだった。時間が遅くなるまで話し込み、どうやってこの感じのよい夫婦と別れて帰ればいいのか分からないほどだった。帰り際、二人はわたしに『インディアンの改宗』[*6]というタイトルの小さな本を貸してくれた。この本は問答形式で書かれていた。あわれな男が海の向こうからロンドンへやって来る。キリスト教の神について問うことが目的である。そして(豊かな慈悲を通じて)彼はキリスト教の神を見いだして旅は報われる。この本は非常に有益で、その時点でわたしの信仰を正す手段となった。別れるときに夫婦は、好きなときに訪ねてきてもよいと言ってくれた。このことがわたしには嬉しかったので、できるかぎりみずからを向上させようと気を配った。このような交流を与えてやる気にさせてくれたことを神に感謝した。わたしが心の内に感じていた多くの悪が消え去り、これまで現世の欲によって知り合った者たちから離れさせてくれるよう祈った。この祈りはただちに聞き入れられ、すぐにわたしは聖書が地上における優れた者と呼ぶ人たちと結びつけられたのである。わたしは福音が説かれるのを聞いた。そして説教師によってわたしの心の思いと行動とが開け放たれ、キリストによる救済の道のみが説明された。このようにしてわたしは二か月近く幸せに過ごした。この時期にグリーン氏という牧師から、天の栄光へと上ることを完全に確信してこの世の生を終えた男の話を聞いたことがある。わたしはその確信を知ってひどく驚き、どのようにその人がそれを会得するに至ったのかじっくりと尋ねてみた。わたしは真理のお告げである聖書で読んだとおりの返答をもらった。また、死ぬまでにキリストの血を通して新たな誕生を経験し、罪の赦しを得ないかぎり、天の王国へは行けないとも言われた。十戒のうち八つを守っていると思っていたわたしは、この話をどう考えたらよいのか分からなかった。尊敬すべきグリーン氏の解説によると、それではわたしは新たな誕生と罪の赦しは得られないし、天の王国へは行けないとのことであった。彼は、一つも違反せずに十戒を守ることのできる者は誰もいないと付け加えて言った。わたしにはこれはとても奇妙に思われ、何週間にもわたっておおいに悩まされた。それはとても厳しい言葉だと思われたのだ。そこで、教会で働いている友人のL――d氏に、十戒では救われないのだとしたら、なぜ神はそれをわたしたちに与えるのか尋ねてみた。それに対して彼は次のように答えた。「戒律とは、わたしたちをキリストのもとへと運ぶ教師のようなものです」そして、十戒を本当に守ることがおできになるのはキリストだけであり、生きた信仰を与えられた者に対してですら、選ばれた者としての条件をすべて満たしてくださるのはキリストだけである。そうした選ばれた者たちの罪は生きているあいだにすでに贖われ、赦されている。[1] だからもしわたしが死ぬ前にキリストによる贖いと赦しを体験できなければ、その大事な日に主は「行け、なんじ呪われた者」などと言ってわたしに呼びかけられるだろう。なぜなら、邪悪な者に対して下す審判などについても、この世が存在する前から慈悲を受けることを運命づけられた者に慈悲を示されることについても、信頼できるのは神だけだから。よって、イエス・キリストこそがあの〈天の栄光へと上ることを完全に確信してこの世の生を終えた〕男の魂にとってのすべてなのだと考えられたのだ。わたしはこの話を聞いて大きな疑問を感じ、予想もしなかったジレンマに陥ってしまった。もしあなたがこの瞬間に死ぬとしたら、あなたは神の王国に行けると確信しているのか、わたしは彼に尋ねた。さらに付け加えて聞いた。「あなたは自分の罪が赦されていると本当に思っているのですか?」そのとおりだと彼は答えた。そのときわたしは混乱と怒りと不満に捕らえられた。この種の教義に対するわたしの信念はぐらぐらと揺らいだ。救済は御業によるのか、それともキリストを信仰することのみによるのか、どちらなのか分からない立場に置かれたのである。わたしは、いつ自分の罪が赦されるのかをどのようにして知ることができるのか教えてほしいと彼に尋ねた。彼は、それは自分には教えられない、神だけがおできになることなのだと言った。それはとても不思議だとわたしは言った。彼は、事実はそうなのだと言うと、すぐにそれを示す聖書の章節をいくつも引用してみせた。これにはわたしも反論できなかった。すると彼は、神に祈って見せていただくのだと言った。わたしは、神には毎日のように祈っていると答えた。「あなたは国教徒なのですね」と彼は言った。そうですとわたしは答えた。ならば神にお願いして、自分が何者であるのか、そして、自分の魂が本当はどのような状態なのか見せていただきなさいと彼はわたしを促した。祈りの言葉はとても短くて奇妙なものだった。その場はこうして別れたのだが、わたしは彼に言われたことを何度も反芻した。この世にいながら罪が赦されたことを知ることが人間にとって可能なものなのか、わたしは考えあぐねた。わたしにも彼の場合とまったく同じものを見せていただきたいと神に願った。このあとすぐ、わたしはウェストミンスターのある教会に行った。故ペックウェル牧師[*7]が

「エレミア書」第三章三十九節について説いていた。素晴らしい説教だった。この世に生きている者はその罪が罰せられても不平を述べるいわれはないことを、彼ははっきりと示した。彼は、人の子たちに対する主の仕業の正当性を証明した。また、神が邪悪な悔い改めない者を永遠に罰することの義《ただ》しさが示された。この説教はわたしにとって、すべてを切り刻む両刃の刃のように思われた。大きな喜びがわたしにもたらされたが、それは魂に関する多くの恐れと入り交じったものだったのだ。おしまいには翌週の予定が発表された。聖卓につくことを許された者について詳しく論じられるとのことであった。わたしは自分のおこなったよい仕業の数々を思った。それと同時に、自分がはたして神の恩寵のしるしを受けるのにふさわしいのかどうか疑わしいとも思った。説教の日までわたしはこうした思いにふけっていた。翌週教会に行ったわたしは、まだ悩みながらもペックウェル牧師に話しかけた。もしわたしが正しくなければ、彼ならそのことをわたしに納得させてくれると思ったのだ。彼との話で彼が最初にわたしに尋ねたのは、わたしがキリストについて何を知っているのかということだった。わたしはキリストを信じており、彼の名の下に洗礼を受けたと答えた。「ならば」と彼は言った。「いつあなたは神を知ることになりましたか？　また、どのようにしてあなたは罪を確信したのですか？」わたしには彼が何の目的でこのような質問をするのか分からなかった。わたしは十戒のうち八つを守っているが、ときどき船の上で、またときには陸の上でも罰当たりな言葉を使うことがある。また、安息日を守っていないと答えた。そこで彼はわたしに字が読めるかと尋ねた。「読めます」とわたしは答えた。「ならば」と彼は言った。「聖書にはこう書いてあるのを読みませんでしたか？　一つの点でおちどがあるなら、すべての点について有罪となると*8」「はい」とわたしは言った。すると彼はこう言ってわたしを納得させた。贖われぬ罪は、たった一つであっても魂を地獄に落とすのに十分である。たった一か所水漏れしただけで船だって沈むのだから。このときわたしは畏敬の念に打たれた。牧師の言葉はわたしにとっておおいなる戒めであった。この世のはかなさと来世の永遠を、そして、生まれ変われない魂、あるいは不浄なものは、けっして天上の王国には入れないのだということをわたしは思い出した。

彼はわたしを聖餐《せいさん》を受ける者として認めてくれなかった。それでも彼はわたしに聖書を読み込み、その言葉に耳を傾けるよう勧めてくれた。そして、熱心に神に祈ることを忘れないこと。神はそこに神聖な誠を求める者の願いをきっと聞き入れられるからである。わたしは感謝の言葉を何度も言って、彼にいとまごいをした。わたしは、主に許されるかぎり牧師の忠告に従おうと決心した。この時期わたしは無職だった。自分に合う仕事も見つかりそうもなかった。そこでもう一度海に出ざるを得なかった。わたしは希望号《ザ・ホープ》という船に司厨員《ステュワード》として雇われた。リチャード・ストレンジを船長として、ロンドンからスペインのカディスに行くことになっていた。乗船してすぐに神の名前が冒瀆されるのを耳にして、わたしは恐ろしい罪に感染してしまうのではないかととても怖くなった。生と死を目の前にして、今度また罪を犯したら地獄に落ちるのは確実だと思っていたのだ。わたしはいつになく心から悔しい思いをしていた。神の摂理がわたしに施されますようにとつぶやいた。これまでしてきたおこないのせいで救われないという戒律に不満を感じた。あらゆることを憎んだ。自分は生まれてこなければよかったと思った。わたしはまったく混乱していて、死んでしまいたいと思った。ある日、船尾の端に立って海に飛び込んで死のうと思っていたとき、即座に聖書の次の一節が心にくっきりと浮かんだ。「すべての人殺しには永遠の命はとどまっていません」（「ヨハネの手紙（一）」第三章十五節）。それでわたしは思いとどまり、自分がこの世でもっとも不幸な者だと思った。しかし、ふたたびわたしは確信した。主はわたしがそれに値する以上に良くしてくださっていること、そして、わたしは多くの人たちよりも恵まれていることを。これ以後、わたしは死を恐れるようになった。わたしはいらだったり、嘆き悲しんだり、祈ったりしたので、しまいにはまわりの連中の厄介者になったのだが、実は自分で自分のことのほうをもっと厄介に感じていた。結局わたしは、神を恐れぬ連中に交じってふたたび海に出るよりも、陸で食いぶちを探すほうがいいと思うようになり、船長に三度にわたって解雇してくれと頼んでみた。船長はうんと言ってくれなかった。かわりにそのたびに船長からはいっしょに船に乗ろうと励まされ、乗組員のみんなからはとても丁寧に扱われるようになった。それでもわたしはまた海に出るのは気が進まなかった。そんなとき、わたしの宗教友だちの何人かが言ってくれた。いわく、それがわたしの天職である、それに従うのが義務である、神は場所に限定されるわけではない、などなど。とくに、この件に同情してくれたトットヒルフィールドの懲治監《ブライドウェル》の所長G・スミス氏[*9]は、「ヘブライ人への手紙」の第十一章を読み上げて説教をしてくれた。彼はわたしのためを思って、わたしのために祈ってくれたので、心の重荷はずいぶんと軽くなり、神の意志というものを心で感じることができるようになった。善良なるこの人物は、わたしに携帯用の聖書とアレンの『悔い改めぬ者への警告』[10]をプレゼントしてくれた。彼と別れた翌日、わたしは再度乗船した。わたしたちはスペインに向けて出航した。わたしは船長に気に入られた。九月四日にロンドンを出発して、快適な航海を経て同月二十三日にカディスに到着した。この地はとても景色がよく、とても豊かである。スペインのガリオン船がひんぱんに行き来する。わたしたちがいたときにも何隻か来ていた。わたしには聖書を読む時間がたっぷりあった。熱烈に祈って神と激しく格闘した。神は不幸な者の心のうめき声や深いため息を聞いてくださると、はっきりと聖書に書いてあったからである。このことが証明されたとき、わたしは驚くと同時に慰められた。それは次のようにして起こった。(注意して聞いてもらいたい)十月六日午前中からずっと、わたしは自分が何か超自然的なものを見るなり聞くなりするような予感がしていた。心のなかに何かが起こるようなひそかな衝動があった。▼2 そのためいっそうわたしは神の御座《みくら》へと駆り立てられていたのだ。ヤコブがしたように、神と格闘することをわたしにお許しになったのだと思った。そのとき突然の死が訪れて、わたしが死ぬのならば、キリストの足もとで死にたいと祈った。

同じ日の夜、わたしは「使徒言行録」第四章の十二節[11]を読んで瞑想していた。永遠というものについて厳粛に考えを巡らせていた。自分の過去のおこないを省みて、わたしは道徳的に人生を歩んできたのだから、神の恩寵を受けられると信じるだけの根拠はあると考えはじめた。しかし、さらにこの主題についてじっと考えても、救済とはときにはわたしたち自身の善行によって与えられることがあるのか、あるいは、ただ神の至上の恩賜としてのみ与えられるものなのか分からずにいた。――このように深く思いまどっていたとき、主が突然わたしの魂に天上の明るい光線を当ててくださったのである。するとたちどころに、いわばヴェールが取り払われ、暗い場所に明かりが差し込んだのである（「イザヤ書」第二十五章七節）[*12]。わたしは信じる者の目ではっきりと見た。カルヴァリの丘で十字架に磔り付けられ血を流している救世主の姿を。そのとき聖書の封印が解かれた。わたしには自分が法の前で判決を下された罪人だと思われた。法は強烈な勢いでわたしの良心の前に現れ、そして「掟が登場したとき、罪が生き返って、わたしは死にました」[*13]。主イエス・キリストが屈辱にさらされながら、わたしへの侮蔑とわたしの罪と恥辱を背負って耐えてくださっている姿が見えた。それからわたしははっきり目にしたのである。最初のアダムによって罪が現れ、第二のアダム（すなわち、主イエス・キリスト）によってすべての罪から救われた者が生かされるのを。そのときわたしは生まれ変わるとはどういうことなのか会得した（「ヨハネによる福音書」第三章五節）[*14]。わたしには「ローマの信徒への手紙」第八章の光景が目に見えた。神の定めた教義が証明され、永遠に果てしなく不変の目的にかなうものとなる。神の言葉がわたしの耳もとに甘美に響いた。蜂蜜や蜂の巣よりも甘く聞こえた。わたしの魂においては、キリストの姿が一万いる聖人のなかでも最高の一人として現れた。このような天国にいるかのように思われる時は、本当に死者に生命を与えるらしく、ヨハネが霊の兆しと呼ぶものであった[▼3]。この経験はまったく言葉では表せないものだったが、誰にも否定できないものでもあったと、現在でもわたしは固く信じている。神の摂理によってわたしの身に起こった出来事のおもだったもの、両親のもとから連れ去られた日からこの時までのそうした出来事のすべてが、わたしの目の前にあった。

まるでそのとき起こったばかりのことのようだった。わたしは神の見えざる手を感じた。それがわたしを導き、わたしを守ってくださったのだ。そのときにはそんなことを知りもしなかったのに、たとえわたしがそれを軽んじて顧みなくても、それでも主はわたしに付き添ってくださったのだ。こんな慈悲深さにわたしの心は溶けだした。自分の不運であわれな状態を思って泣いた。そして、自分がこの上ない無償の恩寵にどれほど多くのものを負っているのか痛感した。いまやエチオピア人はイエス・キリストによって救われようとしていたのである。*[15] 彼こそ罪人を引き受けてくださる唯一の人であり、救済のためには、彼以外のいかなる人にも物にもすがることはできないのだ。私欲は非難されるべきものであり、そこには何の善もない。わたしたちの意思も行為もすべて神の御業だからだ。ああ！　あの驚くべき時のことをいま語ることはできない——それは聖霊の歓喜だったのだ！　わたしはびっくりするような変化を感じた。罪の重荷も、ぱっくりと口を広げた地獄も、死の恐怖も、こうしたそれまでわたしに重くのしかかっていたものが恐ろしくなくなった。死がこの世で最良の友人のように思えたほどだ。めったに体験できないような悲しみと喜びだったと思う。わたしは涙を流しながら口に出して問いかけた。わたしは何者なのですか、神はわたしを下劣きわまる罪人と考えておられるのですか？　わたしは母親や友人たちのことがひどく心配になったので、改めて熱心に祈ってみた。そして心の奥底でわたしが目にしたのは、神も持たず、希望も持たず、とてもひどい状態のなかで過ごす、世界中のまだ異教の徒のまま悔い改めない人々だった。

神が祈りの心と願いへの恵みを降り注いでくださったので、わたしは大きな喜びの声を上げて、そのこの上なく神聖な名を称え賛美することができるようになった。わたしは船室から出て、何人かに主がしてくれたことを話したのだが、ああ！　誰がわたしの言うことを理解して、わたしの話を信じてくれようか！　自分自身に主の力が現れた者以外は誰も信じてくれない。キリストへの愛について語るわたしは彼らにとっては異邦人になってしまった。キリストの名はわたしにとっては降り注ぐ軟膏のようなもので、わたしの魂にとってはとても甘いものだったのだが、彼らにとっては妨げの岩[*16]だったのだ。わたしのような場合は珍しいと思っていたので、一日中早くロンドンに帰りたいと願っていた。一刻も早くわたしに対して神の愛が起こしてくださった奇跡について話すことのできる人のところに行きたかったのだ。そして、わたしの魂が愛し渇望していた神への祈りに加わりたかったのだ。わたしは内面でただならぬほど動揺していた。それはほとんどの人には分からないようなものだろう。[▼4]いまや聖書が唯一の友であり慰めだった。わたしは聖書をとても重んじた。それを自分で読むことができ、人の計略や意図に左右されたりしないですんでいることをおおいに神に感謝した。魂の価値を語ることはできない。――主よ、読者にこのことを分からせてください。聖書を開くたびにそこに新しいものが見つかり、すぐに数多くの言葉が大きな慰めをもたらしてくれた。わたしにとってそれは救済の言葉だった。確実なのは、その言葉を書いた霊がわたしの心を開き、イエスの言葉とそこにある真理を受け入れさせてくださること――そして、その霊のおかげで自分にとって貴重な約束を信じて行動でき、魂の救済を信じられるということであった。無償の恩寵によってわたしは第一の復活に立ち会い、「命の光」（「ヨブ記」第三十三章三十節）で照らされたのだ。わたしは神との交流を願った。わたしの魂はアミナディブの車のようだった(「雅歌」第六章十二節)。とりわけ以下の言葉が貴重な約束としておおいにわたしに当てはまった。「信じて祈るならば、求めるものは何でも得られる」(「マタイによる福音書」第二十一章二十二節)。「わたしは、平和をあなたがたに残し、わたしの平和を与える」(「ヨハネによる福音書」第十四章二十七節)。わたしにとって聖なる贖い主こそが命の源泉であり、救いの泉だった。ありとあらゆるものに彼の姿を感じることができた。彼ははかり知れない方法でわたしの前に姿を現わされ、ゆがんだ道をまっすぐにしていかれた。そしてわたしは、彼の名でエベネゼル[*17]を置いて、こう言った。いままで彼がわたしを助けてくださったのです。まわりにいる罪人たちよ、わたしにどんな救世主がついてくださっているか見てみなさい！　麗しい神格、三位一体の教えによって、わたしは聖書の真理をいっそう確信したのだ。不朽の真理のお告げ、この世に生きるあらゆるものが永遠にその言葉に必ず出会うのだ。「ほかのだれによっても、救いは得られません。わたしたちが救われるべき名は、イエス・キリスト、天下にこの名のほか、人間には与えられていないのです」と、「使徒言行録」第四章十二節にあるとおり。神よ、読者にこうした事実を正しく分からせてください！「信じる人には、すべてが可能なのです。だが、汚れている者、信じない者には、何一つ清いものはありません」(「テトスへの手紙」第一章十五節[*18])。

このとき、わたしたちは船の積み荷が終わるまでカディスに停泊していた。出航は十一月四日頃になった。順調に航海して、わたしたちは翌月にはロンドンに到着した。ほっとしてわたしは、神の豊かにして言葉で表せない慈悲に心から感謝した。

ロンドンに帰ってくるまでに、わたしには聖書のなかで一か所だけよく分からないところ、悪魔にもてあそばれているような気がするところがあった。「ローマの信徒への手紙」第十一章六節である。[*19] ロマイン氏という牧師がいて、たいそう聖書に詳しいとのことを耳にしたので、彼の説教が聞いてみたくなった。ある日、ブラックフライアーズの教会に行くと、とても嬉しくも驚いたことに、まさに上記の箇所について彼が説教してくれたのであった。彼は人間のおこないと神の選抜の違いをきわめて明確に示し、その選抜が神の絶対の意思と思し召しによると説いた。これはわたしにとっては福音であった。これですっかり自由になったわたしは、自分の罪は神の子のそれであると考え、有頂天で教会をあとにした。それからわたしはウェストミンスターにあるチャペルに行って、何人かの旧友に会った。彼らは、主からわたしにもたらされた素晴らしい変化に気づいて喜んだ。とくにG・スミス氏が喜んでくれた。この大切な知人は選りすぐられた心の持ち主で、とても熱心に神に仕えていた。彼との交友は一七八四年に彼が亡くなるまで続いた。わたしはこのチャペルでふたたび試され、彼らの教会の仲間として受け入れられた。わたしはあまりの嬉しさに気分が高揚し、心のなかで神の慈悲に向けて歌を奏でた。いまやわたしの望みは、解き放たれ、キリストとともにいることだけだった――ああ！　しかし、その望みがかなうには定められた時が来るまで待たなければならないのである。

雑詩編、

もしくは、真理を信じ、キリスト教信仰のはかり知れない恩恵を体験することの必要を最初に確信したときの心の状態に関する考察

わたしのこれまでの人生というのは
悲しみと苦痛の光景だったと言えよう。
小さなころからわたしは悲しみを知っていたし
大きくなると悲しみも大きくなった。

危険がいつもわたしの行く道にあり
そして天罰の、ときには死の恐れがあった。
青白い落胆が支配したときには
よくわたしは泣いた、ぎこちない悲しみで。

不正の残酷な一団によって
生まれた土地から連れ去られたとき
どれほど並はずれた恐怖が広がったことか!

ため息をもはや隠すこともできなかった。

心を和らげるために一生懸命だったし
心配を取り除こうとも努めた。
わたしは歌ったり、ため息をついたり――
罪の意識を罪で抑えつけようと努めた。

しかし、おお！　できることはすべてやっても
悲嘆の流れを止めることはできなかった。
依然としてわたしの下劣な罪は明白だった。
どれほど罪悪感は大きく――どれほど善は忘れられたことか。

「妨げられれば、死ぬこともできないし
確実な避難場所へ飛んでいくこともできない。
孤児の状態をわたしは嘆かなければならなかった――
すべてに見放され、あわれ一人取り残された」

わたしのうなだれた様子を見た者は
わたしの悲嘆に目をとめないわけにはいかなかった。
見ただけでは彼らには分からない
わたしが切り抜けてきた数々の困難は。

肉欲、怒り、冒瀆、そしてうぬぼれが
無数の同じような病とともに
「わたしの思考を悩ませた」一方、懐疑と恐れが
わたしの人生のほとんどを曇らせ暗くした。

「ため息をもうこれ以上抑えることはできない――
それは心の苦悩を呼吸しているのだ」
死を願いながらも、その言葉は押し殺し
わたしはしばしば主に祈った。

不幸、この世の誰よりも不幸だったので
わたしは生まれた土地のことを思った――

不思議な考えに圧倒された――わたしはこう返した
「なぜエチオピアで死ななかったのか?」と。
なぜ生かされたのか、地獄の近くまで来たのに!――
神のみぞ知る――わたしには分からなかったのだ!――
「ぐらつく垣根、傾く壁、それこそが
堕落してからのわたしだと思った」

しばしばわたしは黙想して、ほとんど絶望した
鳥たちの歌が空を満たしていたのに。
「とても幸せな歌い手たちよ、いつも自由な歌い手たちよ」
鳥たちはわたしと比べて何と恵まれていただろう!

すべてがわたしにどんどんと苦痛を与え
悲嘆はわたしに不平を漏らせと強いた。
黒色の雲が現れはじめたとき
わたしの心はその空よりも暗くなった。

英国から去らねばならなくなったとき
どれほどわたしの心は悲しみに押しつぶされたことか！
わたしは休みたいと願い──叫んだ。「主よ、助けてください！
いくらか罪を軽くしてください、主よ、何とか！」と。

しかし、落胆しながらも、さらにわたしは進んだ──
心をうずかせる悲嘆がわたしのなかに閉じ込められていた。
陸も、海も、慰めにはならなかったし
何もわたしの不安な心を楽にはしてくれなかった。

どんなに困難に疲れ果てても
神と自分以外には誰にも知られなかったので
何か月もわたしは平安を探し求め
何人もの敵に出会わねばならなかった。

危うさと悲しみと嘆きにも慣れ
危機と死と敵のまっただなかで鍛えられ

わたしは言った。「これからもこうなのか?
わたしに静寂は許されないのか?」

辛い運命、この上なく厳しい宿命!
わたしは神に祈った。「わたしを忘れないでください――
定められたものに耐える助けになってください。
それでも、おお! 絶望から救い出してください!」

努力も格闘もむなしく思えた。
痛みを和らげることは何もできなかった。
それでわたしは職務も意欲も捨てた。
わたしの運命は地獄行きだと自認したのだ!

法廷に立つどこかのあわれな囚人のように
罪深さを感じて、罪と恐怖を意識して
とがめられ、自己を非難して、わたしは立っていた。
「この世のなかで、自分の血のなかで、途方に暮れて!」

しかしこのとき、漆黒の雲に囲まれたまっただなかで
キリストから一筋の光が、昼間の星が、輝いた。
わたしは思った。もしそうしたければ
イエスはすぐにでもわたしの救済を認めてくださると。

わたしは彼の正しさについて無知だったので
そこに自分の労苦を並べ立てた。
「彼の血がなぜ流されたのかを忘れ
そして祈り、彼の代わりに食を絶った」

彼は罪人のために死なれたのだ――わたしもその一人。
彼の血はわたしを贖ってくださるのではないのか?
わたしは罪以外の何ものでもないが
それでも彼はわたしを清めてくださるのだ!

こうして光が現れ、わたしは信じた。
われを忘れ、助けを受けたのだ!

わたしの救世主を、そのときわたしは見つけたのが分かった
罪の意識は和らぎ、それ以上うめくことはなかったから。

おお、幸福な時間、そのなかでわたしは嘆くことをやめた。そのとき休息をみつけたから！

わたしの魂とキリストはいまや一体だった――

あなたの光は、おお、イエスよ、わたしのなかで輝いていたのだ！

あなたの名に祝福され、いまやわたしには分かった
わたしとわたしのおこないでは何もできないことが。

「人を贖うことのできるのは主のみ――

このために、罪のない羊が殺されたのだ！」

生け贄も、務めも、祈りも
無益で、無力なとき
「そのときにはわたしが行ってやろう！」と、救世主は叫ばれ
血を流しながら、頭を垂れ、そしてお亡くなりになった。

彼がお亡くなりになったのは、すべての人たち
みずからのなかにも、法によっても助けのない人たちのため。
これを見てきたわたしは、喜んで認める
「救いはキリストによってのみ得られるのだ！」と。[5]

第十一章

カディス行きの船に乗船する――難破しそうになる――マラガへ行く――当地の大聖堂のすばらしさ――カトリック司祭との論争――イングランドへの帰還の途中、十一人の不幸な人々を救出する――再度アーヴィング博士の仕事に関わりジャマイカとモスキート海岸へ同行する――船上でインディアンの王子に会う――福音の真理を彼に教授する――何人かの船員の悪い例に邪魔される――ジャマイカで購入した奴隷を連れてモスキート海岸に到着し、農園整備をはじめる――モスキート・インディアンの慣習について――暴動を鎮めるための工夫――インディアンの奇妙な余興がアーヴィング博士と著者に披露される。モスキート海岸を去ってジャマイカへ――船に雇われた男から残酷な扱いを受ける――脱出して、モスキートの総督のところに行き親切な扱いを受ける――別の船を見つけて乗船する――悪い待遇の例――アーヴィング博士との再会――ジャマイカへ――船長に騙される――博士と別れ、イングランドへ出航する。

ふたたびわたしたちの船［希望号《ザ・ホープ》］の出航準備が整うと、わたしは船長からもう一度乗船してほしいと頼まれた。しかしわたしはこの世で望めるかぎりの幸せを感じていたので、しばらくこの申し出を断っていた。それでも、結局友人の忠告に説得され、神の意思に完全に身をゆだねることにして、一七七五年三月わたしはふたたびカディスに向けて出航した。わたしたちはとても順調に航海して、とくに大きな事故もなくカディス湾の沖に到着した。ある日曜日のこと、港に入ろうとしたとき船が岩に激突して、竜骨《キール》のすぐ横の竜骨翼板《ガーボード・プランク》を破損してしまった。とたんに乗員全員が大混乱に陥って、大声で神の慈悲を乞いはじめた。わたしは泳げないし、死なずにすむ方法も分からなかったのだが、このときまったく怖くなかったし、生きたいとも思わなかった。それどころか、ここで死ねば栄光が訪れると考えて心から喜んだ。しかし、その時はなかなかやってこなかった。近くにいた連中は、わたしが落ち着いて覚悟を決めた様子でいるのを見て、とても驚いていた。わたしは彼らに神の平安について話して聞かせた。至上の恩寵を通してそれを享受していたのである。その瞬間、次のような詩句がわたしの心のなかにあった。

キリストがわたしの賢き水先案内人、わたしの羅針盤は彼の言葉、
わたしの魂は嵐をものともしない、このような主がいてくださるうちは。
わたしは彼の誠実さと力を信じている、
辛いときにもわたしを助けてくださると。

岩や深い流砂がわたしの行く道を阻むけれど、

その目でキリストはわたしを安全に導いてくださる。
このような支えがあって沈むことがあろうか?
この世のあらゆるものを支えてくださっているのだから。*1

このとき、海峡を渡るスペインの大型船舶が大勢の人を乗せて何隻も行き交っていた。彼らはわたしたちの船の状況に気づいて近くにやって来てくれた。使えるかぎりの人手で作業が開始された。何人かは船の三つあるポンプを受け持ち、残りは積み荷を大急ぎで降ろした。船が衝突したのはポーパスと呼ばれる岩たった一つだったので、そこからはすぐに逃れられた。そのとき幸運にも満潮だった。そこでわたしたちは船を岸の最も近いところに着けて、何とか沈没しないですんだ。船を修理するにはしばらく時間がかかったが、わたしたちは十分に注意して一生懸命に作業した。カディスでの仕事を片づけると、わたしたちはジブラルタルに向かい、そこから今度はマラガに行った。この町はとても快適で豊かな町で、わたしがこれまで見たなかでももっとも美しい大聖堂がある。聞いたところによると、すでに建てるのに五十年以上かかっているという。わたしが見たときにはまだ完全に工事は終わっていなかった。それでも内部の大部分は完成していて、贅沢な大理石の柱とたくさんのすばらしい絵画で飾られていた。そこはときおり驚くほどの数の大小の蠟燭で照らされた。蠟燭のなかには大人の腿ほどの太さのものもあった。ただ、これは大きな祝祭のときにしか使われないとのことだった。

わたしは、この町には牛いじめの習慣があることにショックを受けた。ここではほかにも日曜日の夜に広くおこなわれる娯楽がいくつかあったが、どれもキリスト教とモラルにとって恥ずべきものだと思った。わたしはこの町で出会った司祭に牛いじめが大嫌いだという話をよくした。この神父とわたしは宗教について何度も論争した。彼はわたしを何とかして彼の宗派に改宗させようとしたのだが、わたしのほうも負けずに彼を改宗させようとした。彼と会うときにはわたしは自分の聖書を持って行って、彼の教会がどの箇所で間違っているのかを指摘した。彼が言うには、自分はイングランドに行ったことがあって、あそこではみんなが聖書を読んでいたけれど、これはまったく間違っている。それに対してわたしはこう返した。キリストはわたしたちに聖書を詳しく読むことを求めている、と。彼はわたしを改宗させたいあまり、スペインの大学のどれかに行くことをわたしに勧めてきて、学費は払ってやるとまで言った。さらに、もしわたしが司祭になれば、いずれ法王にだってなれるだろうとも、また、法王ベネディクトは黒人だったのだとも言った。[*2] わたしはいつも学びたいと思っていたので、この誘惑についてしばらく考えた。(大学に行くことによって)ずる賢くなって、何か悪知恵を得られるかも知れない。しかし、彼の属する教会の見解に心から同意できるわけでもないのに、誘いに乗るのはただの偽善だとも考えはじめた。それで、「あの者どもの中から出て行くように」[*3]という神の言葉を思い出して、結局、このヴィンセント神父の申し出は断ることにした。というわけで、どちらも相手に改宗を納得させるに至ることなく、わたしたちは別れたのである。

マラガでは、とてもいいワインや果物など金になるものを仕入れて、わたしたちはカディスに向かった。カディスでさらに高く売れそうなものを二トンばかり積み込んで、六月になってイングランドへ出航した。北緯四十二度あたりで何日か向かい風が続き、船は六、七マイルですらまっすぐに進めなかった。これに船長がすごく怒って、悪口を言いつのった。船長が神の聖なる名前を冒瀆するのを耳にして、わたしは非常に残念に思った。ある日、彼がこのように機嫌を悪くしているときに、乗客のある若い紳士が彼の態度を批判してこう言った。船長のおこないは間違っている。わたしたちはすべてのことに関して神に感謝すべきだ。わたしたちに足りないものは何もないではないか。たしかに風は向かい風だが、風を受けていない者もいるかもしれないと思えば、これでも十分すぎるくらいだ。多少厚かましかったが、わたしはすぐにこの若い紳士に加勢して、こう言った。わたしたちが不平を漏らさなければならない理由など少しもない。主は、わたしたちがそれに値する以上に良くしてくださっている。主はすべてのことを良くしてくださった、と。船長はわたしが口を出したことに腹を立てると予想していたが、何も言わなかった。しかし、翌日の六月二十一日、とても喜ばしくも驚いたことに、わたしたちは恵み深い創造主の摂理の手による御業を目にすることになった。創造主が自分で作られた盲目のものたちをどう扱うかは、それが過ぎてから分かるものである。わたしは前の日の晩に夢で、右舷の大檣《メイン》の支索《シュラウド》から急いで一隻のボートが降ろされるのを見た。翌日のちょうど昼の一時半、わたしが下の船室で食事をしていたところ、船の舵を取っていた男が、ボートだ！　と叫んだ。その瞬間に昨夜の夢を思い出した。最初に甲板に飛び出したのはわたしだった。わたしが支索の先のほうを見ると、夢で見たとおり少し離れたところにかすかに小さなボートが見えた。しかし波が高かったので、そのボートをしっかりと確認するには多少時間がかかった。わたしたちは船の進みを止めて待った。すると、こちらに近づいてきたそのとても小さなボートには、悲惨な状態の十一人の男たちが乗っていた。わたしたちはただちに彼らをこちらの船に乗せた。彼らの様子からして、救出されなければあと一時間もしないうちに全員死んでいただろう。そのボートはとても小さかったので、彼らを乗せるだけで精いっぱいだった。船に引き上げたとき彼らはほとんど溺れかかっていた。彼らは、食料、羅針盤、水など、必要なものを何も持っておらず、ただ一本オールがあるだけで、あとは風まかせの状態だった。だから彼らにできるのは、幸運な波の来るのを信じることだけだったのである。わたしたちの船に乗るとすぐに彼らは、ひざまずいて頭を下げ、手と声を天に向かって高く上げて神に救出を感謝した。このとき、わたしも彼らの祈りに加わった。主のこの慈悲深さに心を動かされたわたしが思い出したのは、詩編の一〇七番の言葉である。それが真であることが証明されたのである。「恵み深い主に感謝せよ、慈しみはとこしえにと。飢え、渇き、魂は衰え果てた。苦難の中から主に助けを求めて叫ぶと、主は彼らを苦しみから救ってくださった。主に感謝せよ。主は慈しみ深く、人の子らに驚くべき御業を成し遂げられる。主は渇いた魂を飽かせ、飢えた魂を良いもので満たしてくださった」

「彼らは、闇と死の陰に座る者」

「苦難の中から主に助けを求めて叫ぶと、主は彼らの苦しみに助けを与えられた。彼らは、海に船を出し、大海を渡って商う者となった。彼らは深い淵で主の御業を、驚くべき御業を見た。知恵のある者は皆、これらのことを心に納め、主の慈しみに目を注ぐがよい」[*4]

気の毒なうちひしがれた船長が言った。「主に偽りはない。わたしは死ぬ準備が整っていないと思われて、悔い改める時間をくださったのだ」この言葉を聞いてわたしはとても嬉しかった。都合のよい機会を見つけて、わたしは彼に神の摂理について話した。彼らはポルトガル人で、穀物を積んだブリグ型帆船に乗っていたとのことだった。彼らの船は朝の五時に舵を切った拍子に、船員を二人乗せたまま沈没してしまった。彼ら十一人がどうやってボート（甲板に結びつけられていたのだ）に乗り込むことができたのか、誰一人として覚えていなかった。わたしたちは彼らに必要なものは何でも与え、無事ロンドンまで送り届けた。永遠の生のために彼らを悔い改めさせるよう、わたしは主に願った。

ロンドンに帰ると、わたしはまた友人や仲間たちに囲まれて幸せだった。十一月までそうしてすごした。ちょうどそのころ、旧知の友人である有名なアーヴィング博士が素晴らしいスループ帆船を購入した。およそ百五十トンあった。彼は新たな冒険に出ようとしていた。ジャマイカとモスキート海岸[*5]で農園を開拓しようというのである。わたしは博士からいっしょに来てくれと頼まれた。信頼して農園を任せるのに、わたしにまさる者はいないと言われた。友人たちからの助言も聞いて、わたしはこの申し出を受けることにした。あちらでは収穫物が十分に熟していることは知っていたので、わたしは神の下、あわれな罪人を愛すべき主人であるイエス・キリストのところに届ける道具の一つになりたいと願った。出発前、博士が四人のモスキート・インディアンといっしょにいるところを見た。彼らは故郷に帰れば酋長だったが、イングランド人の商人たちの利己的な目的のためにここに連れてこられたのである。彼らのなかの一人の十八歳くらいの若者はモスキートの王の息子だった。彼はロンドンにいるあいだにジョージという名前で洗礼を受けていた。彼らはおよそ十二か月イングランドに滞在したのち、政府の費用もちで故郷に帰る予定だった。このあいだに彼らはかなり上手に英語を話せるようになっていた。わたしが彼らと話したのは出発の八日ほど前だったが、彼らがここに来て以来あまり教会に行っていないことを知って残念に思った。しかも、洗礼を受けたといっても、徳の教えにまったく関心が払われていなかった。こんな偽物のキリスト教では残念きわまりないので、出発する前に機会を見つけて、一度わたしは彼らを教会へ連れて行った。そして、わたしたちは一七七五年十一月に出航した。デイヴィッド・ミラーを船長とするスループ帆船、モーニング・スター号に乗ってジャマイカを目指した。航海しているあいだ、わたしは一生懸命になってインディアンの王子にキリスト教の教義を教えた。彼はそれを全然知らなかったのだ。嬉しいことに、彼はたいへん熱心に聞いてくれた。そして彼は、主がわたしを通して伝えた真理の数々を喜んで受け入れた。わたしは彼に十一日かけて文字を全部教えた。彼は二、三個の文字をつなげたり、綴ったりすることができるようになった。わたしはフォックスの『殉教者列伝』[*6]の縮約版を持っていたのだが、彼はよくこの本をのぞき込んでは、そこに描かれているカトリック教徒の残虐行為についていくつも質問してくるので、わたしは彼に解説したのだった。このようにこの若者の、とくに宗教に関する進歩はめざましかった。わたしの寝る時間は毎日違っていたのだが、彼はベッドに入っていても、わたしといっしょに祈りたいがために、シャツ一枚しか着ていない格好で起き出してきた。船室で人に囲まれて食事をする前に、彼はまず最初にわたしのところに来て、彼が言うところの祈りを捧げようとした。こうした様子を見て、わたしはとても嬉しかった。彼はわたしの喜びだった。わたしは彼が改宗することを神に祈った。すると毎日のようにわたしが望むような変化が生じるのが見て取れたので、おおいに期待できた。しかしそのとき、サタンの魔の手が迫って来ているとは知らずにいたのであった。サタンは、わたしが良い種を植えるやいなや、使者をたくさん送って毒麦をまき、わたしが家を建てるやいなや、それを打ち倒したのである。そして、航海もそろそろ五分の四にさしかかったころ、とうとうサタンが優勢になった。彼の使者の何人かが、このあわれな異教徒が敬虔な心をいや増しているのを目にして、わたしのためにキリスト教に改宗したのかと彼に尋ねては、笑いものにする冗談を飛ばした。わたしはできるかぎり彼らを責め難じたのだが、このような扱いを受けた王子は二つの意見のあいだで迷って宙づり状態になってしまった。この正真正銘のベリアルの息子どもは来世を信じていなかったので、悪魔を恐れなくてもよい、そんなものは存在しないと王子に言った。さらに、もし王子の前に悪魔が現れるようなことがあったら、自分たちのほうに来てくれるよう頼んでくれ、とまで彼らは言ってのけた。こうしてかわいそうに、からかわれた純真な王子は、もはや本を開いて学ぼうとしなくなったのだ！　彼はこの神をも恐れぬ連中と酒を飲んで騒ぐことはなかったが、わたしといっしょに祈ることもなくなった。これがわたしにはとても悲しかった。できるかぎり懸命に説得しても、彼は来ようとはしなかった。なぜそんな振る舞いをするのか、わたしは彼にその理由を教えてほしいと何度も頼んだ。やっと口を開いた彼はわたしに尋ねた。「船に乗っている白人の男たちは、読むことも書くこともできるし、太陽を観測することもできるし、何でも知っているのに、どうしてあなた以外の人はみんな、罰当たりなことを言ったり、嘘をついたり、酒に酔っ払ったりするのですか?」わたしはこう答えた。その理由は彼らが神を恐れていないからで、たとえ彼らはこのまま死んでも、神のところへは行けないし、神とともにいられる幸福もない、と。すると彼はこう返した。もし地獄へ行く人が決まっているのなら、自分も地獄へ行くのでしょう! この言葉を聞いてわたしは残念に思った。そこで、彼はたまに歯が痛いと言っていたし、船にはほかに何人か歯痛持ちがいたので、彼らの歯が痛いからといってきみが安らかでいられるのか、と彼に尋ねた。いいえと彼は答えた。それに対してわたしは言った。もしきみとあの連中がいっしょに地獄へ行くのだとして、彼らがどんなに苦痛を感じたとしてもきみの苦痛が軽くなるわけではない、と。これはかなり効いたようで、彼はとても落ち込んだ。そしてこれ以降、航海が終わるまで彼は好んで一人でいるようになった。マルティニコの緯度に入り、もうすぐ島も見えてくるところまで来たとき、ある朝のこと、一陣の大風が吹いた。船は満帆を張っていたので、大檣《メインマスト》が一方に傾いてしまった。すると、そのとき甲板には大勢の人が出ていたのだが、帆桁《ヤード》、帆柱《マスト》、帆装《リギング》などがバラバラ落ちてきた。しかし誰もたいしたケガをしなかった。間一髪で死ぬところだった者も何人かいたのだが、とくにわたしが目にしたのは二人の男が神の摂理によって粉々にならずにすんだところだった。一月五日、わたしたちはアンティグアに到着し、それからモントセラトを経由して残りの島々を回った。そして十四日、ジャマイカに到着した。ジャマイカ滞在中のある日曜日、わたしはモスキートの王子ジョージを教会に連れ出して、聖餐式《サクラメント》が執りおこなわれるところを見せた。教会から外に出ると、いろいろな人たちが教会のドアからおよそ半マイル先の海岸線に至るまで陣取って、ありとあらゆる種類の品物を売買していた。この様子を見て驚いている若い王子に、彼らのおこないを題材にしてわたしはたくさん訓戒の言葉を述べることができた。モスキート海岸に向けて船の出航準備が整ったところで、博士とわたしはギニアから来た船まで赴いて、農園を耕作させるためいっしょに連れて行く奴隷を買い入れた。わたしはすべて自分の同郷人の奴隷を選んだ。そのうちの何人かはリビアから来た者だった。▼1 二月十二日にジャマイカを発って、十八日、わたしたちはモスキート海岸のドゥピュピーという場所に到着した。ここでインディアンの客人たちと別れることになった。わたしは彼らに戒めの言葉を贈り、博士は酒を何ケースか贈った。彼らは心のこもった別れの言葉を述べてから海岸に上陸していった。そこで彼らはモスキートの王と接見するのだ。しかしその後、わたしたちは彼らのうちの誰とも二度と会うことはなかった。それからわたしたちは海岸の南のほうにあるグラシアス・ア・ディオス岬という場所まで船を進めた。そこには巨大な潟湖《ラグーン》があった。とても美しい大きな川二、三本が注ぎ込んでおり、魚と陸亀がたくさんいた。ここで原住民のインディアンが何人か乗船してきた。わたしたちは彼らをもてなしよく迎えた。わたしたちは彼らの土地で暮らすためにやって来たのだと伝えると、彼らはとても喜んでいるように見えた。そこで博士とわたしは、ほかに何人か連れて、インディアンたちといっしょに上陸した。彼らはわたしたちにその土地のいろいろな場所を見せて、農園の候補地を選ばせてくれた。わたしたちは川岸近くの土壌の肥えた場所に決めた。さっそくスループ帆船から必要な道具を運んできて、まず森を切り開くことからはじめた。それから、成長の早いさまざまな種類の野菜を植えた。このような作業をしているあいだに、わたしたちの船は商売をするために北のブラック・リヴァーまで行っていた。しかし、そこにいるときにスペインの警備船に出くわして船を捕らわれてしまった。これはたいへんな損害で、わたしたちは非常に困った。それでもわたしたちは土地の耕作を続けた。毎晩わたしたちは住居の周囲でたき火をした。野生の猛獣が近づいてこないようにするためだった。暗くなるとすぐに、とても恐ろしい獣が吠える声が聞こえてきたのである。わたしたちの住居は森のなかにあったので、いろいろな動物を見ることができた。そのどれもが害のないものだったが、毒蛇だけは別だった。誰かが毒蛇にかまれると、博士は大急ぎでタンブラーに半分ほど強いラム酒を注ぎ、そこに大量の唐辛子を入れたものを飲ませて治した。この方法で彼は、原住民を二人、自分の奴隷を一人治療した。インディアンたちは博士が大好きだったが、それには十分に理由があったわけだ。それまで彼らのなかには博士ほど役に立つ人はいなかったのだと思う。彼らは至るところからわたしたちの住んでいるところにやって来た。わたしたちがいた川の五十マイルか六十マイル上流の太平洋側に住んでいる、ウルア族という頭を平らに整形したインディアンも何人かでわたしたちのところまで大量の銀を持ってきて、こちらの商品と交換していった。近隣のインディアンから手に入れることのできる主要な品物は、亀のオイル、貝殻、小さなイトラン、いくらかの食糧だった。しかし彼らは魚を捕ること以外、わたしたちのために働いてくれなかった。二、三回、家を建てるために木を伐採するのを手伝ってくれたことがある。彼らは、男も女も子供も協力するという、アフリカ人とまったく同じやり方で家を建てた。男のなかに妻を二人以上持っている者がいたかどうかは思い出せない。女性たちは、わたしたちの住居に来るときにはかならず夫といっしょだった。たいてい女性が何でもわたしたちのところまで運んでくれ、いつも夫のうしろであぐらをかいて座った。何か食べ物を与えたときには必ず夫と妻は別々に食べた。彼らが少しでも色欲にふけるような気配を感じたことはわたしには一度もなかった。女性はビーズの装飾品を着け、顔をペイントすることを好む。男性もペイントするが、もっと過剰に顔から衣装におよぶ。彼らの好きな色は赤である。一般に土地を耕すのは女性の仕事で、男性はみな魚を捕り、カヌーを作る。概して彼らほど質素に暮らし、家にもほとんど装飾品がないような民族に出会ったことはなかった。また、わたしが知ったかぎりでは、彼らには罵り言葉というものがなかった。彼らがけんかしているときに耳にしたもっとも悪い言葉は、英語からとられたもので、「このごろつきめ《ユー・ラスカル》」という言葉だった。わたしが見たところ、彼らには何かを崇拝するという習慣がなかった。それでも、だからといって彼らがヨーロッパ人に劣っていたということではない。残念ながら、わたしたちの住んでいたところだけでなく、モスキート海岸のいろいろなところで見かけた白人のうちで、あの教化されていないインディアンたちよりも善良で敬虔な者は一人もいなかった。ただ、日曜日には彼らも働くか、でなければ眠るかであった。悲しいことに、わたしたちには日曜日にもたっぷり仕事があった。日曜日ですらそうだったので、しばらくわたしたちにはまったく一日一日の区別がつかなかった。こうした暮らし方だったことが、結局わたしがそこから逃げ出すことになる大きな原因であった。原住民たちは体格がよく勇敢である。スペイン人に一度も征服されていないことが彼らの誇りだ。彼らは手に入れば強い酒を大量に飲む。豊富になっているパイナップルから、わたしたちはよくラム酒を蒸留して作ったものだが、そのころにはわたしたちのところでしかそれは作れなかった。彼らは正直さという点に関して、それまでわたしがいっしょに過ごしたことのある民族のなかでも、断然ぬきんでているように思えた。とても暑い国だったので、わたしたちは開け放った小屋で暮らしていて、そこにすべての持ち物を置いていた。ドアもなければ、鍵になるものもなかった。しかし、わたしたちはそこで眠っていても安全だったし、何かを盗られたり、荒らされたりしたことは一度としてなかった。これはたいへんな驚きだった。もしヨーロッパで同じようにして寝ようものなら、最初の晩に喉をかっ切られるだろう、と博士とだけでなく、ほかの人たちともよく話したものだ。インディアンの総督は、一定期間のうちに地域全体を見回る。そんなときには案内役やら補助役やら部下を大勢連れて歩くことになる。彼はここでは裁判官のようなもので、人々のあいだの争いごとをすべて調停するのが役目だ。それで彼はたいへんに尊敬されている。彼はわたしたちの居住地に来る前にわざわざ通知をよこした。彼の杖を送りつけてきて、それをラム酒、砂糖、火薬と交換しろというのである。わたしたちはこれを拒否するわけにはいかなかった。同時に、わたしたちは総督とその一行を受け入れるために最大限の準備をした。そして、総督が部下と近隣の酋長たちを連れてやって来た。わたしたちは厳粛な裁判官のようにお堅くて賢そうな人物が来ることを予想していた。しかし予想に反して、実際に彼とその一団が見えてくると、とても騒々しい声も聞こえてきた。さらに彼らは、わたしたちが送った酒を善良な近所のインディアンの何人かに飲ませて、酔っ払わせたところで彼らから金品を略奪するなどということまでしていたのだ。彼らが到着しても、わたしたちはこの客人たちをどう扱っていいのか分からなかった。できれば彼らのご臨席の光栄を得るなど辞退したいところだった。しかしながらほかにどうしようもなかったので、わたしたちは一日中、暗くなるまで彼らにたっぷりごちそうを振る舞うことになった。総督は泥酔して、まったく手に負えない状態になった。そして彼は、わたしたちがもっとも親しくしていた、いちばん近くに住んでいる酋長を殴りつけ、さらに金のレースで飾った帽子を彼から奪い取ってしまった。この瞬間、大騒動が起こった。博士が止めようと割って入った。わたしたちにはどちらの立場も理解できたが、無駄だった。彼らはさらに凶暴になったため、博士は巻き込まれるのを恐れて家から外に出た。そして、できるだけうまくやってくれとわたしに言い残して、自分は近くの森に逃げ込んでしまった。わたしには総督が腹立たしくてならなかった。彼が木に縛り付けられて鞭打たれるところを見てみたいと思ったほどだ。しかし、人数では彼らに太刀打ちできなかった。そこでわたしは騒乱を鎮めるために一計を案じた。わたしはコロンブスの伝記で読んだエピソードを思い出した。彼がジャマイカでインディアンといっしょにいたとき、何かの機会に彼らを震え上がらせたことがあった。このときコロンブスは天国で起こっている出来事について彼らに語ったのである。わたしはこれと同じ方法を使うことにした。そして、楽観的予想すら超える大成功を収めた。まず、意を決してわたしは彼らのなかに入っていった。そして総督をつかまえて天を指さし、彼と残りの連中を威嚇して言った。神があそこに住んでおられる。神はおまえたちにお怒りだ。争ってはならない。おまえたちはみんな兄弟なのだ。もし争いをやめて静かに立ち去らなければ、わたしはあの本を取り出して(と、ここで聖書を指さし)、それを読み上げ、神にお願いしておまえたちを死なせてしまうぞ、と。これはまるで何かの魔法のようだった。騒乱はすぐに止まった。そして、彼らはわたしからラム酒とほかに二、三のものを受け取ると、静かに帰って行った。総督はそのあとになって、わたしたちのくだんの隣人、プラズミアという名前なのだが、彼に帽子を返した。博士は戻ってきて、わたしが厄介なお客たちをうまく追い払ったことをとても喜んだ。近隣のモスキート族の人々は、博士とわたしたちに敬意を表して、大規模な祝宴をしてくれることになった。彼らの言葉で「トゥリエ」あるいは「ドリクボット」と呼ばれるもので、英語で言えば、あたりで酒を飲む《ドリンキング・アバウト》祝宴ということになるが、この英語が訛った言葉にも聞こえる。酒には、焼いたパイナップルから作られるものと、砕いたり臼で挽いたりしたキャッサバを原料とするものとがある。これらをしばらく置いておくと、発酵してとても強い酒ができる。少し飲んだだけで酔っ払うほどだ。宴会の通知がわたしたちに届いた。五マイルほど離れたところに住んでいる白人の家族が、わたしたちに酒造りの方法を教えてくれた。わたしはほかに二人連れて、祝宴が開かれる予定の村にその準備の時期を狙って行ってみた。そこでは酒造りの技術だけでなく、どんな動物を食べるのかまで見ることができた。実のところわたしは酒にも肉にもそそられなかった。彼らは何千ものパイナップルを焼いていた。彼らはそれをつぶして粉状にして、専用のカヌーに入れる。男も女も子供も総出でパイナップルを焼いては、それを手でつぶしていた。キャッサバの酒は樽などの容器に入れられて、まるで豚の餌のように見えた。食べ物のほうにはたくさんの陸亀がいた。乾燥させた海亀も何匹かあった。生きたままの巨大なワニが三匹、木に縛り付けられていた。わたしはそこにいた人に、ワニをどうするのか尋ねた。ワニは食べるためのものだという。これにはかなり驚いた。そこから帰ってからも、料理に関しては吐き気を催すような感じが消えなかった。祝宴の日になった。わたしたちはラム酒をいくらか持って、予定の場所に向かった。そこにはすでにたくさんの人が集まっていて、わたしたちはとても丁重に迎えられた。わたしたちが着いたときには宴はすでにはじまっていた。彼らは音楽に合わせて踊っていた。使われている楽器はほかの黒人が使うものとほとんど同じだったが、わたしの知っているほかの民族に比べると、メロディを奏でる楽器がかなり少ないと思った。彼らの踊りには奇妙な振り付けがたくさんあった。身体の動きや姿勢も多様だったけれど、わたしにはまったく魅力的には感じられなかった。男は男だけで踊り、女は女だけで踊っていた。これはわたしたちと同じである。博士が見本を見せてやると言って、頼まれたわけでもないのに突然女性の踊りの輪のなかに入っていった。しかし彼女たちが非常に嫌がっているのに気づいて、博士は男性のほうの輪に加わった。夜になるといくつもの松の木に火がつけられ、巨大なイルミネイションが出現した。宴会のほうも、ひょうたんに入れた酒を回して楽しく進んだ。ただ酒に関しては、飲んでいるというより食べているといったほうがいいような代物だった。オウデンというそのあたりでは最年長の人物は、奇妙かつ恐ろしい格好をしていた。彼は、身体にはいろいろな鳥の羽で飾った獣の皮を身につけ、頭には近衛兵の帽子のような形でヤマアラシのトゲのようなものが付いた、とても大きくて高いかぶりものをしていた。そしてワニの鳴き声にも似た変な声で叫んだ。わたしたちはご機嫌に彼らのなかを飛び回って飲み食いした。彼らの酒が飲めない者もいる一方、わたしたちの持ってきたラム酒は大好評で、すぐになくなった。ワニは殺されて肉はローストされていた。彼らのローストの仕方は、まず地面に穴を掘って薪を入れ、その薪を炭になるまで焼いてから、上に渡した串に肉をつけるという手順である。わたしはワニの生肉を手に取ってみた。それはとても脂がのっていた。新鮮なサーモンのように見えなくもなかった。とても美味しそうな匂いだったが、結局わたしには食べられなかった。こうしてこの大宴会もお開きを迎え、異なる民族、異なる肌の色の集まりだったにもかかわらず、最後まで誰一人として仲違いする者はいなかった。

五月下旬になって雨季が訪れた。この年の雨季は八月まで続いて、とても厳しいものだった。川が氾濫してわたしたちの畑の作物は全部流されてしまった。これはある程度、わたしたちが日曜日にも働いたことに対する罰だと思って、わたしの心はとても傷ついた。わたしはこの土地を去ってヨーロッパに戻りたいとしょっちゅう願っていた。というのは、ここでの仕事やキリスト教徒にあるまじき暮らし方が、わたしには我慢ならなかったからである。神の言葉に「人は、たとえ全世界を手に入れても、自分の命を失ったら、何の得があろうか」とあるように。*7 この言葉がわたしの心に強く深く刻まれていたのだ。博士にはどう言ったらやめさせてもらえるのか分からなかったが、もうそれ以上そこにいたくなかった。それでも六月中旬頃、勇気を振りしぼってやめさせてほしいと切り出した。彼は最初わたしの願いを聞き入れようとはしなかった。しかしわたしがその理由をあれこれ並べると、最後には認めてくれた。さらに博士は次のような、わたしの品行を保証する手紙まで書いてくれた。

この手紙の持ち主、グスタヴス・ヴァッサは、とても誠実かつ真面目に、さらに忠誠心を持って、数年間、わたくしに仕えてきました。こうした資質ゆえに、彼を推薦することは公正至極であります。わたくしは、彼はあらゆる点において優秀な召使いであると考えます。この文書によってわたくしは、彼がつねに品行良好かつ完全に信頼できる人物であることを保証いたします。

チャールズ・アーヴィング

一七七六年六月十五日、モスキート海岸

わたしは博士が大好きだった。それでもわたしが出ていくことを博士が承知してくれたときには、とても嬉しく思った。わたしは出発するのに必要なものをすべて整えた。何人かインディアンを雇って大きなカヌーで送ってもらった。わたしのあわれな同郷人、すなわち奴隷たちは皆、わたしが出ていくと聞いてとても残念がった。わたしはいつも彼らを気遣い愛情を持って接していたし、このかわいそうな者たちを元気づけ、状況を楽にしてやれることは何でもしてやったからである。友人や仲間にも別れの挨拶をすませ、六月十八日、博士に同行してもらって、わたしは世界のなかのあの地域から立ち去った。川を二十マイル以上南に下った。そこにはスループ帆船がいた。その船長によると、彼らはジャマイカに向かうとのことだった。ヒューズという名前の船の持ち主の一人が乗船していたのだが、彼と船長の同意を取り付けて、わたしはこの船に乗せてもらうことになった。こうして博士とわたしは別れた。別れ際、二人ともこらえきれずに涙を流した。船はそれからさらに川を下って、夜になったところで同じ川の潟湖《ラグーン》で停泊した。夜のあいだに同じ持ち主が所有するスクーナー船がやって来た。このスクーナー船のほうでは人手が不足していた。そこで、スループ船の所有者ヒューズ氏からわたしに、船員としてスクーナー船に乗ってほしいという依頼があった。賃金も払うということだった。わたしは彼に感謝しつつも、ジャマイカに行きたいのだと返答した。すると彼の口調が突然変わった。彼はわたしに向かって毒づき、ひどく侮辱したうえで尋ねた。どうやって自由になりやがった！　わたしは経緯を説明し、あなたも今日お会いになったアーヴィング博士といっしょに近くにやって来たのだと答えた。説明しても無駄だった。彼はさらに激しくわたしを罵って、わたしに自由を売り渡した主人ばかりか、わたしを手放した博士も同様に愚か者呼ばわりした。そして、スクーナー船に乗れ、さもないと自由民としてはこの船から降りられなくしてやると言った。それはひどすぎる、陸に上がらせてほしいと頼んでも、駄目だと罵られた。そこで、わたしは二回トルコ人のところで過ごしたことがあるが、そのときにもこんなひどい扱いは受けなかったのに、まさかキリスト教徒のあいだでこんな目に遭うなんて予想だにしなかったと言った。これを聞いて彼は激怒して、罵りと呪いの言葉を連発しながらこう言った。「キリスト教徒だと！　このくそやろう、てめえは聖パウロ信者《セント・ポールズ・マン》か。*8 ちくしょう、パウロだかペテロだか知らねえが、海の上を陸まで歩いて渡れるってんでもなけりゃ、船からは一歩たりとも出さねえぞ！」このとき船は、スペイン人たちに囲まれてカルタヘナに向かっていた。そこに着いたら彼はわたしを売るつもりだと言った。わたしは簡潔にこう尋ねた。いったい何の権利があってわたしを売るんですか？　しかし彼はこれには答えず、数人の部下に命じて、わたしの足首と手首をロープで縛りあげ、さらにもう一本のロープを胴体に巻き付け、手も足も着かない高さに身体を吊り上げた。こうしてわたしは吊されたのである。何も犯罪を犯したわけでもないのに、また裁判官も判事もいないところで、ただわたしが自由民だというだけの理由で。それに、世界のなかでもこの地域では、たとえ法律によってであっても、白人からは何の補償を得ることもできない。たいへんな苦境に陥ったわたしは、泣き叫んで慈悲を請うたが、まったく無駄だった。怒り狂った暴君は船室からマスケット銃を持ってきて、わたしや船員たちの前で弾を詰めると、それ以上大きな声を上げたらおまえを撃ってやると言い放った。もはや選択の余地はなかった。わたしは口をつぐんだ。わたしのために言葉をかけてくれる白人は船には誰一人いなかった。わたしはそのように夜の十時か十一時から吊されていたのだが、深夜一時頃になって、残酷な虐待者がぐっすり眠りについたところで、彼の奴隷の何人かに、足がどこかに着く程度まで身体のまわりのロープを緩めてくれと頼んだ。彼らはあとで主人から残酷な仕打ちを受けるかも知れない危険を冒して、わたしの頼みを聞いてくれた。彼らのなかには、最初命令されてもわたしを縛らなかっただけで殴られた者も含まれていた。わたしは翌朝の五時か六時までこのような状態だった。そのあいだ、わたしは神に祈って罰当たりな冒瀆者の赦しを請うた。しかしその当の冒瀆者は、朝眠りから覚めても、前夜わたしを吊りっぱなしにしていったときと気分も機嫌も変わっていなかった。船が錨を上げて進み出すと、わたしはもう一度大声で自由にしてくれるよう求めた。このとき幸いにも船の帆を上げなければならなかったので、わたしを吊していたロープは解かれた。身体を下に降ろされてから、わたしは船に乗っていた知り合いの大工のコックス氏に、この仕打ちの不当さについて訴えた。彼は博士の知人でもあって、わたしをそれまで高く評価してくれていた。彼は船長のところに行って、わたしを売り払わないように掛け合ってくれた。執事であったわたしを博士はとても高く評価しており、もしいまの仕打ちを知ったら博士はとても怒るだろうと。こう言われて船長は、わたしを自分が乗ってきた小さなカヌーに乗せて岸まで連れて行けと若い男に命じた。わたしは心から喜んで、すぐにカヌーに乗り込み、あの暴君が船室に降りているうちにこぎ出した。しかし、すぐに見つかってしまった。カヌーは船からまだ三十か四十ヤードしか離れていなかった。彼は弾を込めたマスケット銃を手にして甲板に駆け上がってくると、それをわたしに向け、ただちに船に戻らなければ撃つ、と厳しく恐ろしい口調で叫んだ。彼が躊躇せず言ったとおりにすることは分かっていたので、わたしはふたたび船に戻ろうとした。しかしちょうどカヌーを横付けしたとき、彼はわたしを逃がしてくれた船長を罵りだした。船長もそれに応戦して、すぐに両者のあいだで大喧嘩がはじまった。わたしといっしょだった若者はすでにカヌーから降りていた。船は穏やかな海を疾走していた。わたしは一か八かの決断をして、ただちに命がけでもう一度岸を目指してカヌーを漕ぎだした。幸い船の上は混乱していたから、わたしは気づかれる前にマスケット銃の届かないところまで逃れることができた。一方、船は順風を受けて逆方向に進んでいたため、間切り*9しないかぎりわたしを追いかけることはできなかった。しかし、そうなる前に岸にたどり着くことができた。わたしはこの予期せぬ救出に対し神におおいに感謝した。それからわたしはその足で、あの船のもう一人の持ち主(船に乗ることができたのはこの人のおかげだった)のところに行き、ひどい目に遭ったことを報告した。わたしの話を聞いて彼はとても驚いた。また、たいへんすまながっているように見えた。彼に親切にしてもらってから、わたしは軽い食事とインディアン・コーンを三本もらい、十八マイルほど南に行って別の船を探すように言われた。そして、地域のインディアンの酋長を紹介された。その人物はモスキート族の総督でもあり、以前わたしたちの居住地に住んでいたこともあるとのことだった。わたしはカヌーに乗って巨大な潟湖《ラグーン》のなかを(手を貸してくれる人が見つからなかったので)一人でこぎ出した。わたしはかなり疲れていたし、前の夜ロープで吊されていたから身体が痛かった。そのためにカヌーをうまく操れなくなることが何度もあった。櫂をこぐのはとても骨の折れる仕事なのである。それでも何とか暗くなる少し前には目的地に到着した。そこのインディアンに旧知の者がいたおかげで、わたしは親切に迎え入れられた。総督のことを尋ねると、彼の家まで案内してくれた。総督はわたしと会えたことを喜び、できるかぎりのものを振る舞ってくれた。また、わたしはハンモックで眠らせてもらえた。前の晩の白人たちに比べて、洗礼は受けずとも彼らのほうがよほどキリスト教徒らしくわたしを扱ってくれた。わたしは総督に、次の港まで行ってジャマイカに連れて行ってくれる船に乗りたい、ついてはわたしのカヌーを戻してほしいと頼んだ。また、それについてはお金も払うと付け加えた。彼はこの申し出を承知してくれた。そして、彼が手配した有能な五人のインディアンが、大きなカヌーでわたしとわたしの荷物をおよそ五十マイル離れた目的地まで運んでくれることになった。わたしたちは翌朝に出発した。潟湖《ラグーン》を出てからは海岸線に沿って進んだ。波が高かったので、しばしばカヌーのなかが海水でいっぱいになりそうになった。仕方なくわたしたちは岸に上がって、いくつかの地峡をカヌーを引っ張って越えた。わたしたちはまた、湿地《スワンプ》で二晩も過ごした。蚊が群がってきて相当に厄介だった。この陸路と海路のたいへんな旅は、しかし、三日目でやっと終わりになった。わたしはジェニングという名前の船長が指揮するスループ帆船に乗船することができた。その船は、そのときまだ荷積み作業の途中だった。船長は毎日ジャマイカに出発できる日を待っているのだという。乗せてもらう代わりに船で働くということで、わたしは船長の同意を取り付けた。出発するのには何日も待たされなかった。だが、悲しいことに期待は裏切られた。こんな手口には慣れていたはずなのに。船はジャマイカに向かうのではなく、モスキート海岸を逆方向に南下しはじめたのである。そして海岸に船を着けるたびに、わたしは大量のマホガニーを伐採して船に積み込む作業を強制的に手伝わされた。わたしはずいぶんいらいらした。それでも、詐欺師たちに囲まれたなかでどうしたらいいのかも分からなかったので、わたしに残された唯一の救済策は耐えることだったし、また、そうせざるを得なかった。かなりの重労働をさせられたにもかかわらず、船には食糧はあまりなかった。ただし、たまたま亀などを捕まえたときは別だった。また、モスキート海岸にはマナティーと呼ばれる変わった魚がいて、これが食べると美味しい。その肉は魚のというよりも牛肉に似ている。うろこはシリング硬貨ほどの大きさで、皮はどんな魚よりも分厚い。海岸沿いの塩水のなかには大量のワニもいて、魚を脅かしていた。わたしはこの船に十六日間乗っていた。そのあいだのある日、インディアン・クイーン号という小さなスループ帆船がいる海岸に船を着けた。インディアン・クイーン号の船長はジョン・ベイカーというイングランド人だった。

彼は長いあいだモスキート海岸で亀の甲羅や銀などで商売しており、それぞれ船にたっぷりと積み込んでいた。何人か人手が不足していた彼は、わたしが自由民であり、ジャマイカに行きたがっていることを知って、もしあと一人か二人連れてきたら、すぐにでもジャマイカに向けて出航できると、わたしに言った。また彼は、わたしに気遣いと敬意を払う素振りを示して、来てくれたら一か月につき四十五シリング支払うと約束した。わたしは、これは一銭ももらわずに木を切っているよりよっぽどましだと思った。そこで、わたしはジェニング船長に別の船に移ってジャマイカに行きたいと話した。しかし、彼はわたしの言うことに耳を貸そうともせず、わたしが一両日中に出ていこうとしていると見て取って、すぐに船を出航させた。わたしをむりやりに連れ去るつもりだったのだ。これはひどい屈辱だった。すぐにわたしはベイカー船長との取り決めどおり、近くにいたインディアン・クイーン号のボートを呼んだ。そのボートはすぐに来てくれた。そしてわたしは、その船で再会した北極航海のときの船員仲間の手を借りて、自分の荷物をボートに運び込み、無事インディアン・クイーン号に乗り込むことができたのである。七月十日のことだった。それから二、三日後、すべて準備が整って、わたしたちの船は出航した。しかし、またもや悔しくて仕方ないことに、この船はさらに南へ進み、沿岸で商売をしながらカルタヘナ近くまで行った。船長が約束したジャマイカへ向かうことはなかったのだ。さらに最悪なことに、この船長はとても無情で残忍なだけでなく、神を冒瀆する忌まわしい男だったのだ。たとえば、ストーカーという名前の白人の水先案内人がいたのだが、船長は、黒人に対してするのと同じように、彼をいつも容赦なく殴った。とくにある晩など、船長はこの男を手荒く殴ってからボートに乗せ、二人の黒人に命じて彼を無人の小島《キー》までボートで運ばせた。それから彼は二丁のピストルに弾を込め、その二人の黒人に向かって厳しく言い放った。もしストーカーを再び船に連れて戻ったらお前たちをこれで撃つ、と。船長が自分の言ったとおりにするのは少しの疑う余地もなかったので、彼らはこの残酷な命令に従わざるを得なかった。それでも船長が寝静まったところで、二人の黒人は毛布を持って、命の危険を顧みず、不運なストーカーに届けた。おそらくそれは厄介な虫から彼の命を守る手段だった。翌日、船長に延々と嘆願した結果、やっとストーカーを船に戻す許可が得られた。しかし気の毒なことに、船に連れ戻されたストーカーは、一晩中過酷な環境に置かれたため、ひどく体調を壊していた。この少しあと、健康を回復しないまま彼は溺れて死んだ。南に向かって航海していくと、たくさんの無人島があって、そこには大きなココヤシの木がたくさん生い茂っていた。食糧がかなり不足していたため、わたしはボートに椰子の実を詰め込んで船に持ち帰った。これで数週間のあいだ、わたしたちは、食糧不足のなかにありながらも何度も美味しい食事をとることができた。これより前のある日、慈悲深い神の手がわたしたちには分からない手段と方法で、わたしたちに必要なものをすべて提供してくださったと認めざるを得ない出来事があった。その日一日、わたしは何も食べていなかった。遠くを行くボートに信号を送っても気づいてもらえなかった。そこでわたしは、神に食糧不足をお救いくださるよう熱心に祈った。その日は夜が更けるまで甲板にいた。それから船室でいったん眠ろうとしたとき、甲板から物音が聞こえた。何か分からなかったが、わたしはまたすぐに甲板に出てみた。そこでわたしが目にしたのは大きな魚だった。七ポンドか八ポンドはあろうかという魚が甲板に飛び込んできたのだ！　わたしはそれを捕まえて、神の御業を褒め称えた。この御業がとりわけ普通と違うと思えたのは、そのとき船のみんなは陸に行って商売をしていたので、残っていたのは船長とわたしの二人だけだったのにもかかわらず、非常に貪欲なはずの彼がわたしの魚を奪おうとしなかったことである。ときどき船員が何日間も戻ってこないことがあって、船長は不機嫌になった。そのようなとき彼は怒りの矛先をわたしに向けて、わたしを殴ったり何やかや残酷な仕打ちをした。とりわけある日など、彼はこのように激しく荒れ狂った勢いで、いろいろなものでわたしの身体を何度も打ち据え、顔を一度殴ってから、火のなかから取り出した真っ赤に燃えた棒を手に持ち、甲板に火薬の入った樽を持ち出して、船を爆発させてやると言った。わたしは途方に暮れて、お導きくださいと懸命に神に祈った。樽から導火線の先端がのぞいていた。船長は火の付いた棒を手に取って、自分自身といっしょにわたしを吹き飛ばそうとしていた。実はこのとき一隻の船が近づいていたのだが、船長はそれをスペインの沿岸警備艇だと思い込み、彼らの手に落ちることを恐れていたのだ。これを見てわたしは、彼に気づかれないように斧を手に持った。そして彼と火薬のあいだに立ち、彼が樽に火をつけようとしたら、その瞬間に彼をたたき切ろうと決意していた。一時間以上もこうしていた。そのあいだにも彼は、恐ろしい目的で片手に火の付いた棒を持ったまま、もう一方の手でわたしを何度も殴った。たとえ彼を殺したとしても、この世のどこでだって正当だと認められるとわたしは思っていた。そして、神に祈った。わたしは神のみに頼る心を与えられた。神の意思がおこなわれるようにと、あきらめてわたしは祈った。そのとき、神の神聖な言葉のなかでも次の二つの節が心に浮かんで、わたしに希望を抱かせてくれたおかげで、この忌々しい男を殺さなくてすんだのである。「神は季節を決め、彼らの居住地の境界をお決めになりました」（「使徒言行録」第十七章二十六節）。また、「お前たちのうちにいるであろうか、主を畏れ、主の僕《しもべ》の声に聞き従う者が。闇のなかを歩くときも、光のないときも、主の御名に信頼し、その神を支えとする者が」（「イザヤ書」第五十章十節）。そしてこれを、神の恩寵によって、わたしはなすことができたのだ。わたしには必要なときの助けこそ神であることが分かった。夜が近づくにつれて船長の怒りもおさまりはじめた。しかしわたしには分かった。

怒りの潮流を取り除くことのできない者は
頭絡もつけずに荒れ馬に乗るようなもの。*10

翌朝になって、船長を荒れ狂わせた船はイングランドの船だということが判明した。彼らはわたしたちのところまで来て、すぐに錨を下ろした。そして少なからず驚いたことに、その船にはアーヴィング博士が乗っていたのである。彼はモスキート海岸からジャマイカに行く途中だった。すぐにもこの元雇い主の友人に会いに行きたかったが、船長はわたしが船を離れることを許してくれなかった。そこでわたしは博士に手紙を書いて、わたしがどんな目に遭っているのかを知らせ、この船から助け出してほしいと頼んだ。しかし博士からの返事には、ここでは乗客に過ぎないから自分の力ではそれができないとあった。ただ、わたしのためにと彼はラム酒と砂糖をいくらか送ってよこした。その手紙でわたしは、自分が博士の農園を去ってからのことを知った。わたしがこの紳士のためにモスキート海岸の農園を監督していたときには、奴隷たちは十分に食事を与えられて快適に過ごしていた。ところが、わたしのあとを継いだ白人の監督は非情で愚かな欲張りで、かわいそうな奴隷たちを容赦なく殴りつけたり切りつけたりした。その結果、奴隷たちは全員で大きなカヌーに乗って脱走しようとした。しかし、どこへ向かえばいいのかも、どうやってカヌーを操縦すればいいのかも知らなかったので、彼らは全員溺れて死んでしまった。こうして農園を耕作する者をすべて失ってしまった博士は、このときジャマイカに戻って奴隷を購入し、自分の農園に入れようとしていたのである。

十月十四日、インディアン・クイーン号はジャマイカのキングストンに到着した。積み荷を降ろしているときにわたしは賃金を要求した。それは八ポンド五シリングになっているはずだった。しかし、それはわたしがそれまでの人生でもっとも過酷な労働をして稼いだ金だったにもかかわらず、ベイカー船長は一銭も支払おうとしなかった。このときアーヴィング博士がいたので、わたしは船長のごまかし行為について知らせた。博士は、わたしがその金を手に入れるためにあらゆる手助けをしてくれた。二人でキングストンにいるすべての治安判事(全部で九人だった)に会いに行った。だが彼らは皆、わたしのために対応することを拒否したうえで、白人に対するわたしの訴えは認められないと言ったのである。これだけではない。わたしが賃金の請求権を得ようとしたことを恨んだベイカーからは、もしわたしを捕まえたらむちゃくちゃ殴ってやると脅されたのである。彼なら言ったとおりにしかねなかったが、わたしは、アーヴィング博士のつてで軍艦スクイレル号のダグラス船長に保護してもらえることになった。今回の件はかなりひどい仕打ちであったと思う。それでも、このように自由民の黒人に賃金を払わないことは実際にここではひんぱんにおこなわれていることだった。

ある日、わたしはジョー・ダイアモンドという名前の自由黒人の仕立屋といっしょにコクラン氏という人物のところに行ったことがある。彼はこの仕立屋に少額の借金をしていた。借金を返してもらえなかった仕立屋は不平を言いはじめた。すると男は馬用の鞭を持ってきて、代わりにこれで支払ってやろうと言った。仕立屋はきびすを返して一目散に逃げ出した。このような迫害があったので、わたしはできるかぎり早くこの島から出て行ける船を探した。そして神の慈悲のおかげで、十一月にイングランド行きの船が見つかった。わたしはアーヴィング博士に最後の別れを告げてから、護送船団とともに船出した。わたしがジャマイカを去るころ博士は砂糖の精製の仕事をしていて、わたしもそれに誘われたのだがこの申し出は断った。その後、イングランドに帰って数か月したころ、この良き友人は毒のある魚を食べたことが原因で亡くなったという、とても悲しい知らせを聞かされた。

イングランドへの航海はとても激しい強風に見舞われた。そして、とくに重大な事件は起こらなかったが、ただ一度、アメリカの私掠船《しりゃくせん》*11が艦隊の前に現れたことがあった。この船は、王立軍艦スクイレル号によって拿捕されて火を放たれた。

一七七七年一月七日、プリマスに到着した。もう一度イングランドの地を踏むことができてわたしは嬉しかった。少しの時間ではあったがプリマスとエクセターでは、会いたかった何人かの敬虔な友わたしの心はそれまで人たちと過ごせたことも嬉しかった。その後、わたしはロンドンに向かった。わたしの心はそれまでのすべての神の慈悲に感謝する気持ちでいっぱいだった。

第十二章

現在までのさまざまな出来事――故ロンドン主教にアフリカ伝道師としての任命を志願――シエラレオネ移住計画への関与について――王妃陛下への嘆願書――結婚――結び。

以上、一七七七年までにわたしが実際に目撃したさまざまな場面、わたしが体験した運命は、これまで述べてきたとおりである。この年からあとのわたしの生涯はそれまでよりも単調で、それまでの同じだけの長さの年月と比較して事件の数も少ない。だから物語の結論を急ぐことにしよう。すでに読者は十分に退屈しているかも知れない。

わたしは世界中のいろいろな場所で商取引きをして何度となく騙されてきたため、心の底から海の上での生活が嫌になり、少なくともしばらくのあいだは船には乗らないと決心した。それでわたしは、イングランドに帰国してすぐにふたたび召使いとして働きはじめ、一七八四年までのほとんどの期間を召使いとして過ごした。

ロンドンに到着してすぐ、アフリカ人の肌の色に関してびっくりしたことがあった。思いもよらなかったので、ここで紹介しておきたい。以前にロンドンなどで会ったことのある肌の色の薄い黒人女性が白人男性と結婚した。そして彼女が産んだ三人の男の子は、みんな肌の色は黄褐色《ムラート》だったが、髪の毛はきれいな淡い色だったのである。一七七九年、わたしはマクナマラ総督の召使いをしていた。彼はかなりの期間アフリカ沿岸にいた経験があった。召使いとして働いていたとき、わたしは家族の祈禱の時間にはいっしょに祈ろうと、ほかの召使いたちをよく誘ったのだがからかわれるだけだった。それでも総督はわたしが敬虔な人間だと見て取って、わたしの宗派は何か尋ねた。わたしは三十九箇条[*1]に同意する英国国教会の信徒であり、また、その教義に従う人の説教ならば誰のものでも聞きたいと答えた。二、三日後にも総督とわたしは同じ話題でさらに話をした。そのとき彼はこう言った。もしわたしが望むなら、わたしを伝道師としてアフリカに送りたい、と。彼は、わたしの同郷人たちをキリスト教の福音信仰に改宗させるのに、わたしが役に立つと思ったのである。最初わたしは、行くことを断った。そして、前のジャマイカへの航海のときに同じような機会があり、（それが神の意思なのだとしたら）自分がインディアンの王子を改宗する道具になろうとしたのだが、そのとき白人たちからどんな目に遭ったのか、わたしは彼に語った。そして、もしわたしが彼らといっしょにアフリカに行こうとすれば、聖パウロが銅細工人アレクサンドロにされたよりも、もっとひどいことをされると思うと言った[*2]。彼は、わたしが聖職位を授けられるようロンドン主教に申請するつもりだから、その心配はいらないと言った。この条件を聞いてわたしはアフリカへ行く申し出に同意した。できれば同郷人たちのためになることをしてあげたいと考えていた。正式な資格で派遣されるために、すぐにわたしたちは以下のような手紙をいまは亡きロンドン主教[*3]に書いた。

ロンドン主教ロバート殿

嘆願書

ここに嘆願する者、わたくし、グスタヴス・ヴァッサは、アフリカの生まれであり、かの地の住人の慣習としきたりに関する知識を有しております。

わたくしは、伝道師としてアフリカに帰ることを望んでおります。主教のお力添えがあれば、同郷人を説き伏せてキリスト教徒にできると期待しております。ポルトガル人が自分たちのアフリカ沿岸の植民地のあちこちでおこなった同様の企てにおいて成功を収めたこと。また、オランダも成功したこと。これらの例もこの嘆願をお出しするにいたったさらなる要因であります。両国の政府は、教育によって資格を得た黒人伝道師を奨励し、かの地の言語も習慣も知らないヨーロッパ人の聖職者よりも彼らのほうが、アフリカでの伝道には適切であるといたしております。

わたくしが伝道師の資格を請い願う唯一の動機は、神の下、アフリカの同郷人たちを改宗して、キリスト教を奉じるようにさせる一つの道具になりたいためであります。それゆえに、わたくしはこの事業に対する主教の激励と支援を恐れながらもお願いする次第であります。

ヘッジ小路十七番地、仕立屋ガスリー邸にて

グスタヴス・ヴァッサ

主教殿、わたしはアフリカ沿岸に七年ほど滞在しました。そのほとんどの期間、部隊指揮官を務めました。このときに得たその国と住人に関する知識に照らして、主教にご支持いただければ、本計画は大成功を収めると期待されます。他国政府によって奨励された同様の試みが非常な成功を収めていることも付け加えて申し上げます。この試みのために申し分のない人物として、わたしはケープコーストカッスル在住の黒人の牧師を知っております。[*4] また、わたしは、本文書中で称するところのグスタヴス・ヴァッサも知っており、彼を道徳的に善良な人物として信頼しております。

敬具

一七七九年三月十一日　　マティアス・マクナマラ

この手紙にはウォレス博士による以下の手紙も添えられた。博士は何年もアフリカに滞在したことがある人物で、アフリカ伝道に関してマクナマラ総督と同様の思いを持っていた。

一七七九年三月十三日

主教殿、

わたしは、アフリカ沿岸のセネガンビアに約五年間滞在したことがあり、この地域にかなり多くの雇用をもたらすという名誉に浴しました。わたしは本計画に賛同し、本計画は称賛すべき正しい事業だと考えます。また、本計画は主教の加護と奨励に値するものであり、そうしていただければ求められる成功は間違いないでしょう。

敬具

トマス・ウォレス

総督の頼みどおり、わたしはこれらの手紙を持って主教を訪問して提出した。主教は偉ぶることなく丁重に迎えてくれた。しかし彼は心遣いから少したためらいがちに、複数いる主教のあいだで新たな伝道師をアフリカに送ることに関して意見が一致していないと言って、わたしに聖職位を授けることを丁寧に断った。

ここでわたしが、このような取り扱いについて詳しく述べたり、手紙まで引用したりした唯一の動機は、アフリカのことを知っている良識と教養ある紳士が、もしその試みが立法府に承認されれば、アフリカの住民をイエス・キリスト信仰に改宗することが可能だという考えを持っていることを示したかったからである。

この少しあとにわたしは総督のもとを離れ、ドーセットシャーの在郷軍人である貴族の召使いになった。彼にともなってコックスヒースで野営したこともあった。ただ、そのときの作戦の詳細を書いても面白くないので、ここでは詳細は述べない。

一七八三年には好奇心からウェールズの八つの州を訪れた。この地方にいるあいだに、わたしはシュロップシャーの炭鉱に下りてみて、危うく命を落としそうになった。穴のなかにいるときに石炭が崩れ落ちてきて、かわいそうに一人埋まってしまったのだが、それはわたしからさほど離れていない場所だったのである。これを見てわたしは大急ぎで脱出した。そして、地上こそが地球上でもっとも安全な場所だと思ったのであった。

一七八四年の春、わたしは懐かしい海にまた出てみたいと思った。それで、マーティン・ホプキンズが指揮を執るロンドン号という素敵な新しい船に司厨員《ステュワード》として乗船し、ニューヨークまで航海した。この町には非常に感心させられた。とても大きな町で、その建物は立派、それにあらゆる種類の食べ物が豊富にある。［この町にいるときに、かなり珍しい出来事があった。――ある日、ある犯罪者が絞首刑になる予定だった。ただし、もし誰かシュミーズ一枚しか身につけていない女性がこの犯罪人の男に結婚を申し出れば、彼の命は救われるというのである。一人の女性が名乗りを上げた。そして、結婚式が執りおこなわれたのだ。*5］

船の積荷を終え、わたしたちは一七八五年一月にロンドンに帰った。船はふたたび航海の準備を整えた。この船の船長はとても好人物だったので、わたしは彼といっしょに船に乗ることにした。そして一七八五年三月にフィラデルフィアに向けて出航し、四月五日には順風を受けて外海に出た。その夜の九時頃、月は明るく輝き、海は穏やかだった。わたしたちの船は風を受けて毎時およそ四マイルか五マイルで進んでいた。――このとき、どこかの別の船がわたしたちの船と同じくらいの速さで逆方向から進んできて、舳先《へさき》同士で見事に衝突してしまった。どちらの船員もそうなるまで気づかなかったので、驚いて大騒ぎになった。こちらもかなりのダメージを受けたが、相手側のほうがさらに大きなダメージを受けたようだった。そして素早くすれ違いざまに相手側はボートを出してくれと叫んだけれども、こちらはこちらで自分たちのことで精一杯だった。それから八分後には相手の船は見えなくなってしまった。翌日、わたしたちはできるかぎり船を修復して航海を続け、五月にはフィラデルフィアに到着した。

この大好きな懐かしい町をふたたび見ることができて、わたしはとても嬉しかった。そして、尊敬すべきクエーカー教徒たちが、多くの虐げられたアフリカ人同胞たちを解放して、彼らの苦しみを軽くしているのを見るとさらに嬉しくなった。クエーカー教徒の一人に自由学校を見学に連れて行ってもらったときには、心から喜びを感じた。この学校は彼らが黒人のために設立したものである。この学校で彼らは心の教育を受け、徳への道を進みはじめる。そのようにして彼らは共同体の有益な一員となっていくのだ。このような実践が成功するというのは、聖書の言葉を使えば、植民地経営者に対して大きな声でこう言っていることになるのではないだろうか？――「行って、あなたも同じようにしなさい」[*6]と。

一七八五年十月、わたしは何人かのアフリカ人と連名で、ロンバード・ストリートのホワイトハートコートの教会の友《フレンズ》たち、すなわちクエーカー教徒の紳士諸氏に、以下のような感謝状を送った。

紳士各位、

あなたがたの『奴隷となった黒人の痛ましい状況に関する英国およびその植民地への警告』[*7]と

題する本を読み、わたしたちは、あわれで、虐げられ、困窮し、品格を貶められた黒人として、心の底からの愛情と熱烈な感謝の気持ちを込めて、あなたがたにお礼申し上げるとともに、ぜひともお近づきになっていただきたいと願う者です。奴隷のくびきを断ち切り、何千、何万もの、激しく苦しめられ、あまりにも厳しい重荷を背負わされた黒人たちに少しの安らぎと安心を与えることができたのは、あなたがたの深い博愛の精神と飽くなき努力と情け深い介入のおかげです。

あなたがたは、不屈の忍耐によって、神の下、いくばくであれ苦しむ者たちの厳しい重荷を和らげることができたのです。それは、疑いもなくある程度、神の下、虐げる側の者たちの多くの魂を救う手段となることでもあるのです。そうだとすれば、神がその目をすべての創造物に注ぎ、すべての真に有徳なおこないに褒賞を与え、虐げられた者の祈りの声を聞き入れてくださっていることを、わたしたちは確信できるのです。わたしたちの力では言い表すことも想像することもできないけれども、捕らえられ、虐げられ、苦しめられている者たちの一部として、わたしたちが熱心に願い、祈っている祝福を、神はあなたがたとあなたがたの教会にお与えになることでしょう。[*8]

彼らはとても親切にわたしたちを迎え入れて、虐げられたアフリカ人のために努力すると約束してくれた。そうしてからわたしたちは別れた。

ロンドンにいるあいだに、わたしは一度、クエーカーの結婚式に招かれたことがある。彼らの簡潔だが意味深い挙式の作法は注目に値する。それは実際には次のようなものだった。

彼らの礼拝の集会ではしばしば何人かの牧師による時宜を得た説教があるのだが、その終わり近くになって、花嫁と花婿が立ち上がる。厳粛に手と手を取り合って、男性のほうがこう宣言する。「友のみなさん《フレンズ》、わたくしは、主への畏敬を込めて、この集会において、このわたくしの友《フレンド》、M・Nを妻とします。そして、主の御心により死が二人を別つまで、聖なる援助を通して、彼女を愛する誠実な夫となることを約束します」それから女性も同じ宣言をする。それから花婿と花嫁は婚姻証明書に署名する。さらに、署名したい者はみんなそこに署名する。ロンバード・ストリートのホワイトハートコートの教会では、わたしは光栄にもこの証明書への署名を許された。こうした挙式のやり方はおおいに推奨したい。

ロンドンに戻ったのは[一七八五年]八月のことだったが、わたしたちの船はすぐに次の航海に出るわけではなかったので、わたしはハーモニー号というアメリカの船に司厨員《スチュワード》として乗船することにした。船長はジョン・ウィレットだった。この船は一七八六年三月にロンドンを出航して、フィラデルフィアを目指した。出発して十一日目、船の前檣《フォアマスト》を失ってしまった。九週間の航路だったが、この航海は成功だったとは言えない。持って行った商品があまり売れなかったからだ。さらに悪いことに、船長がわたしに対して、よく西インド諸島の自由黒人たちが受けるのと同じペテンをしかけてきた。それでも、この町のたくさんの友人たちが船長の策略を何かと阻止してくれたことは、神に感謝したい。八月にロンドンに戻ると、嬉しい驚きが待っていた。アフリカ人をこの国から生まれた土地に帰らせるという、何人かの博愛的な人たちの計画を、慈悲深くも政府が承認したというのである。しかも、すでに彼らをシエラレオネまで届けるための船が何隻か確保されているという。[*9]これは、その成立に関わったすべての人の名誉を高める決議であった。わたしの心は祈りの言葉と大きな喜びで満たされた。すでにそのときロンドンでは、選ばれた紳士からなる、貧しい黒人のための委員会ができていた。この委員会の委員の何人かは、光栄にもわたしの知っている人たちだった。彼らはわたしが帰国したことを知って、わたしを委員会に呼び出した。委員会に行ってみると、まず彼らは政府の意図をわたしに説明した。彼らは、この事業の監督をするのにわたしが適任だと考えたようで、わたしに貧しい黒人たちといっしょにアフリカに行ってもらいたいと依頼した。それに対してわたしは、引き受けるに当たっての不満をいくつも指摘した。とくにわたしは、奴隷商人たちに関する難点をいくつか挙げた。そしてわたしは、行使することのできるあらゆる手段を使って、彼らの人身売買に反対するつもりだと言った。しかし、委員の紳士たちはこうした不満を押さえ込んで、行くことを承知するようわたしを説得にかかった。彼らは、わたしが政府の執行代理人として適任であると、王立海軍の管理委員会に推薦した。そして一七八六年十一月、わたしはこの官職に任命され、政府の執行代理人の資格で職務にあたる権限を与えられたのである。わたしは委任状と次のような命令書を受け取った。

王立海軍士官長および管理委員会より、

先月四日の委任状に基づき、貴兄に、ジョウゼフ・アーウィン氏より以下の任務の引き継ぎを命じる。往路航海のために支給された食糧の余剰の管理、およびシエラレオネ上陸以降の貧困黒人を援助するための食糧の管理、政府の予算によって支給された衣類、道具類、その他の物品の管理。食糧は、航海中のために二か月分、上陸後のために四か月分支給される。ただし、乗船する人数が予想よりも大幅に少ない場合、食糧、衣類、その他、相当量の余剰が生じる可能性がある。そのような余剰が生じた場合は、上記の指令に加えて、貴兄の判断によって政府の利となる最善の方法で、適切に処理することを命じる。また、それに当たっては、おこなわれた処理に関して詳細に記録し、報告を提出すること。渡航が好ましくない白人の乗船を防ぐための参考として、貧困黒人のための委員会が推薦する、渡航を許可するのに適切な人物のリストを同封する。なお、当委員会が発行した許可書を持たぬ者の同行は、いかなる者の場合であっても許可されないことを申し添える。本書類は上記を証明するものである。一七八七年一月十六日、海軍本部にて。

J・ヒンズロウ
GEO・マーシュ
W・パーマー

貧困黒人シエラレオネ移住計画、
食糧・備品管理執行代理人、
グスタヴス・ヴァッサ殿、

わたしはただちにこの航海に使われる予定の船まで赴き、自分の任務に取りかかり、三月までそれを続けた。

政府の任務をおこなっているあいだにわたしは、周旋人による目に余る不正行為に衝撃を受け、何とかそれを改めようとしたが、効果はなかった。わたしが知っている数多くの事例のなかから、典型的なものとして一つをここで述べておく。政府の命令では七百五十人分の生活必需品（彼らがスロップと呼ぶ既製服も含む）を備えることになっていた。しかし、実際には乗船者を四百二十六人ほどしか集められなかったため、余分の既製服その他の物品をポーツマスの海軍倉庫に送るよう命令された。ところが、わたしが周旋人に物品を持ってくるように要求してみると、政府からの支払いはすでに完了していたにもかかわらず、物品自体はまったく搬入されていないことが判明した。これですべてではない。横領の対象は政府だけではなかった。かわいそうな黒人たちはさらにかぎりなく被害を受けたのだ。彼らの船室はものすごく悲惨な状態だった。彼らの多くにはベッドもなく、さらに多くの者には衣類その他の必要な品もなかった。このような事実は、ほかにもたくさんあったのだが、現時点でわたしは、自分の主張が真実だと認めてもらえる方法を見つけることができない。わたしたちを護送したノーティラス号のトンプソン船長の証言を求めたい。一七八七年二月、周旋人に抗議しても無駄だったときに、わたしは彼に是正策を講じることを求めた。わたしは彼に、わたしが訴えている不正や虐待の現場をその目で見てもらうことさえした。[1] また、あの痛ましい状態にいた当事者が書いた手紙を見ていただきたい。この手紙は、早くも一月初頭に書かれ、同月の四日には、責任者二十名の署名付きでモーニング・ヘラルド誌に掲載された。

　わたしには黙って見過ごすことはできなかったのだ。政府に対してこのような不正がおこなわれていることを。そして、わたしの同郷人たちが略奪され、虐待され、さらに生存するためだけに必要なものすら与えられずにいることを。わたしは海軍管理委員会に周旋人の不正を報告した。しかしこの直後、わたしのほうが解任されてしまったのである。これはシティの銀行家サミュエル・ホアの不当な措置によるものだった。[▼2][*10]さらに彼は、この同じ周旋人に権限を与えて、政府の予算で数多くの乗客を受け入れさせた。これはわたしの受けた命令に反している。これによって、わたしの財産はかなりの損失を被った。それでも海軍本部はわたしのおこないに満足して、それを承認する旨の書状をトンプソン船長に送ったのである。

　このように装備を調えて、彼らは出航した。そして結局、おそらく穏やかではなかっただろう待遇のために疲弊し、薬、衣類、寝具などの不足によって引き起こされる病のために消耗し、彼らがシエラレオネに到着したのはちょうど雨季がはじまったばかりのころだった。[*11]一年のうちでもこの季節は土地を耕すことができない。そのため彼らの食糧は農作による収穫が得られる前に尽きてしまった。そして多くの者が監禁状態のために衰弱して、長く生き延びられなかったのも驚くにあたらない。とくに体質的に強くない東インド人水夫《ラスカー》[*12]など、十月から六月まで船に閉じ込められて、すでに述べたような状況で生活させられたのではなおさらである。

　長々と述べてきたが、シエラレオネ移住計画に関するわたしの話は以上である。この移住計画は結局不幸な結果に終わったが、元来の意図は人道的で時宜にかなったものだった。その失敗の原因は政府にはない。すべては貧しい黒人のためを思って計画された。それでも、それを実際に執行するにあたって明らかに数多くの失態があったことが、その成功を妨げたのだ。

わたしがこれほどくどくどとこの事業について述べているのは、わたしのこの事業との関わりがときおり批判の対象となっているからであり、また、ホアその他の人たちがわたしの解任を社会的な勝利と考えるような論陣を公然と張っているからである。無名のアフリカ人とつまらない論争をして、そのアフリカ人がへこまされるのを見て喜びを感じるところにまで人の身を落とさせた動機について、たとえそれを突き止めることがわたしの汚名を返上するのに必要だとしても、おそらくこの場で精査したり論じたりするのは適当ではない。[3] 論じなくてすむことを、わたしは天に感謝する。わたしは高潔でありたいと願っている。人の不正の傘の下に隠れるようなことはしたくない。わたしに対する海軍管理委員会の態度から、わたしには以下のような主張をする資格があると思う。わたしは三月二十四日に解任されたのち、次のような嘆願書を書いた。

国家財務委員会委員殿
嘆願および申し立て書

グスタヴス・ヴァッサ

黒人、元貧困黒人アフリカ移住計画委員

恐れながら申し上げます。

この嘆願は、王立海軍管理委員会によって先の十二月四日付けで上記委員に任命された者によってなされるものであります。

この者は命令に従って、その任務の遂行のため、貧困黒人アフリカ移送用に指定された艦船の一つ、ヴァーノン号に乗船いたしました。

この嘆願者は、誠に遺憾にして驚愕すべきことに、海軍管理委員会の委員殿より、解任の書状を受け取りました。

この者は、みずからに与えられた信頼に応えるべく、完全な忠誠と最大の勤勉をもって任務の遂行に当たってまいりましたので、委員殿がこの者に対して進んで与えておられた好評価を変更された理由をはかりかね、まったく途方に暮れております。また、委員殿が明白な理由もなくこのような過酷な処置を執られることはないと承知しております。この者はそれゆえ、自分のおこないがはなはだしく誤って委員殿に伝えられたのだと信じるに至りました。この考えがさらに確信される理由があります。この移住計画に関わって、委員殿の人道的な意図を挫かせ、政府にさらなる多大の出費を強いることを望む対抗勢力の存在のため、この者は多くの敵を作っておりました。彼らによる虚偽の陳述こそがこの者の解任につながったのだと、信じるにたる理由がおおいにあるのです。支援してくれる友もなく、自由な教育を授かることによって助けられることもなく、この者は、自分の大義が公正であることによってしか救済を願うことができないのです。任務を解任されたことの無念、そしてこの任務からもたらされると期待された利益から引き離されたことの無念が、これに加わります。この任務に当たる準備のため、また、その境遇から必要とされたそのほかの出費のため、この者は、少ない財産のかなりの部分が費やされるという不運も味わいました。この出費の計算書がこの文書に添付されております。この嘆願者は、自分のおこないのどこかの部分に関する免罪を求めて、委員殿を煩わせるような意図は持っておりません。なぜなら、この者は非難されるような罪を犯していないからです。しかしながら、この者が委員殿に対して強く懇願いたしますのは、公的な任務に着いていた期間におけるこの者のおこないを精査していただくことです。そのうえで、この者の解任が虚偽の陳述によるものであることが判明しましたら、この者にとって委員殿の公正さこそが救済であると確信されます。

したがってこの嘆願者は、委員殿にこの者の件を考慮していただけるよう、恐れながらお願い申し上げる次第です。また、上記の支出の計三十二ポンド四シリング、および予定された賃金の支払いを命じていただきますよう、恐れながらお願い申し上げます。一七八七年五月十二日、ロンドンにて。

このような嘆願書が委員会委員の手元に届けられた。そして、その二、三か月後、尋問されることもなく、ありがたいことにわたしは五十ポンド受け取った。――そのうち十八ポンドは、わたしが任務を誠実に果たした（およそ四か月の）期間の賃金である。――この金額が自由黒人が植民地で得られる金額よりも多いことだけは確かだ!!!

この時期から現在まで、わたしの人生行路は穏やかなものだった。そして、わたしの努力と心遣いの大部分は、ひどく傷つけられた同郷人を支援するために費やされてきた。

一七八八年三月二十一日、わたしはアフリカの同胞たちのための嘆願書を王妃陛下[4]［シャーロット］に送る光栄に浴した。そして、ありがたくも陛下に受け取っていただくことができた。

王妃陛下、

高名なる陛下の博愛と慈悲に勇気づけられ御前に進み、たとえわたしの身分が低かろうとも、陛下はここでお伝えする受難に注意を向けてくださると信じて、わたしは懇願いたします。

しかしわたしは、自分の苦悩に対する同情を陛下に請うているわけではございません。わたしの受難など、どんなに多くとも忘れることができます。わたしが陛下に同情を寄せていただきたいのは、何百万ものわたしのアフリカの同郷人たちに対してです。彼らは西インド諸島で暴君の鞭に打たれてうめいているのです。

かの地の不幸な黒人に対して虐待と残虐行為がおこなわれている問題は、ついに英国の議会にまで届き、現在その救済策について討議されています。西インド諸島に奴隷を所有する者ですら、何人かが奴隷所有の存続に反対する嘆願を出すということもありました。それが不当なだけでなく、賢明でもないということ、非人道的なことは必ずや不得策でもあるということに彼らが気づいているからです。

陛下の治世は、これまでのところ、個人の慈善と博愛の行為によって際だっています。不幸の規模が大きくなれば、確実にそれだけ陛下の同情も大きくなりましょう。そうすれば、その不幸に救済がもたらされたときの陛下の喜びも大きなものとなるに違いありません。

慈悲深き王妃陛下様、それゆえにわたしは、不幸なアフリカ人のためを思って国王陛下にお口添えをしていただくようお願い申し上げるのです。陛下の情け深い影響力があれば、それによって、彼らの不幸にも終止符が打たれることになるでしょう。そして彼らは、現在落とされている獣の状態から、人間としての権利と境遇を持つ身分へと高められ、陛下の幸福な統治の恩恵にあずかることを許されるようになるでしょう。そうすれば陛下は、何百万もの人々に幸福をもたらしたことにより、心から喜びを感じられるでしょう。そして、彼らの感謝の祈りと繁栄を願う祈りによって報われるでしょう。

惜しみない創造主によって、この世界のあらゆる祝福とあの世で約束されている完全な喜びが、陛下と王室の皆様に降り注がんことを。

陛下のもっとも忠実かつ献身的な僕《しもべ》、

292

グスタヴス・ヴァッサ
虐げられたエチオピア人

ボールドウィンズガーデンズ五十三番地

昨年ジャマイカの議会で作られた黒人統合法と、同議会で現在論議を呼んでいる新たな修正法案には、奴隷の処遇に関して、農園経営者に対してなされてきた非難の数々が存在することを証明するものが含まれている。

わたしたち人間の本性の名誉を擁護するために、英国政府において自由と正義が刷新されるのをこの目で見て気のすむ思いのできることをわたしは期待している。こうした期待は、おそらく何か特定の方面に関係するといったものではないだろう。さらに真剣にすべての道義的な情を持った人たちに言いたいのだが、このような自由と正義を刷新する行動は、将来、名声を得るための正当で確実な土台となる。高貴な人のなかには、たとえ遠縁からのものであっても財産が復帰すること《リヴァージョン》を実質的な利益として切望している人もいる。権力の座にいる紳士諸氏に関心を持ってもらいたいと、わたしが願い、そして期待しているのは、このような根拠があってのことなのだ。それは、彼らの地位の向上や身分の尊厳と一致する企てでもあり、自由かつ寛大な政府の性質と一致する目的である。さらに、それは帝国や領土という観点からすると、議会の慈悲深さや確固たる功績と一致する。それこそが本当の偉大さの追求なのだ。――こんなときが来てほしい――少なくともわたしは十分にあり得ると推測しているが――肌の黒い人たちが広々と広がる自由という幸福な領域を持ったことを心から祝福する、そんなときが。そしてそのときには、慈愛と自由と最善の政策を提議する高潔さを持ち、その大義のために先頭に立った人たち、[▼5] 彼らの名はとりわけ称賛と名誉の名となるだろう。王室が支援し承認するに値する計画の数々を議会に持ち込んだのは彼らだった。天よ、英国の上院議員たちをして、光と自由と科学を地球の果てまでも飛散させしめたまえ。そうすれば、それは神にとっての最高の栄光、地上の平和、人類への善意となることであろう。――栄光、名誉、平和、そのほかを、善をなす人すべての魂に。まずは英国人に（なぜなら彼らに対して福音は説かれるものだから）、それから全人類に。「造り主を尊ぶ人は乏しい人を憐れむ[*13]」。「慈善は国を高め、罪は民の恥となる。悪を行う者にとっては滅亡。神に逆らう者は、逆らいの罪によって倒される[*14]」。虐げられた黒人たちの事例を哀れむすべての人に、神の祝福がありますように。神への畏れが彼らの命を伸ばしますように。そして、彼らの期待が喜びで満たされますように！　「高貴な人は高貴なことをはかり、高貴なことを擁護する」（「イザヤ書」第三十二章八節）。彼らは敬虔なるヨブのように、こう言ってもよい。「わたしは苦境にある人と共に泣かなかったろうか。貧しい人のために心を痛めなかったろうか」（「ヨブ記」第三十章二十五節）。

　非人道的な奴隷貿易について英国議会で議論されている現在、わたしが明らかだと思うのは、もしアフリカに商業のシステムが確立されれば、現地の住民は英国の流行、慣習、しきたりなどを何も考えずに受け入れるので、英国で作られたものへの需要が急激に高まるだろうということだ。文明化するのに応じて英国製品の消費もそうなるだろう。ヨーロッパのおよそ二倍の大きさで、野菜も鉱物も豊富に取れる大陸における消費の度合は、計算するまでもなく簡単に想像できる。

次のような場合がいい例だ。――ブリテン島の先住民は衣類その他にほとんど、あるいはまったくお金を使わなかった。彼ら祖先と現代の世代との差は、消費という観点から言うと、文字どおり無限である。非常に明白な仮説だ。それはアフリカにおいても同様にはかり知れないだろう。――同じ原因、すなわち文明が、同じ結果をもたらすだろう。

これは安全な基盤を持った貿易である。アフリカと通商関係を持つことは、英国の産業に尽きることのない富の源泉を開くことになるのだ。[6] そして、こうしたすべてのことに対して、奴隷貿易はまったくの障害となるのだ。

わたしが聞いたことが間違っていなければ、製造業から得られる利益は、土地を所有して得られる利益よりも多くはないにしても、少なくもないということである。その理由はすぐに理解できる。あの悪魔のような奴隷制を廃止すれば、製造業は急速に拡大するだろう。このことは一部の利害関係者の主張することと、まったく正反対である。

この国の製造業に携わる人たちは、物事の道理に従えば、アフリカ市場に参入することによって完全で永続的な雇用を確保するべきだし、きっとそうすることになるだろう。

アフリカの住人とアフリカの地中や地表には、利益という見返りを与えてくれる貴重で有用なものが豊富に眠っているのだ。何世紀にもわたって隠されてきた秘宝が白日にさらされ、流通されることになるだろう。製造業や商業や鉱業などは、彼らが文明化するのに呼応して、大々的に展開されるようになるだろう。要するに、これは英国の製造業者および冒険的商人に、かぎりない商取引きの場を開くことになる。製造業の利益と全体的な利益は同じものだ。よって奴隷制の廃止は、実際にあらゆる人にとっての善なのだ。

拷問、殺人、その他ありとあらゆる想像できるかぎりの蛮行と不公正が、何の罪もない奴隷に対しておこなわれている。わたしは奴隷貿易が廃止されることを願っている。近い将来そうなることを祈っている。大部分の製造業者が同じ大義のもとで結集して、その達成を促進することになるだろう。すでに述べたように、それは実質的に彼らの利益なのであり、国民全体の利益にもなるのだ(ただし、くびき、首輪、鎖、手錠、足輪、足につける錘《おもり》、親指締め、鉄の口輪、棺桶、九尾の鞭、ふつうの鞭、その他、奴隷貿易で使用される拷問道具を製造している者はのぞく)。正義と慈愛だけでなく利益を動機として、近いうちに一つの考え方だけが普及するようになるだろう。ヨーロッパには一億二千万の住人がいる。そこで質問。――アフリカには何百万の住人がいるだろうか？　文明化したアフリカ人が、団体であれ個人であれ、衣類や家具に一人当たりで年間五ポンド消費するとしたら、想像の範囲を超える大変な規模だ！

これは事実に基づいて考え出された理論であり、それゆえに間違いないものである。もし黒人たちがそのまま自分の国に留まることが許されるなら、十五年ごとに人工は倍になるだろう。こうした増加に比例して製造業の需要も高まるだろう。コットンやインディゴはアフリカのほとんどの地域で自生している。これだけ考えても、英国の製造業を得意とする町にとって、アフリカの重要性は小さくない。そこには広大で輝かしい幸福の眺望が開かれる。——周囲は一万マイルで、あらゆる種類の産物が極めて豊富にある大陸における衣類その他に対する需要が、製造業者に返ってくるのだ。

わたしは生涯の物語を最初に出版して以来[*15]、英国、アイルランド、スコットランドなどの数多くのさまざまな場所に行った。ここでその話を付け加えてもいいかもしれない[▼7]。ただそうするとこの本が分厚くなりすぎてしまうので、概略を述べるにとどめる。一七九一年五月、わたしはリヴァプールからダブリンへ船で行った。そして、とても親切に迎えられた。ダブリンからはコークに行き、そのあとアイルランドのたくさんの地方を旅した。どこに行っても、あらゆる階級の人たちからとても良い扱いを受けた。とりわけベルファストの人たちは手厚くもてなしてくれた。翌年の一月二十九日そこから船でクライドに渡り、三十日にはグリーノックに到着した。そのあとすぐにロンドンに帰った。ロンドンではオランダやドイツから来た著名な人たちと会った。彼らは口々にわたしを彼らの国に招待してくれた。両国でも、それからニューヨークでも、わたしの生涯の物語が出版されていると聞いてとても嬉しかった。それからしばらくロンドンにとどまり、四月二日と三日に下院で奴隷貿易に関する議論がおこなわれるのを傍聴した。その後、わたしはケンブリッジシャーのソウハムに行き、四月七日、イーリー出身のジェイムズとアン・カレン夫妻の娘、ミス・カレンと結婚した[▼8]。

最後にわたしは、読者のご寛恕のほどを願い、結びの言葉としたい。この物語に何らかの価値があると思うほどの虚栄心を、わたしは持ち合わせていない。ただこの物語は、平易な真実を想像の色づけで飾ることなどできないし、そうするつもりもない者の手によって書かれたということが分かってもらえれば、非難を受けることは猶予されると思っている。わたしの生涯と運命は波瀾万丈だったし、わたしはさまざまな冒険をしてきた。これまで述べてきたこともかなり短縮されたものである。もしこの小さな作品で描かれている出来事のなかに、読者にとって面白くない、取るに足らないと思われるものがあるとしても、弁明として言えるのはただ、わたしの生涯のほとんどすべての出来事が心に深く刻まれ、行動に影響を与えたということだけである。わたしは早いうちから、ほんの小さな出来事にも神の手を見ることになじんでいて、そこから道徳と信仰の教えを学び取ってきた。このため、これまで述べてきたすべての出来事がわたしにとっては重要なのである。結局のところ、もしわたしたちがそれを観察することによってより善良に、より賢くなって、「正義を行い、慈しみを愛し、へりくだって神と共に歩むこと」[*16]を学ぶのでなければ、どんな出来事が重要になりえるだろうか！　こうした心がけを持っている人にとっては、どんな本でも出来事でも、何ら得ることのない、つまらないだけのものなどほとんどない。他方、そうでない人にとっては、長い年月をかけた経験も何の役にも立たない。彼らに知恵という宝物を浴びせたとしても、それは教訓という宝石を投げ捨ててしまうのと同じことなのだ。

〔完〕

付録

初版から第九版までの序文

読者の皆様へ［第五版から第九版まで］

一七九二年四月二十五日の『オラクル』と二十七日の『スター』に、わたしが西インド諸島のオランダ領サンタクルーズ諸島の生まれだなどという記事が載っておりますが[*1]、これはとんでもないデマであり、わたしの人格を中傷し[▼1]、本書の評判に傷をつけて、売れ行きに水をさそうと意図されたものです[▼2]。そこでこの版ではあえてこの件について注記することにいたします。わたしがはじめてイングランドにやってきたときアフリカの言葉しか話せなかったことは、数多くの信頼できる方々に証明していただけます。わたしの出生地に関する真相の判断は、この方々にゆだねることにいたします[▼3]。

そのうえであらためて、わたしは公平な読者と人情深い友人たちに本書を捧げます。そして本書がまだそれなりの武器となることを願いたい。わたしの黒人の同胞へのむごたらしい行為を紹介することによって、それに反対する高潔な心をこの国にどんどん広め、残酷で不当な人身売買をすみやかに停止させる手段となることを願いたいのです。

一七九二年六月、エジンバラにて

アレグザンダー・ティロックから、グラスゴーの郷士ジョン・モンティース氏への手紙［第五版から第九版まで］

拝啓

先月三十日の手紙にお答えしたいのですが、その前にお知らせしておきたいのは、グスタヴス・ヴァッサに関する例の記事の情報源に関してです。本日、二十五日水曜日のオラクル紙をお送りしました。三ページの最後の段をご覧ください。そこにあるのが二十七日のスター紙に掲載した記事のもとになったものです。――記事の内容が間違っているとしても、その責任は当方にはありません。G・V［グスタヴス・ヴァッサ］について、当方は何も知りません。

オラクル紙の問題の部分のすぐあとにつづく段落を読んでみますと、G・Vに関する部分は、奴隷貿易の存続を支持する何者かの手によってでっち上げられたものであり、反対派のためになる証言の威力を少しでも弱めようと意図されたものだと思われます。その何者かは、そうすれば証人その人の息の根を止められるとでも思っているのでしょう。

オラクル紙もお送りしましたので、この件について当方でできることは以上となります。

敬具

一七九二年五月五日、スター編集部にて

アレックス・ティロック

ロンドンのメイフェア教会の牧師J・ベイカー博士から、グラスゴーの郷士デイヴィッド・ゲイル氏邸のグスタヴス・ヴァッサ氏への手紙［第五版から第九版まで］

拝啓

［ブキャナン・］ミラン氏（『オラクル』の発行者）を追ってみましたが、自宅にはいませんでした。あなたに謝罪させようと思っていたのです。きちんとした謝罪を、あの記事によってもたらされた不利益となる印象を振り払い、十分に満足できるだけの謝罪をしてもらおうと望んでいたのです。今回の件が訴訟に耐えうるかどうか分かりませんし、あなたが法的に彼を罰することができるかどうかも調べてみませんでした。きちんとした謝罪がなされるのならば、お金をかけてまで訴訟に持ち込むほどの価値があるとは思えなかったので。それに、あなたの生涯の物語を読んで、あなたがアフリカ生まれでないなどと思う読者がいるでしょうか？　だから、第五版を印刷するのでしたら、ぜひともあの中傷記事についての弁明を追加しておくべきです。

敬具

J・ベイカー

一七九二年五月十四日、グローヴナー通りにて

英国議会、聖職上院議員および世俗上院議員、ならびに下院議員の皆様へ[*2]

拝啓

最大限の敬意をもって皆様に献上いたしたく思う本書は、正真正銘、真実の物語です。その主たる目的は、奴隷貿易がわたしの不運な同郷人にもたらしてきた苦難の数々を知っていただき、威厳ある議会に哀れみの情を持っていただくことです。奴隷貿易の恐怖のため、わたしも最初、自分の心にあったやさしい感情のすべてから切り離されてしまいました。それでも一度失った感情は、計り知ることのできない神の摂理をとおして、埋め合わされる以上のものになったと考えられます。それはわたしがその後、キリスト教についてはじめて知るにいたったからであり、また、偏見のない思想、博愛主義、輝かしく自由な政府、卓越した芸術と科学などによって、これまで人間の尊厳を高めてきた国家、すなわち英国について知るにいたったからなのです。

およそ文学的価値を欠いた作品をお届けするにあたって、皆様のお許しを請わなくてはならないことは十分に承知しております。ただしかし、これは無学なアフリカ人の手によるものであり、そのアフリカ人は苦しんでいる同郷人たちを救うための道具になりたいと願って、こうした行動に駆り立てられたのです。このような人間がこのような大義をもって請うのですから、不遜で厚かましいなどと

のそしりは免れるものと信じております。
奴隷貿易廃止問題について議会で議論されるその日には、天上の神が皆様の心に特別な慈悲心を与えてくださることを願います。その重大な一日、何千もの同郷人たちを待ち受けるのが幸福か不幸かを決めるのは皆様なのですから！

敬具

オラウダ・イクイアーノ、またの名を、グスタヴス・ヴァッサ

一七八九年三月[*3]

奴隷貿易廃止委員会座長の皆様へ［第三版から第九版まで］

一七九〇年五月二十六日、ケンブリッジ、モードレン・カレッジにて

拝啓
奴隷貿易の廃止という人道的な大義を支持する皆様の賞賛すべき努力におおいに賛同する者としてわたくしは、僭越ながら、この手紙を持参しているグスタヴス・ヴァッサというアフリカ人を皆様の加護の下におかれるよう、また、彼の著書を売る手助けをしていただくようお願いいたします。

敬具

P・ペカード

一七九〇年七月二十三日、マンチェスターにて［第三版から第九版まで］

トマス・ウォーカーは、『グスタヴス・ヴァッサの物語』を販売することを、公正で人道的な友人たちに喜んでおすすめする。また彼がそうした人たちの保護と支援を受けるにふさわしい人物だということは、ロンドンのT・クラークソン牧師、ケンブリッジのペカード博士、バーミンガムの郷士サンプソン・ロイド氏とチャールズ・ロイド氏らが皆、証言するところである。

一七九〇年八月二十日、シェフィールドにて［第三版から第九版まで］

ケンブリッジのペカード博士、バーミンガムのロイド氏、ロンドンのトマス・クラークソン牧師、マンチェスターの郷士トマス・ウォーカー氏、トマス・クーパー氏、アイザック・モス氏らの推薦にもとづいて、われわれは、シェフィールドおよびその近辺に在住の人情深い友人たちに『グスタヴス・ヴァッサの物語』を販売することをお願いしたい。

牧師ジェイムズ・ウィルキンソン　博士ブラウン
牧師エドワード・グッドウィン　郷士ウィリアム・ショア

ジョン・バーロウ　　サミュエル・マーシャル

一七九一年一月十七日、ノッティンガムにて［第五版から第九版まで］

何人もの第一級の紳士たちが、あわれなアフリカ人としてかつてあの傷つき虐げられた階級にあった、グスタヴス・ヴァッサという人物の良識と教養と高潔さについて証言し、彼を推薦していることは軽視できない。また、われわれは実際この人物と面談した結果、彼を推薦することが正当であるといっそう確信するにいたった。よって、僭越ながらわれわれからも、人情深き友人諸氏に上記グスタヴス・ヴァッサの保護と支援をお願いしたい。

牧師G・ウォーカー　　F・ウェイクフィールド
ジョン・モリス　　T・ボルトン
聖ピーターズ教会司祭牧師ジョウゼフ・リグズビー
サミュエル・スミス　　トマス・ホークスリー
ジョン・ライト　　医師S・ホワイト
J・ハンコック

キャリックファーガス在住のオブライアン氏への手紙（グスタヴス・ヴァッサ氏の推薦状）［第五版から第九版まで］

一七九一年十二月二十五日、ベルファーストにて

拝啓

この手紙の持ち主、グスタヴス・ヴァッサ氏は教化されたアフリカ人で、良識をもち、礼儀をわきまえた、すぐれた人格者です。人から勧められてこちらを訪れ、こちらの有力者たちにも歓待されました。彼は明日、あなたの町へ行きます。自分で書いた本を売るためです。その本には彼自身の苦難の生涯の物語が語られていて、彼の生まれ故郷とそこの住民たちの話も書かれています。彼は幼くして自分の親族と故郷から（彼らよりもずっと野蛮なイングランドの白人の手によって）むりやり引き離されたのです。わたしは、彼がイングランドで暮らしているときに会ったことがあります。当時わたしは、ウィリアム・ドルベン卿、グランヴィル・シャープ氏、ウィルクス氏らといっしょに、アメリカ人捕虜の代理人を務めていました。ヴァッサ氏は非の打ちどころのない性格で、奴隷法を廃止にするための動議を起こすきっかけとなった重要人物でした。どうかそちらでもヴァッサ氏をよろしくもてなしてやってください。また、もし時間が許せば、個人的にあなたの近所の人たちにも彼のことを紹介していただければ、きっと彼のためになるでしょう。

敬具
トマス・ディグズ

ストックトン在住の郷士ロウランド・ウェブスター氏への手紙（グスタヴス・ヴァッサ氏の推薦状）［第六版から第九版まで］

拝啓

きわめてすぐれたアフリカ人、グスタヴス・ヴァッサ氏を貴兄にご紹介します。彼は何通かの推薦状を持参してストックトンにまいりますが、わたしも喜んでここに彼の推薦状をしたためております。彼は奴隷貿易廃止法案の支持者のあいだではとても有名ですが、彼自身、この真に宗教的にも人道的にもためになる計画を推し進める大きな力となってきました。ヴァッサ氏は自伝を出版しており、そのなかで非人間的かつ有害な奴隷貿易の不正をはっきりと描いています。彼が述べていることのどれ一つとっても誇張はないと、わたし自身の経験から断言できます。この著作はすでに書評家たちからとてもよい評価を受けていて、人の才能や真価は生まれた国や肌の色には関係ないことを十分に証明しています。彼はこの本をいくらかそちらに持ってまいりますので、貴兄にはその販売の手助けをしていただければ幸いです。

敬具

ウィリアム・エディス

一七九二年十月二十五日、ダラムにて

一七九二年十一月十二日、ハルにて［第六版から第九版まで］

この手紙の持ち主であるアフリカ人、グスタヴス・ヴァッサ氏は、ピーターバラ主席司祭のペカード博士ほか多くの立派な人々から、知的かつ高潔な人物としてわれわれに紹介された。最良の権威にもとづく推薦であることは間違いないので、この町の人情深い友人たちには、彼の生涯についての興味深い物語の予約販売の促進に力をかしていただきたい。

町長ジョン・サイクス
郷士R・A・ハリソン
教区司祭トマス・クラーク
郷士ジョウゼフ・R・ピーズ
在ゲインズバラ郷士ウィリアム・ホーンビィ

デヴァイズィズ在住の郷士ウィリアム・ヒューズへの手紙［第八版と第九版］

拝啓

好意ととっていただけることを願って、この手紙の持ち主、教化されたアフリカ人、オラウダ・イクイアーノ（別名、グスタヴス・ヴァッサ）を紹介いたします。

彼は、きわめて優秀な有徳の模範となる方々から誠実で慈悲深い人物だと推薦されて、わたしのところにやってきました。彼の著書を読むだけでなく、実際に彼と話して立ち居振る舞いを見ていただければ、それがまったく正しいことをわかっていただけるでしょう。

彼は、奴隷法を廃止に追い込む動議を出すために活発に行動したので、いまや公の世界でもちょっとした有名人です。彼は波瀾万丈の生涯を送ってきましたが、そのあらゆる場面において、人格的にもおこないにおいても非の打ちどころのないものでした。

自分の本の販売促進をすることが、あなたの地方での彼の仕事です。この仕事には、人道的な大義を支持する者としてわたしも協力しています。奴隷にされ教化を阻まれている自分の同郷人たちに自由と救いを与えようという、彼の高尚な大義に対して、わたしの力でできることはほんのわずかではあるのですが。

彼の自叙伝に流れる純真さはきわめて美しいものです。そして、それが真実であることで、よりいっそう美しく感じられます。彼の自叙伝についてわたしが言いたいのはこれだけですが、この本を買った人たちがその代金を払ったことを後悔するようなことは絶対にないと断言できます。

どうかこの美しい心の黒人を歓迎して引き立ててやってください。そしてぜひともデヴァイズィズのご友人に紹介してやってください。そうすれば、きっとあなた自身も心からうれしく感じられるでしょうし、わたしからもおおいに感謝いたします。

敬具

ウィリアム・ラングワージィ

一七九三年十月十日、バースにて

『マンスリー・レヴュー』一七八九年六月号、五五一頁より［第五版から第九版まで］

この非常に知的なアフリカ人の物語の信憑性については、まったく疑いの念を差し挟む余地はない。ただし、誰かイングランド人の物書きが編集を手伝ったか、少なくとも文章を直した可能性がないわけではないだろう。それくらいこの本は文句なくよく書けているのだ。本書は正直者の顔をしている。読者もその著者に好印象を持つことだろう。彼は自分の運命にめぐりあわされた波瀾万丈の出来事を、ことこまかに何の飾り気もなく語っている。本書は、黒人奴隷の問題が公的な調査の対象となるときに、とてもタイミングよく出版された。西インドの植民地経営者たちに対する非難の声をより大きくしようというつもりだろう。彼らのなかには自分の奴隷を残酷な目に遭わせていると伝えられている者がいるが、本書では、そうした行為の実例が数多く詳細に描かれているのだ。

本書を書いた黒人の著者はとても思慮のある人物だと思われるが、彼がキリスト教に改宗したのだと知れば、信頼もいっそう増すであろう。彼はメソジストになったので、本書では終盤にかけて彼の見た夢や幻影、神の力が及んだ話などに多くのページが割かれている。そこを読めば、だからといって彼が何かの妄想にとりつかれていたのではなく、神の原理に導かれているのだとわかるだろう。洗礼を受けてもキリスト教の教えのほんの一部だけで満足しているような、だめな改宗者とは違うのである。そういうだめな例は、アメリカや西インド諸島に数え切れないほどあると言われている。

グスタヴス・ヴァッサは、これとは異なった人格の持ち主である。だからこそ、本書の出版が成功することを心から願いたい。それは喜ばしくも、本書の予約購読リストに名前の並んだ立派な人たちによって後押しされてもいるのだ。

一七八九年七月号の『ジェネラル・マガジン・アンド・インパーシャル・レヴュー』は本書を以下のように評している［第三版から第九版まで］

本書は、あるアフリカ人の波乱に富んだ冒険について「ありのままに語った物語*4」である。英国議会に汚点を残した、人類にとって恥ずべき貿易に従事する野蛮な連中の手で、このアフリカ人は幼くして故郷からむりやり引き離された。彼の物語は、誠実にありのままに語られているように思われる。著者の生まれた地方（イボ）のしきたりについての話は興味深くて面白い。読者は、たまたま西インド植民地経営者かリヴァプールの貿易商かでもないかぎり、わが国の植民地のいたるところで著者の不幸な同郷人たちに対して恥知らずな残虐行為がおこなわれる話を読んで心をひどく痛めることだろう。もし感情の持ち主なら当然のことながら、虐げられている側も虐げる側もともに哀れみと憤りを感じることだろう。あまりにも不正で、あまりにも邪悪な奴隷貿易は廃止されるべきだ、というのがわれわれの熱烈な願望である。そして、われわれは著者とともに心から祈る。「興味深き問題について議会で議論されるその日には、天上の神が議会の代表者たちの心に特別な慈悲心を与えてくださることを願います。その重大な一日、何千もの同郷人たちを待ち受けるのが幸福か不幸かを決めるのは彼らなのですから！」と。

注記。以上のような手紙や書評を掲載したのは、わたしの敵が本書の流通を妨げようとして誤った主張をしているからである。［第八版と第九版］

ありがたくも本書が各方面の何百もの読者から好評を得たのは、ひとえに数多くの友人たちのおかげである。また、公正で偏見を持たないアフリカ人の友人たちには謹んで支援と励ましを請いたい。

［第三版から第九版まで］

原注

第一章

▼1　ジェイムズ・フィールド・スタンフィールド著『ギニア旅行についての所見、T・クラークソン牧師への連続書簡』〔James Field Stanfield, *Observations on a Voyage to the Coast of Africa, in a Series of Letters to Thomas Clarkson, by James Field Stanfield, Formerly a Mariner in the African Trade*〕、一七八八年、二十一頁を参照。――「わたしは、ベニン王国の人々ほど幸福な人種を見たことがなかった。彼らは、安楽で豊かに暮らしており、奴隷貿易やそれにともなう悪い影響を免れていた。あらゆるものが友情、平穏、原始的独立の外見を持っていた」。〔この注釈は第八、九版のみ〕

▼2　ベネゼットの『ギニア地誌』〔Anthony Benezet, *Some Historical Account* (sic) *of Guinea, Its Situation, Produce, and the General Disposition of Its Inhabitants. With an Inquiry into the Rise and Progress of the Slave Trade, Its Nature, and Lamentable Effects* (London, 1788)〕の全体を参照のこと。

▼3　トルコのスミルナにいたとき、わたしはしばしばギリシア人が同じように踊るのを目にした。

▼4　おわん《ボール》は奇妙な形をした土器で、管になった葦《あし》が取り付けられている。この管は長くなっていて、少年でも一人で、大きいものなら二人で、担ぐことができる。

▼5　スミルナにいたときこれと同じような土を見て、イングランドに持ち帰ったことがある。それは麝香《じゃこう》に似た強烈なにおいがするが、より甘美な香りで、バラのにおいに似ていなくもない。

▼6　ベネゼットの『アフリカ地誌』〔Anthony Benezet, *Some Historical Account* (sic) *of Guinea: A Short Account of that Part of Africa, Inhabited by the Negroes. With Respect to the Fertility of the Country; the Good Disposition of Many of the Natives, and the Manner by which the SLAVE TRADE Is Carried on. Extracted from Divers Authors, in Order to Shew the Iniquity of that Trade, and the Falsity of the ARGUMENTS usually Advanced in its Vindication. With Quotations from Several Persons of Note, viz. GEORGE WALLIS, FRANCIS HUTCHESON, and JAMES FOSTER . . . The Second Edition, with Large Additions and Amendments* (Philadelphia, 1762)］の全体を参照のこと。

▼7　マシューズ大尉の旅行記［*A Voyage to the River Sierra-Leone, on the Coast of Africa; Containing an Account of the Trade and Productions of the Country, and of the Civil and Religious Customs and Manners of the People; in a Series of Letters to a Friend in England. By John Matthews, Lieutenant in the Royal Navy; During his Residence in that Country in the Years 1785, 1786, and 1787* (London, 1788)］、一二三頁を参照。

▼8　これと同じことが一七六三年に、西インド諸島のモントセラトで起こった。そのころわたしはドラン船長の下、チャーミング・サリー号に乗船していた。――ある日、一等航海士のマンスフィールド氏と何人かの船員が上陸していて、毒殺された黒人少女の葬儀に立ち会っていた。彼らは、そのようなときに棺の担ぎ手が走り回ることについては聞いたことがあったし、目撃したことすらあったが、それは担ぎ手のトリックにすぎないと考えていた。そのため、一等航海士は二人の船員に、棺を担いで墓まで運ぶよう命じた。船員二人も航海士と同じ考えだったので、すぐに指示にしたがった。しかし、彼らは、棺を担いだとたん、狂ったように走り回りはじめた。方向を定めることもまったくできなかった。そして最後には、その少女に毒を盛った男の小屋にそのつもりもないのにたどり着いた。そのとき突然、棺が彼らの肩から小屋に向かって落ちて、壁の一部を傷つけた。その小屋の持ち主は拘束され、毒を盛ったことを自白した。――これが、船に戻ってきた航海士と船員たちがわたしに話してくれたありのままである。信じるかどうかは、読者諸氏にお任せする。

▼9　「歴代誌(上)」第一章三十三節を参照。また同所に関して、ジョン・ブラウンの『聖書事典』［John Brown, *A Dictionary of the Holy Bible* (Edinburgh, 1788)］を参照。［この注釈は第六版から第九版のみ］

▼10　一七八～二一六頁。

▼11 『王立協会会報』第四七六号、第四部。クラークソン二〇五頁に引用。
▼12 同頁。
▼13 「使徒言行録」第十七章二十六節。［以下、訳文は新共同訳を使用。なお、原書では引用符は段落の最後につけられているが、これは著者の誤り］

第四章

▼1 彼は脱走を試みて海に身を投げたのであった。
▼2 バヨンヌから連れ帰った者のなかには、西インド諸島で奴隷を売りさばいていたことのある紳士が二人いた。彼らは一度、申請書を偽造して、ポルトガル人の白人男性を二人、奴隷に混ぜて売ったことがあると告白した。
▼3 人が死ぬ前にその人の後見、すなわち、同じ時間に別の場所にいるのに、その人とまったく瓜ふたつの霊のようなものが見られることがあると考える人がいる。ある日バヨンヌにいたとき、モンドル氏は、ある船員が下級将校室にいるところを見た。その少しあとに後甲板から出てきて、彼はその船員がそこにいたことをほかの船員たちに話した。船員たちによると、その男は大尉といっしょにボートで出ていったので、そのときには船にいないはずだった。しかしモンドル氏はそれを信じようとしなかった。わたしたちは船のなかを探したのだが、やはりその男は本当に船にはいないことが分かった。それからしばらくしてボートが戻ってきて、わたしたちは、その船員はモンドル氏が彼の姿を見たまさにそのときに溺れ死んだということを知らされた。

第五章

▼1 このようにしてわたしはこの女性の妬みと恨みの犠牲になった。この女性より先に主人の好意を得ることに成功していた女性は、わたしを召使いにしようと目論んでいた。わたしが上陸することさえできたら、彼女は

きっとそうできただろう。新しく愛人となったほうの女性は、自分のライバルに黒人の召使いを連れて偉そうにされては誇りが傷つけられると感じた。わたしへの復讐というよりも、そんなことにならないようにするために、彼女はこのように船長にわたしをひどく扱わせたのだ。

▼2　一七七三年に出版された詩、『死にゆく黒人』［Thomas Day and John Bicknell, *The Dying Negro, a Poetical Epistle, from a Black Who Shot Himself on Board a Vessel in the River Thames, to his Intended Wife* (London, 1773)］より。多分ここでこうつけ加えても差し出がましいとは思われないだろうが、この典雅で感動的な詩は、添えられた端書きによると、次のような事件をきっかけに書かれたものである。「ある黒人が、二、三日前に主人のもとから逃亡して、同じ召使い仲間だった白人女性と結婚するために洗礼を受けた。しかし、捕らえられ、テムズ川の船に乗せられた彼は、隙を見て自分の頭を撃ち抜いてしまった」。

▼3　ピスタレーンはシリングに相当する価値をもつ。

▼4　モントセラトのドベリー氏、その他大勢。

▼5　フィリップ・ギブズ卿。准男爵。バルバドス島在住。［以下の引用は第九版のみ］彼の著書『黒人取り扱い教書——海外福音普及協会に献じる』［Philip Gibbes, *Instructions for the Treatment of Negroes, inscribed to the Society for propagating the Gospel in foreign Parts* (London, 1786)］、三十二、三十三頁参照。

「黒人の人数が減少するとすれば、それは世話が足りないか、あるいは彼らの取り扱い方に思慮が欠けていることが原因である。——すべての動物は、理性があろうとなかろうと、安楽で満ち足りていて、不足や抑圧が感じられないところでは数が増加することが知られている。これは一般に認められる。よって、数の減少が起こった場合は、増やし繁栄させようという神の意図が、浅はかかつ不敬にも、心遣いと慈愛の欠如によって、あるいは分別と配慮の欠如によって阻まれているのである。バルバドスの人々は遠い地方の状況について調査する必要はない。セントヴィンセント島を見れば分かる。アフリカからバルバドスを目指すある船が、おそらく今世紀の初め、その島で座礁した。難破を逃れた人々はセントヴィンセントに定住した。人がこのような不運によって被るあらゆる困難の下、ほとんど無人の島（そのころのセントヴィンセントには少数のインディアンしかいなかった)で、数人のアフリカ人が定住して、かなりの人数になるほどまでに増加した。――これが証拠である。人口増加を妨害する状況で暮らし労働するのでなければ、この気候の下でも黒人は人数を増やすだろう」。

▼6 ベネゼット『ギニア地誌』、十六頁[正しくは七十八～八十頁]参照。

▼7 『雑感』[James Tobin, *Cursory Remarks upon the Reverend Mr. Ramsay's Essay* (London, 1785)]参照。

▼8 ジェイムズ・フィールド・スタンフィールド『ギニア旅行についての所見』、二十一、二十二頁。――「わたしの滞在したベニン王国ガトーの臣民は、定期的に市を開き、ものも豊富であった。彼らのところにはヨーロッパ人の知らない贅沢品があふれていた」。

第七章

▼1 「使徒言行録」第十二章九節。

第十章

▼1 「ローマ使徒への手紙」第八章一～三節。[この注釈は第六版から第九版のみ]

▼2 本書八十一～八十二頁[第四章、ジョン・モンドルの夢のエピソード]を参照。[この注釈は第六版から第九版のみ]

▼3 「ヨハネによる福音書」第十六章十三、十四節ほか。

▼4 「使徒言行録」第二十二章十七節。

▼5 「使徒言行録」第四章十二節。

第十一章

▼1　ジョン・ブラウン『聖書事典』の「歴代誌(上)」第一章三十三節に関する箇所、およびパーヴァー『聖書注解』[Anthony Purver, *A New and Literal Translation of All the Books of the Old and New Testament* (sic); *with Notes Explanatory* . . . (London, 1764)]の「創世記」第二十二章四節に関する箇所を参照。

第十二章

▼1　そのとき周旋人を目の前にして彼が言ったのは、国会議員スティール氏によると、この移住計画には三万三千ポンドの予算がついており、物品は持って行ってもよいということだった。[この注釈は第九版のみ]

▼2　この点に関する証人は、財務担当議員トマス・スティール氏、サー・チャールズ・ミドルトンなど。わたしにはクエーカー教徒その他の人たちに対する敬意があったので、(先の三月にわたしに関して誤ったことを書いている点について)彼の名前をあえて公表しなかった。[この注釈は第九版のみ]

▼3　『パブリック・アドヴァタイザー』一七八七年七月十四日号を参照のこと。[この注釈は初版から第四版までは一文前に付されていた]

▼4　何人かの友人の求めにより、ここにその原文を挿入させていただく。

▼5　グランヴィル・シャープ氏、トマス・クラークソン氏、ジェイムズ・ラムジー氏。彼らすでに高名な友人かつ美徳の人たちは、国家にとっての名誉であり、人間の本性を美しく飾るものであり、幸福そのものであり、人類にとっての恩人なのだ!

▼6　先のシエラレオネ移住計画で出航したトラスティ号には、靴一千三百足(これまでアフリカへ輸出されたことはほとんど知られていないもの)、その他いくつかの種類の品物が、同じく新品のままで、輸出品として搭載された。——よって、人身売買に異議を唱えることは、すべての工匠や職人や商人にとって、義務であるばかり

か利益にもつながるのではないだろうか？　奴隷船の積荷と比較してみれば、何と鮮やかな――何と美しいコントラストが目の前に出現することだろう！　感情を持つすべての人の心は歓喜に浸るだろう。そして、積荷に次のように書かれているのを見たときには、喜びもひとしおだろう。火薬の代わりに小麦粉――馬の飼料の代わりにビスケットとパン――破壊と略奪と殺人のための銃器の代わりに耕作道具一式――そして、さまざまな役に立つ品物が、拷問用の親指締めや苦痛の鎖などの代わりとなるのだ。［この注釈は第九版のみ］

▼7　たとえば、変わった冒険としては、何度か地底探検をした。マンチェスターのある川で。――もっとも驚くべきものとしてはダービシャーのピーク・ディストリクトで――そして一七九二年九月にはニューカッスルの聖アンソニー炭鉱で、タイン川の下をダラム側の数百ヤードのところ、九十尋《ひろ》まで潜った。［この注釈は第六版から第九版まで］

▼8　『ジェントルマンズ・マガジン』一七九二年四月号、『リテラリー・アンド・バイオグラフィカル・マガジン・アンド・ブリティッシュ・レヴュー』一七九二年五月号、『エジンバラ・ヒストリカル・レジスター・オア・マンスリー・インテリジェンサー』一七九二年四月号などを参照のこと。［これらの雑誌それぞれに、グスタヴス・ヴァッサとスザンナ・カレンの結婚に関する記事が掲載されている。この注釈は第五版から第九版まで］

付　録

▼1　「ありのままの私を語っていただきたい。いささかも酌量せず、また悪意によって事を曲げずにお書きください」［ウィリアム・シェイクスピア『オセロー』第五幕二場のオセローのセリフ。松岡和子訳］

▼2　こう言ってもよかろう。

「人にはいかなる魅力でも御しがたい欲望がある

自分の隣人の恥を声高に広めたいという欲望が。
鷲の翼に乗って永久に醜聞は飛んでいき
ただ徳行は生まれたところで死すのみ」
［ユウェナリス『諷刺詩』第九編より。スティーヴン・ハーヴィの英訳による］
『カントリー・クロニクル・アンド・ウィークリー・アドヴァタイザー』エセックス、ハーツ、ケント、サリー、ミドルセックス地方版、一七八八年二月十九日（火曜日）編集後記より。
「残念ながら紙面の都合でグスタヴス・ヴァッサ氏による奴隷貿易に関する記事の掲載を見送ったが、この尊敬すべきアフリカ人が、同胞のアフリカ人のためによせる熱意は、どんな人種、どんな大義にとっても名誉となるだろう」
▼3　わたしの友人であるサウサンプトン在住のベインズ夫人（旧姓ゲリン）とその友人多数。ダブリン税関のジョン・ヒル氏。アフレック提督。ポーツマス在住のジョージ・バルフォー提督。グリーンノック在住のガリア大佐。ロンドンのコヴェントガーデン、ジェイムズ通り在住のショー夫人。

訳注

第一章

＊1　エチオピアの旧称。

＊2　括弧内の記述は初版のみ。

＊3　John Gill, *An Exposition of the Old Testament, in which Are Recorded the Original of Mankind, of the Several Nations of the World, and of the Jewish Nation in Particular . . .* (London, 1788).

＊4　「創世記」第二十五章一、四節を参照。

＊5　John Clarke, *The Truth of the Christian Religion. In Six Books. By Hugo Grotius. Corrected and Illustrated with Notes by Mr. Le Clerc. To which Is Added, a Seventh Book, Concerning this Question, What Christian Church We Ought to Join Ourselves to? By the Said Mr. Le Clerc. Ninth Edition. Done into English by John Clarke* (London, 1786). なお、「サムル」とは、現在のイングランド南部のウィルトシャー州ソールズベリーの古代名。

＊6　Arthur Bedford, *The Scripture Chronology Demonstrated by Astronomical Calculations, and also by the Year of Jubilee, and the Sabbatical Year among the Jews; or, An Account of Time from the Creation of the World . . .* (London, 1730).

＊7　Thomas Clarkson, *An Essay on the Slavery and Commerce of the Human Species, Particularly the African, Translated from a Latin Dissertation, which Was Honoured with the First Prize in the University of Cambridge, for the Year 1785, with Additions* (London, 1786).

＊8　Thomas Fuller, *The Holy State* (Cambridge, 1642) からの引用。

第二章

＊1　John Denham, *Cooper's Hill* (1642) からの引用。異同あり。

＊2　タカラガイのこと。西アフリカで通貨として使用されていた。

第三章

＊1　一本マストの縦帆船。

＊2　Gustavus Vassa　スウェーデンをデンマークから解放した、最初のスウェーデン王グスタヴ一世（一四九六？～一五六〇、在位一五二三～六〇）の通称 Gustav Vassa に由来する。同時代のイングランドでは、Henry Brooke, *Gustavus Vasa, The Deliverer of his Country* という芝居も知られていた。この芝居は一七三八年に上演予定であったが、当時のウォルポール政権をあからさまに批判した内容だったため、検閲によって上演できなかった。それでも一七三九年に出版されたあとは版を重ねた。

＊3　一クォートで二パイントに相当する。

＊4　エーゲ海の旧称。

＊5　タールなどを乾留したあとに残る黒色のかす。

＊6　イングランド南西部コーンウォール州の海港。

＊7　ペンギン版の編者ヴィンセント・カレッタによると、この年齢はイクイアーノの誤り。後述の軍艦ロウバック号の点呼簿には、一七五五年八月六日の時点ですでにイクイアーノの名前が記載されている。イクイアーノは一七四五年より前に生まれたか、アフリカで誘拐されたのは十一歳よりも前だった可能性がある。

＊8　イギリス海峡のチャネル諸島のなかの島。

＊9　資料によると、パスカルがこの職に任命されたのは、実際には一七五六年七月十三日。点呼簿には、ベイ

カーが彼の召使いとして、"Gust. Vasa" が艦長の召使いとして記載されている。
＊10　テムズ川の河口の中央にある砂州。この時代は軍艦が集結していた。
＊11　当時の英国海軍は、船員が不足するなどで必要な場合に、経験がある船員を商業船などから強制的に徴募して軍艦に乗せる権限を持っていた。それはときにかなり手荒いやり方でおこなわれており、また、かならずしも船員の経験は問わないこともあった。それを集団でおこなうのが強制徴募隊(プレスギャング)。
＊12　フランス北西部沿岸の町。セーヌ川河口。現在のルアーヴルの旧名。
＊13　船首に張る三角の縦帆。
＊14　John Byng（一七〇四～五七）。英国の海軍軍人。ミノルカ島救援に失敗して処刑された。
＊15　イングランド南東部ケント州の港町。
＊16　William Augustus, Duke of Cumberland（一七二一～六五）。当時の英国王ジョージ三世の叔父に当たる。このイングランドへの帰国は一七五七年十月、同年七月のハステンベックの戦いにおける敗戦とハノーヴァーからの撤退を受けてのもので、そのあと彼は軍人としての引退を余儀なくされた。
＊17　イングランド南岸沖合、ポーツマスとワイト島のあいだにある停泊地。
＊18　Edward Boscawen（一七一一～六一）。
＊19　カナダ南東部ノヴァスコシア半島北方のケープブレトン島南東部にあるフランスの要塞で、一七五八年に英国軍に破壊された。
＊20　カナリア諸島でいちばん大きな島。
＊21　カナダ南東部の不凍港。
＊22　James Wolfe（一七二七～五九）。
＊23　爆発物を満載して火を放ち、敵艦船の風上に流し入れた船。
＊24　一七五八年七月二十六日。攻撃開始は同年五月三十日。
＊25　サー・チャールズ・ハーディ少将とデュレル少将　Sir Charles Hardy（一七一六?～八〇）、Philip Durell（一

七六六没)。

＊26 soundings　水中に投げ入れて水深を測る道具。

第四章

＊1　初版から第四版では「二、三年」となっている。

＊2　同教会の記録によると、一七五九年二月九日に「カロライナ生まれの十二歳の黒人グスタヴス・ヴァッサ」が洗礼を受けたとある。

＊3　このような異教徒へのキリスト教啓蒙書として次のものがある。Thomas Wilson, *An Essay towards an Instruction for the Indians; Explaining the Most Essential Doctrines of Christianity* (London, 1740).

＊4　初版から第七版では「ミス・ゲリンが光栄にもわたしの代母として立ち会い」。

＊5 rendezvous-house　強制徴募隊が集まる宿。

＊6　地中海東部とその沿岸諸国。

＊7 Ajax　トロイのギリシア方の英雄でテラモンの息子。アキレスの甲冑がオデュッセウスに与えられるとそれに憤慨して自殺した

＊8　アレグザンダー・ポウプ訳『イリアッド』からの引用。ただし、語句は変更されている。

＊9　当時の大型船には、乗組員の少年のための学校があった。航海に必要な読み書きと算術を教えた。

＊10　一七六〇年十月二十五日、ジョージ二世死去。王位は孫に当たるジョージ三世が継承した。

＊11　カナダのラブラドールとニューファウンドランド島のあいだにある海峡。

＊12　船の半分または一部に張った甲板。

＊13　ボートを停泊させたり、二隻の船を互いに引き寄せたり、海底に没した物を引き上げたりするのに使う。

＊14　乗船記録によると、イクイアーノがパスカルといっしょにジェイソン号に乗船していたのは一七五七年十一

月から十二月のおよそ二か月間。
＊15　船に安定を与え、喫水を大きくするために船底に積む石・鉄・水など。
＊16　記録によると、正しくは四月八日。
＊17　ジョン・ミルトン『楽園の喪失』第一巻一七五行。以下、引用に際して新井明訳を使用した。
＊18　本隊の前方に配置される部隊。
＊19　**the rule of three**　比例算において第一項と第四項（外項）の積は第二項と第三項（内項）の積に等しいという法則。
＊20　ケント州北部の港。テムズ川河口付近の南岸。
＊21　捕獲した船を売却することで得られる賞金。

第五章

＊1　イギリス領西インド諸島東部にあるリーワード諸島の火山島。
＊2　ミルトン『楽園の喪失』第一巻六五～六八行。サタンのいる地獄の光景の描写から。引用に異同あり。
＊3　昔のスペインの小銀貨で、十八世紀に米国や西インド諸島で使われた。
＊4　アメリカ独立革命のこと。一七八二年モントセラト島はフランスによって占拠された。
＊5　このパラグラフは第二版以降に挿入されたもの。
＊6　ミルトン『楽園の喪失』第二巻六一六～一八行。引用に異同あり。
＊7　この法案は一六八八年八月八日に可決された。奴隷貿易廃止論者によって頻繁に言及されている。
＊8　今日のマルティニーク島。
＊9　同書はジェイムズ・ラムジーへの反論。James Ramsay, *An Essay on the Treatment and Conversion of African Slaves in the Sugar Colonies*（London, 1784）を参照。

*10　「出エジプト記」第七章。
*11　人情、優しい思いやりのこと。『マクベス』一幕五場のマクベス夫人のセリフより。
*12　ミルトン『楽園の喪失』第二巻三三二～四〇行。

第六章

*1　「マタイによる福音書」第七章十二節、「ルカによる福音書」第六章三十一節を参照。
*2　平底で両端が方形の小舟。さおで動かす。
*3　出典不明。イクイアーノの自作詩行だと思われる。
*4　印紙条例とは、アメリカ植民地において、法律文書・公文書・新聞・商業上の書類などに所定額の印紙を張ることを規定した法令。一七六五年制定。イクイアーノはこのエピソードを一七六五年のこととしているが、植民地側の反対で印紙条例が廃止されたのは一七六六年。

第七章

*1　George Whitefield（一七一四～七〇年）。英国国教会メソジスト派の指導的な説教者。ヴィンセント・カレッタによると、一七六五年七月七日から一七六八年九月十六日までホイットフィールドはイギリスを離れなかったので、一七六六年、一七六七年にフィラデルフィアで彼の説教を聞くことはできなかったはず。おそらくイクイアーノが彼の説教を聞いたのは、一七六五年二月にジョージア州のサヴァナであった。資料によると、ホイットフィールドは二月九日にこの町にいた。一方、トマス・ファーマー船長のプルーデンス号に乗っていたイクイアーノは同年の二月七日から十六日までこの町の港にいた。
*2　「詩編」第一二六番は、補囚からの帰還を祝う歌で、「主がシオンの捕らわれ人を連れ帰られると聞いて、わた

したちは夢を見ている人のようになった」という一節からはじまる。イクイアーノが引用している一節は「詩編」にはないが、「詩編」第二十八番七節、第三十三番二十一節、第八十六番十二節などに類似した表現が見られる。
＊3　「列王記(下)」第二章十一節を参照。
＊4　初版では「これまでの経験によって」とある。
＊5　［扉絵とエピグラフ］　これらの扉絵と聖書からの引用によるエピグラフは、二巻本で刊行された『興味深い物語』の第二巻の冒頭におかれたもの。初版から第三版までは第七章の前、それ以降の版では第八章の前。なお、扉絵には「ヨブ記」から次の引用がそえられていた。「神は一つのことによって語られ、また、二つのことによって語られるが、人はそれに気がつかない。人が深い眠りに包まれ、横たわって眠ると、夢の中で、夜の幻の中で、神は人の耳を開き、懲らしめの言葉を封じ込められる」(第三十三章十四〜十六節)。

第八章

＊1　現在のアバコ。バハマ諸島のニュープロヴィデンス島の北にある大小の二つの島。
＊2　ボートフック。ボートを引き寄せたり離したりするための、先端にかぎ(フック)のついた細長い棒。

第九章

＊1　テムズ川南岸の荷揚げ場。
＊2　交換取引(バーター)は、交換取引などにおける一つ一つの商品の量と価値の計算法。混合法は、品質あるいは価値の違うものを混合して、目指す品質あるいは価値のものを作り出す計算法。
＊3　ウエストミンスター宮殿の対岸に当たるテムズ川の荷揚げ場。
＊4　この遠征についてフィップス自身が *A Voyage towards the North Pole Undertaken by His Majesty's Command*

1733. By Constantine John Phipps (London, 1774) という記録を残している。イクイアーノは記述における言葉の選び方から明らかに同書を参考にしていることが分かるが、そこにはない新しい情報も含まれている。

＊5　亜麻・大麻・合成繊維などの短い繊維。糸・より糸・詰め物に用いる。

＊6　セイウチは、ここでは英語で "sea-horse" と呼ばれている。

＊7　「恐怖の王」とは「死」のこと。「ヨブ記」第十八章十四節参照。

＊8　イギリス東部、サフォーク州の沿岸。

第十章

＊1　Granville Sharp（一七三五～一八一三）。代表的な奴隷貿易廃止論者の一人。一七七二年のサマセット事件においてマンスフィールド判決を導いた人物としても知られる。

＊2　該当箇所の聖書の原文は引用と多少異なる。

＊3　該当箇所の聖書の原文は「わたし」ではなく「わたしたち」。

＊4　「イザヤ書」第六十五章二十四節。

＊5　Robert Robinson（一七三五～一七九〇）作の賛美歌の一節。

＊6　問答形式という点では、イクイアーノが洗礼を受けたときにもらった Thomas Wilson, *An Essay towards an Instruction for the Indians* を思わせるが、内容的には Laurence Harlow, *The Conversion of an Indian, in a Latter to a Friend* (London, 1774) を思わせる。

＊7　ヘンリー・ペックウェル Henry Peckwell（一七四七～一七八七）。カルヴァン派の聖職者、作家。

＊8　「ヤコブの手紙」第二章十節。

＊9　ジョージ・スミス George Smith（?～一七八四）。監獄改革で知られる人物。

＊10　ジョゼフ・アレン Joseph Alleine（一六三四～一六六八）。ピューリタンの牧師。*An Alarme to Unconverted*

は一六七三年の著作。
＊11 「ほかのだれによっても、救いは得られません。わたしたちが救われるべき名は、天下にこの名のほか、人間には与えられていないのです」（「使徒言行録」第四章十二節）。
＊12 「主はこの山で、すべての民の顔を包んでいた布とすべての国を覆っていた布を滅ぼしてくださる」（「イザヤ書」第二十五章七節）。
＊13 「ローマの信徒への手紙」第七章九節。
＊14 「イエスはお答えになった。はっきり言っておく。だれでも水と霊とによって生まれなければ、神の国に入ることはできない」（「ヨハネによる福音書」第三章五節）。
＊15 「使徒言行録」第八章二十六～三十九節を参照。エチオピア人の宦官がキリストを救世主として受け入れ、フィリポから洗礼を授かる。
＊16 「ローマの信徒への手紙」第九章三十三節。
＊17 または「エベン・エゼル」（助けの石）。「サムエル記（上）」第七章十二節ほか。
＊18 聖書原文では次のとおり。「清い人には、すべてが清いのです。だが、汚れている者、信じない者には、何一つ清いものはなく、その知性も良心も汚れています」（「テトスへの手紙」第一章十五節）。
＊19 「もしそれが恵みによるとすれば、行いにはよりません。もしそうでなければ、恵みはもはや恵みではなくなります。もしそれが行いによるとすれば、恵みにはよりません。もしそうでなければ、行いはもはや行いではなくなります」（「ローマの信徒への手紙」第十一章六節）。

第十一章

＊1 賛美歌 "The Spiritual Victory" の一節。Angus Montague Toplady, *Psalms and Hymns for Public and Private Worship, Collected (for the Most Part), and Published, by Augustus Toplady* (London, 1776) 所収 (No. 312)。

＊2　ベネディクト十四世 Benedict XIV（法王在位一七四〇～一七七八年）。ヴィンセント・カレッタによると、ここで法王が「黒人」だというのはジョーク。イエズス会士は「黒い法王」とも呼ばれており、ベネディクト十四世は一般に反イエズス会だったと考えられている。
＊3　「コリント の信徒への手紙（二）」第六章十七節。
＊4　ここでイクイアーノが引用しているのは「詩編」第一〇七番のうち、一、五、六、七、八、九、十（一部略）、十三、二十三、二十四、四十三節。
＊5　現在のニカラグア東部のカリブ海側の海岸。
＊6　フォックスの『殉教者列伝』John Foxe, *The Actes and Monuments of These Latter and Perillous Dayes*［*Book of Martyrs*］（1563）のこと。反ローマ・カトリックの本として十八世紀には木版画付きの縮約版で何度も再版された。
＊7　「マタイによる福音書」第十六章二十六節。
＊8　ここでは新約聖書のなかのパウロの以下の書簡が参照できる。「そこではもはや、ユダヤ人もギリシア人もなく、奴隷も自由な身分の者もなく、男も女もありません。あなたがたは皆、キリスト・イエスにおいて一つだからです」（「ガラテアの信徒への手紙」第三章二十八節）。「その場合、もはや奴隷としてではなく、奴隷以上の者、つまり愛する兄弟としてです。オネシモはとうにあなたにとってはなおさらのこと、一人の人間としても、主を信じる者としても、愛する兄弟であるはずです」（「フィレモンへの手紙」十六節）。また、"St. Paul's man" とは、当時、ロンドンの聖ポール教会周辺にたむろする詐欺師のことも指した。
＊9　風を斜め前から受けてジグザグに風上に帆船を進めること。
＊10　Colley Cibber, *Love's Last Shift; or, The Fool in Fashion*（1696）第三幕一場からの引用。
＊11　戦時に敵国の船への攻撃・捕獲免許を得た武装民有船。

第十二章

＊1　十六世紀に制定された英国国教会の信仰箇条で、聖職に就く者は任命式でこれに同意を表明しなければならない。

＊2　「テモテへの手紙(二)」の次の節を参照。「銅細工人アレクサンドロがわたしをひどく苦しめました。主は、その仕業に応じて彼にお報いになります。あなたも彼には用心しなさい。彼はわたしたちの語ることに激しく反対したからです」(第四章十四〜十五節)。

＊3　当時のロンドン主教、ロバート・ラウス Robert Lowth(一七一〇〜一七八七)のこと。

＊4　ケープコーストカッスル(現ケープコースト)は、現ガーナ南部の港町。当時この町にいた黒人の英国国教会の牧師とは、フィリップ・クアーク Philip Quaque(一七四一〜一八一六)のこと。同地で生まれた彼は、イングランドに渡って教育を受けたのち、国教会の福音伝播協会が任命した最初の黒人伝道師として帰国した。

＊5　括弧内の部分は初版から第四版まで。

＊6　「ルカによる福音書」第十章三十七節。

＊7　*A Caution to Great Britain and his Colonies in a Short Representation of the Calamitous State of the Enslaved Negroes in the Dominions* (London, 1767)というパンフレットのこと。元はベネゼットによってフィラデルフィアで一七六六年に出版されたものだが、一七六七年のロンドン版からタイトルが変更された。一七八四年版と一七八五年版はフレンド教会を通じて英国政府と議会関係者および全国の聖職者に配布された。

＊8　資料によると、この手紙は「グスタヴス・ヴァッサおよび他七名」の署名で一七八五年十月二十一日付けと記録されている。

＊9　この計画の詳細を述べた次のようなパンフレットがある。*Plan of a Settlement to Be Made near Sierra Leona, on the Grain Coast of Africa. Intended more particularly for the Service and Happy Establishment of Blacks and People of Colour, to Be Shipped as Freemen under the Direction of the Committee for Relieving the Black Poor, and under the Protection of the British Government. By Henry Smeathman, Esq. Who Resided in that Country near Four Years* (London, 1786).

＊10　Samuel Hoare（一七五一〜一八二五）。クエーカー教徒の銀行家。困窮黒人のための委員会の委員の一人。一七八六年九月から委員長。原書の初版から第八版まで、イクイアーノを解任した人物としてホアの名前は明らかにされていない。

＊11　記録によると、四百十一人を乗せて一七八七年四月九日にプリマスを出航した船団は、五月九日にアフリカ沿岸に到着した。

＊12　インド人水夫は、この時代にはしばしば黒人として扱われた。

＊13　「箴言」第十四章三十一節。

＊14　「箴言」第十四章三十四節、第十章二十九節、第十一章五節。

＊15　この段落は初版から第四版までにはない。

＊16　「ミカ書」第六章八節。

付　録

＊1　この二つの新聞はともにイクイアーノがアフリカ生まれだというのは嘘で、本当は西インド諸島にある当時オランダ領だったサンタクルーズ諸島の生まれだとしている。

＊2　この部分が初版の冒頭の序文に当たる。イギリス議会の聖職上院議員（lord spiritual）とは上院に籍をおく主教や大主教など聖職者の議員のこと。それ以外の上院議員が世俗上院議員（lord temporal）。

＊3　この箇所には版によって異同あり。初版「一七八九年三月二十四日、メリルボーン、ユニオン・ストリートにて」、第二版「一七八九年十二月二十四日、メリルボーン、ユニオン・ストリート、十番地にて」、第三、四版「一七九〇年十月三十日、セントマーティンズ・レーン、テイラーズ・ビルディング、四番地にて」、第五版「一

七九二年六月」、第六版「一七九二年十二月」、第七版から第九版「一七八九年三月」。

＊4 シェイクスピア『オセロー』第一幕三場のオセローのセリフ、「ですが、お許しを願い、私の恋のいきさつをすべてありのままにお話ししましょう」（松岡和子訳）より。

訳者解題——久野陽一

本書は、一七八九年にロンドンで初版が出版されたオラウダ・イクイアーノ『アフリカ人、オラウダ・イクイアーノことグスタヴス・ヴァッサの生涯の興味深い物語』(Olaudah Equiano, *The Interesting Narrative of the Life of Olaudah Equiano, or Gustavus Vassa, the African*)の全訳である。翻訳の底本は、ヴィンセント・カレッタ編のペンギン・クラシックス版(Vincent Carretta, ed., *The Interesting Narrative and Other Writings* [Penguin Classics, 2003])に従って、一七九四年に出版された同書の第九版のテキストを用いた。この版は生前に著者みずからが訂正を加えた最終版となる。初版のテキストはワーナー・ソラーズ編のノートン・クリティカル・エディション(Werner Sollors, ed., *The Interesting Narrative of the Life of Olaudah Equiano, or Gustavus Vassa, the African, Written by Himself* [Norton, 2001])で読むことができる。翻訳に際してこちらの版も参照し、版による異同については適宜注釈を加えた。

付録として、原書の序文にあたる部分を収録した。初版では本書においてその四番目にあたる英国議会に宛てた書簡のみだったものが、第九版にいたってここに収録した分量にまで増えた。原書では本文の前にさらに予約購読者リストが挿入されているのだが、本書では割愛した。これも版が進むにつれて膨大な人数にふくれあがっていった。本書の目次は、原書の目次に従って各章の冒頭にある梗概を抜粋したものを使用した。

本書『興味深い物語』は、アフリカ生まれの黒人の元奴隷オラウダ・イクイアーノの自伝である。イクイアーノに関する伝記的情報はほぼ本書で述べられている内容につきると言ってもよいが、ここでは読者の便宜のために、補足的な事実と背景となる歴史事項を多少追加して、彼の生涯の概要を年表風にまとめておきたい。

一七四五年　アフリカの現在のナイジェリアにあたる地方のイボの村で生まれる(ただし、出生年と出生地には異説あり)。その後、十一歳のときに妹といっしょに誘拐される。妹とは生き別れになる。まずアフリカ人の奴隷にされたあと、アフリカ沿岸まで来たところで奴隷船に乗せられ、中間航路(Middle Passage)で大西洋を渡る。西インド諸島のバルバドス島に着いてから、ヴァージニアの植民地農園経営者に買われる。次にイギリス海軍のマイケル・ヘンリー・パスカルに買われ、「グスタヴス・ヴァッサ」と名づけられる。

一七五五年　軍艦ロウバック号の点呼簿に「グスタヴス・ヴァッサ」の記載あり。

[一七五六〜六三年　七年戦争(フレンチインディアン戦争)]

一七五七年　初めてイングランドの地を踏む。ロンドンでゲリン姉妹に出会う。パスカルに従って軍艦サヴィッジ号、プレストン号、ロイヤル・ジョージ号、ナミュール号などに乗船。七年戦争の戦闘を経験する。

一七五九年　ロンドンに戻る。二月九日、ウェストミンスターの聖マーガレット教会で洗礼を受ける（教会の記録には「カロライナ生まれの十二歳の黒人グスタヴス・ヴァッサ」とある）。パスカルに従って軍艦エトナ号に乗船する。

［一七六〇年　ジョージ二世死去。ジョージ三世即位］

一七六二年　パスカルから西インド諸島行きの商船の船長ドランに売られる。

一七六三年　五月、クエーカー教徒の商人ロバート・キングに買われる。それ以降は彼の下で働き、おもに西インド諸島周辺とジョージアやフィラデルフィアなどのアメリカの植民地における貿易活動に従事する。一方で自分の商品も売りさばいて商売をする。

一七六六年　七月、キングから自由の身分を買う。解放証明書（manumission）を取得する。その後もキングの下で働く。

一七六七年　バハマで難破。キングのもとを離れ、ロンドンに戻る。その後ここを拠点としながら、海水を真水に変える実験などで知られるチャールズ・アーヴィングの下で働いたり、商船に乗って地中海や西インド諸島を訪れることになる。

一七六八年　イタリアとトルコへの航海。

一七六九年　ポルトガルと地中海への航海。

一七七一年　西インド諸島への航海。
［一七七二年　七月、サマセット事件でマンスフィールド判決。ジェイムズ・アルバート・ウコーソー・グロニオソー『アフリカ人の王子、ジェイムズ・アルバート・ウコーソー・グロニオソーの驚くべき生涯の物語』（James Albert Ukawsaw Gronniosaw, *A Narrative of the Most Remarkable Particulars in the Life of James Albert Ukawsaw Gronniosaw, an African Prince, as Related by Himself*）出版年の確認できる版の出版］
一七七三年　ジョン・フィップスが指揮する北極海航路の探検に、アーヴィングとともに参加する。
［フィリス・ウィートリー『詩集』（Phillis Wheatley, *Poems on Various Subjects, Religious and Moral*）出版］
一七七四年　ジョン・アニスの救出を試みる。スペインのカディスへの航海。十月、船上で啓示を受ける。
［一七七五〜八三年　アメリカ独立戦争］
一七七五〜七六年　モスキート海岸で農園を開発するというアーヴィングの計画に協力して奴隷の調達と監督を務める。しかし、結局この地域で働くことに嫌気がさして、一七七七年のはじめにロンドンに戻る。
一七七九年　アフリカにおけるキリスト教の伝道師になることを志願するが認められず。
［一七八一年　ゾング号事件］

［一七八二年　イグネイシャス・サンチョ『書簡集』(Ignatius Sancho, *Letters of the Late Ignatius Sancho, an African*) 出版］
一七八三年　ゾング号事件についてグランヴィル・シャープに報告する。
一七八五年　アンソニー・ベネゼットが設立したフィラデルフィア自由学校を訪問する。
一七八六年　貧困黒人シエラレオネ移住計画の執行代理人に任命される。
一七八七年　執行代理人を解任される。このころから黒人による政治グループ「アフリカの息子たち」(The Sons of Africa) として活動する。［ロンドンにて奴隷貿易廃止協会設立。クォブナ・オトバ・クゴアーノ『奴隷制と人身売買の邪悪で不正な取引についての見解と所感』(Quobna Otobah Cugoano, *Thoughts and Sentiments on the Evil and Wicked Traffic of the Slavery and Commerce of the Human Species, Humbly Subjected to the Inhabitants of Great-Britain, by Ottobah Cugoano, a Native of Africa*) 出版］
一七八八年　三月、ジョージ三世の王妃シャーロットへの嘆願書。
一七八九年　三月、『興味深い物語』を予約出版によって出版する。売れ行きは好調で、亡くなるまでに九版まで版を重ねる。また出版以降、販売促進のために英国内およびアイルランドをツアーする。［フランス革命はじまる］
一七九二年　イングランド人の白人女性スザンナ・カレンと結婚。
一七九三年　長女アナ・マリア誕生。

一七九五年　次女ジョアンナ誕生。
一七九六年　二月、スザンナ死去。
一七九七年　三月三十一日、ロンドンにて死去。娘のための遺言書が残される。七月、アナ・マリア死去。（一八一六年、ジョアンナが父親の遺産九百五十ポンドを相続。）
［一八〇七年　英国議会で奴隷貿易廃止法案が可決される］

どうだろう。わたしたちは今から二百年以上前に生きたこの黒人男性の生涯をどのように読むべきだろうか。時代は奴隷貿易の最盛期である。一五〇一年から一八六七年までにアフリカの西海岸から奴隷として強制的に南北アメリカ大陸に送られたアフリカ人の数はおよそ一千二百五十万人とされる（David Eltis and David Richardson, *Atlas of the Transatlantic Slave Trade* [Yale UP, 2010]、邦訳『環大西洋奴隷貿易歴史地図』［東洋書林、二〇一二年］を参照）。『興味深い物語』の著者オラウダ・イクイアーノもその一人だった。奴隷であった過去から解放され自由になった現在までを語る彼の生涯の物語は、その後の奴隷文学あるいは奴隷物語（slave narrative）に原型を提供した。本書のなかでも中間航路を行く奴隷船での出来事の描写はとくに有名であり、西インド諸島の植民地での黒人の扱われ方についての記述もしばしば取り上げられる。そして、さまざまな困難に打ちかって自由な身分を獲得し、自伝を出版することに成功した彼は、ヴィンセント・カレッタが詳細な評伝（Vincent Carretta, *Equiano the African: Biography of a Self-Made Man* [U of Georgia P, 2005]）で述べているように、自力でたたき上げた人、すなわち「セルフ゠メイド・マン」の一人であると言ってもよいだろう。「セルフ゠メイド・マン」といえば同時代にはその代名詞でもあるベンジャミン・フランクリンがいるが、黒人であり奴隷でもあったイクイアーノが状況的にはフランクリンよりもずっと大きな困難を乗り越えなければならなかったことは誰にでも容易に想像できる。

本書の第三章でマイケル・ヘンリー・パスカルに連れられて初めてイングランドの地を踏んで以来、イクイアーノにとってそこが新しい「故郷」となる。イングランドでは、すでにルネサンスのころには黒人を召使いとすることが貴族のあいだで流行しており、十八世紀ともなると国内の黒人は相当の数にのぼった。この時代を代表する画家であるウィリアム・ホガースの絵画に描かれた黒人像を分析したデイヴィッド・ダビディーンの名著『ホガースの黒人』(David Dabydeen, *Hogarth's Blacks: Images of Blacks in Eighteenth Century English Art* [Manchester UP, 1987]、邦訳『大英帝国の階級・人種・性――W・ホガースにみる黒人の図像学』〔同文舘出版、一九九二年〕)で論じられているとおり、召使い、馬車の御者、兵士、船乗り、音楽家、物乞い、路上売りなど、さまざまな姿で彼らはつねにそこに存在した。しかし、存在はしていても彼らには「声」は与えられていなかった。そんな黒人が声を持つことの意味は非常に大きい。イクイアーノの『興味深い物語』を読むことによって、わたしたちはこの時代の黒人の声を聞くことができるのだ。

イクイアーノ以前に「声」を与えられた黒人がいなかったわけではない。『興味深い物語』は英語圏の黒人の最初の文学作品ではない。先の年表にも挿入しておいたように、ジェイムズ・アルバート・

ウコーソー・グロニオソー、フィリス・ウィートリー、イグネイシャス・サンチョ、クォブナ・オトバ・クゴアーノなど、数はけっして多くないがイクイアーノより以前に本を出版した黒人は何人かいた。それでもウィートリーの詩やサンチョの日常的な書簡よりもイクイアーノの作品が力強いのだとしたら、それは彼の作品が持っている物語の力のおかげだと言ってもよいだろう。大西洋を何度も行き来し、文字どおり「ブラック・アトランティック」を生きたイクイアーノの生涯は、一つの冒険物語としても読むことができる。七年戦争の戦闘を体験しただけでなく、北アメリカや西インド諸島、スペイン、ポルトガル、イタリアからトルコなどを訪れ、さらには北極圏の探索にも同行した彼は、その生涯の大半を海の上で過ごした。

グロニオソーの作品が表題に "as Related by Himself" とあることから分かるように「聞き取り」にもとづくのに対して、イクイアーノの『興味深い物語』では表紙に「みずから著す」(Written by Himself)とはっきり記載されている。本書のなかにちりばめられたシェイクスピアやミルトンからの引用は、その著者が十分な読み書き能力だけでなく、それなりの教養をそなえていることの証である。こうした引用のなかでも特権的な位置づけにあるのが聖書である。『興味深い物語』では聖書からの引用がもっとも多い。本書の第三章でパスカルとディックが読書しているのを目にしたイクイアーノは、話しかければ答えてくれると思って本に話しかけてみる。ヘンリー・ルイス・ゲイツ・ジュニアが「トーキング・ブック」と呼んだアングロ゠アフリカン文学に継承されるモチーフである(Henry Louis Gates, Jr., *The Signifying Monkey: A Theory of Afro-American Literary Criticism* [Oxford UP, 1988]、邦訳『シグニファイング・モンキー——もの騙る猿／アフロ・アメリカン文学批評理論』〔南雲堂フェニックス、二〇〇九年〕）。このときパスカルとディックが何の本を読んでいたのかは明らかにされていないが、「そうすればあらゆる事物のはじまりを学ぶことができる」とイクイアーノは考えていることからも、それが聖書であった可能性は高い。また、この読書に対する「好奇心」がのちの聖書への傾倒に結びついていくことも予想できる。

第十章においてイクイアーノが啓示を受けるエピソードは本書のクライマックスの一つだが、それは聖書を読むことを通じてもたらされた。ひょっとするとこのクライマックスの度合は、彼が自由の身分を手に入れたときよりも大きい。『興味深い物語』には宗教的伝記（spiritual biography）の側面があり、身体的な解放、すなわち奴隷状態から自由を手に入れるまでのイクイアーノの生涯に、精神的な解放、すなわちキリスト教における魂の救済のパターンが重ね合わされるのだ。本書の冒頭の肖像画のイクイアーノは聖書を手にしている。その聖書の開いているページは、彼が啓示を受けたときに読んでいた「使徒言行録」第四章十二節である。（ちなみに本書の表紙として使用した、十八世紀の黒人男性を描いたとても印象深い肖像画のモデルは、かつてはイクイアーノだと考えられていたが、残念ながら現在は彼ではないとされている。）

イクイアーノにとって精神的に生まれ変わることと奴隷貿易廃止運動に深くコミットしていくことは分かちがたかった。彼はキリスト教の宗派としてはメソジスト派と交流しながら啓示を受けるにいたる。メソジスト派の創始者であるジョン・ウェズリーは、一七七四年、反奴隷制を訴える代表的著作の一つ『奴隷制に関する所感』(*Thoughts upon Slavery*)を出版している。また、早くから奴隷制度反対の立場を打ち出していたクエーカー教徒も重要である。イクイアーノに自由を与えたロバート・キング、何度も言及されるアンソニー・ベネゼットはクエーカーであった(Maurice Jackson, *Let This Voice Be Heard: Anthony Benezet, Father of Atlantic Abolitionism*〔U of Pennsylvania P, 2009〕を参照)。奴隷貿易廃止を訴える人道主義者グランヴィル・シャープらへの信頼もこの流れから理解できる。一七七二年、ジャマイカから連れてこられた黒人奴隷ジェイムズ・サマセットについての裁判の判決でマンスフィールド卿は、イングランドの法では、いったんイングランド国内に入った奴隷は強制的に国外に連れ出すことはできないと宣言した。シャープは、マンスフィールド判決と呼ばれるこの画期的な判決を導き出すのに重要な役割を果たした。本書の第十章でジョン・アニスの救出を試みたときイクイアーノがシャープに助けを求めたことの背景にはこの判決があるだろう。イクイアーノとシャープとの関わりはその後も続いた。シャープの一七八三年三月十九日の日記には、ゾング号事件(同名の奴隷船の船長が保険金ほしさに百三十二名の奴隷を海に投げ入れて溺死させた)についてイクイアーノから報告されたとの記載がある。『興味深い物語』ではそのほか、トマス・クラークソン、ジェイムズ・ラムジーなどの代表的な奴隷貿易廃止論者についても言及されている。一七七九年にアフリカでのキリスト教伝道師に志願したことも、イクイアーノにとって宗教と奴隷貿易廃止運動の関係が深かったことを示している。

本書の第十二章で述べられているシエラレオネ移住計画の挫折は、その後のイクイアーノが進む方向を決定づけた。一七八〇年代、アメリカ独立革命でイギリスの側についていた黒人が大挙してブリテン島に押し寄せた。その結果、ロンドンなどの都市部では、貧困に苦しむ、そのほとんどが元奴隷の黒人が爆発的に増加したことが社会問題になっていた。これが貧困黒人シエラレオネ移住計画につながり、議会で奴隷貿易について議論されるにいたる要因にもなった（平田雅博『内なる帝国・内なる他者——在英黒人の歴史』〔晃洋書房、二〇〇四年〕を参照）。この移住計画の執行代理人を解任されたイクイアーノは、そのことに対する憤慨から新聞や雑誌に投書して自分の政治的立場を明確にしていく。それは、人道的な計画に賛同することによってイギリス政府の側に立ちながらも完全にそこに属することのできない存在という立場、あるいは、イギリス「臣民」でありながらもその内部で異議を唱える「異人」の「アフリカ人」を代表するという立場である。『興味深い物語』に全文が引用されている国王ジョージ三世の王妃シャーロットに慈悲を請う書簡も、このような立場から書かれている。

こうして「アフリカ人、オラウダ・イクイアーノ」が誕生する準備が整っていく。もともとアフリカの人々は自分たちを「アフリカ人」とは考えていなかった。彼らは言語も宗教も政治形態も異なる個別の部族からなっており、ヨルバ、イボ、アシャンティなど、それぞれのエスニック・グループが彼らのアイデンティティだった。彼らが自分たちを「アフリカ人」と認識するようになるのは、十八世紀後半、奴隷としてアフリカから切り離された者たちの一部が自分たちを「アフリカの息子たち」と呼ぶようになって以降のことである。つまり、総体としての「アフリカ」はこの時代の奴隷貿易廃止運動が起こって初めて概念形成されたのだ。本書では語られていないが、ほかならぬイクイアーノも何人かの仲間の黒人たちといっしょに「アフリカの息子」を名乗った。彼らから一七八七年十二月十五日付けでグランヴィル・シャープに宛てられた手紙が残っている。「グスタヴス・ヴァッサ」やオトバ・クゴアーノを含む十二人が名前を連ねる「アフリカの息子たち」は、この手紙において自分たちを「ひどく虐待されたアフリカの民とその子孫」と同定している。ここでは、アフリカで生まれた者だけでなく、一度もアフリカの地を踏んだことのないその子孫に対しても「アフリカ人」というアイデンティティが与えられる。これはディアスポラの自己同定のあり方にほかならず、後年のパン＝アフリカニズムの先駆となる考え方である（前掲のカレッタの評伝のほか、John Parker and Richard Rathbone, *African History: A Very Short Introduction* [Oxford UP, 2007]、また在英黒人史の名著 Peter Fryer, *Staying Power: The History of Black People in Britain* [Pluto Press, 1984] 等を参照）。クゴアーノが一七八七年に出版した『奴隷制と人身売買の邪悪で不正な取引についての見解と所感』は、この「アフリカの息子たち」としての活動のなかから生まれた政治的著作であり、イクイアーノもその執筆に関わったと考えられている。

そして一七八九年三月、議会で奴隷貿易の廃止についての議論が盛り上がりを見せるタイミングで、明らかな政治的な意図をもって『興味深い物語』が出版される。すでに活発な奴隷貿易廃止運動家として知られていた「グスタヴス・ヴァッサ」は、ここで初めてアフリカ名「オラウダ・イクイアーノ」を名乗る。この「オラウダ・イクイアーノ」という名前は、本書のタイトル・ページに使用されている以外、公的な場だけでなく遺言書や私的な文通においてもほとんど使われない。使われたとしても

「オラウダ・イクイアーノことグスタヴス・ヴァッサ」と、つねに通称と併記される。アフリカ名は自伝を書くにあたってのペルソナ、あるいは一回限りのペンネーム、おそらくは「アフリカの息子」として新たに獲得したアイデンティティだと考えられる。ここにW・E・B・デュボイスの言う、白人社会に生きる黒人の「二重意識」を認めることができるだろう（W. E. B. DuBois, *The Souls of Black Folk* [1903]、邦訳『黒人のたましい』〔岩波文庫、一九九二年〕）。

この名前のアイデンティティの二重性は、イクイアーノの出自に関する疑惑にも関連する。ヴィンセント・カレッタは、軍艦ロウバック号の点呼簿や洗礼を受けた聖マーガレット教会の記録などの資料を調査することによって事実関係を洗い直し、イクイアーノはアフリカのイボの村の出身ではなく、本当はアメリカのサウスカロライナの生まれであり、生まれた年も一七四五年より前であるという結論を導き出した。この説に従うと、イクイアーノのアフリカについての記述は個人的な体験ではなく、人から聞いた口承の歴史か読書で得た知識にもとづいており、『興味深い物語』はこれまで考えられていた以上に創作的作品だということになる。念のためにつけ加えておくと、このアメリカ生誕説は、必ずしも研究者のあいだで完全に認められているわけではない。イクイアーノのような境遇の者の正確な出生地や出生年を確定することは相当に困難であるし、自分の幼少期の出来事を詳細かつ鮮明に記憶することも簡単ではない。カレッタが証拠としている文書も、イクイアーノの出生の事実を確定させるものというよりは、そのときどきの便宜でたまたまそのように記入されたにすぎない可能性も否定できない。本書の付録として収録した序文の冒頭を見ると、『興味深い物語』出版当初からイクイアーノの出生に関する議論があったことが分かる。いずれにしても元奴隷グスタヴス・ヴァッサは「アフリカ人、オラウダ・イクイアーノ」となった瞬間から、「アフリカ人」の「声」を持つことと引き替えに、このようなアイデンティティの二重性をみずから引き受けたのだ。これによって、奴隷文学であり、冒険物語であり、宗教的伝記であり、政治文書でもある「興味深い」この作品の魅力が増すことはあっても、いささかもその価値が損なわれるものではない。

さて、本書は『興味深い物語』の本邦初訳となる。その訳者として頭を悩ませたことの一つに“Olaudah Equiano”という名前をどのようにカタカナ表記するかという問題があった。関連する日本語文献をざっと調べてみると、「オラウダ」、「オラウダー」、「オラウーダ」あたりでおさまるファースト・ネームはまだしも、ファミリー・ネームについては「イクイアーノ」以外に、「イクィアーノ」、「イキアノ」、「エキアノ」、「エクィアノ」、「エクイアーノ」、「エクィアーノ」などの表記が見つかる。表記によって何やら別人のように見えなくもない。“Guinea”と呼ばれていた西アフリカ地域の一部にあたる十八世紀のナイジェリアは基本的には無文字社会だった。それゆえ奴隷商人を含む英語圏の来訪者たちは自分の聞いたイボ語の音を英語の表記法を使って記述するしかなかった。Elizabeth Isichei, *Igbo Worlds: An Anthology of Oral Histories and Historical Descriptions* (Macmillan, 1977) はそうした来訪者によるイボランドに関する記述をまとめているが、そこでは同時代の英語話者による“Ibo”または“Igbo”という民族の名称の表記は“Ebo”, “Eboe”, “Heebo”である。『興味深い物語』でも“Eboe”という表記が使われている。こうしたことから推測できるのは、“Equiano”と名前を表記したときに英語圏の者はおそらく最初の音を［e］ではなく［i］と発音した、あるいはこのアルファベット表記は［i］という音を前提としたということである。残りの音節に関してはそのままの発音が可能だろう。"qui"は［kwi］と、"ano"は［ano］と読める。現代のイボ語には"ikwikwi"（owl）や"ano"（four）といった参考となる語彙がある。そのほかにCatherine Acholonu-Olumba, *The Igbo Roots of Olaudah Equiano: An Anthropological Research* (Revised Edition, with a Reply to Vincent Carretta, AFA Publications, 2007) 等の文献を参照して、本書では「イクイアーノ」という表記を採用した。

本書を出版するにあたって、山田浩平さんと津田正さんにはたいへんお世話になった。感謝申し上げたい。山田さんの厳しいチェックがなければ本書の訳稿は読みうる日本語にはならなかっただろう。また、訳者がイクイアーノについて最初に書くきっかけをくださった当時『英語青年』編集長だった津田さんには本書でも丁寧に編集していただいた。そもそも訳者が在英黒人文化に関心を持ったきっかけは、ロンドン大学ゴールドスミス・カレッジに籍をおいてロンドンに滞在したときにマルチカルチュラルなこの都市の姿に肌で触れたことだったのだが、それは、十八世紀の英文学を研究しながら、文学の分野に限らず、現代につながるさまざまな文化的事象のルーツがこの時代に見つけられるとつねづね思っていたことを実感させる体験でもあった。本書によってこの時代のまた新たな一面が広く知られるようになることを願っている。

《訳 者 紹 介》

久野陽一（くの・ようういち） 1964年生まれ。名古屋大学大学院文学研究科博士課程修了。青山学院大学教授。論文に、「「彼ら」と「あなたたち」の『興味深い物語』」（『英語青年』2005年1月号）など。共訳書に、ヘンリー・マッケンジー『感情の人』（音羽書房鶴見書店）がある。

KENKYUSHA

〈検印省略〉

アフリカ人《じん》、イクイアーノの
生涯《しょうがい》の興《きょう》味《み》深《ぶか》い物語《ものがたり》
（「英国十八世紀文学叢書」第五巻）

二〇二一年八月三十一日 初版発行
二〇二五年四月 十四日 三刷発行

著者 オラウダ・イクイアーノ
訳者 久《く》野《の》陽《よう》一《いち》
発行者 吉田尚志
発行所 株式会社 研究社
〒一〇二―八一五二
東京都千代田区富士見二―十一―三
電話 （編集）〇三―三二八八―七七一一
（営業）〇三―三二八八―七七七七
振替 〇〇一五〇―九―二六七一〇
https://www.kenkyusha.co.jp/
装丁 柳川貴代
印刷所 三省堂印刷株式会社

ISBN 978-4-327-18055-3 C0397
Printed in Japan